朱燕玲工作室

双眼台风

须一瓜

DOUBLE EYE TYPHOON

中信出版集团｜北京

图书在版编目（CIP）数据

双眼台风 / 须一瓜著 . -- 北京：中信出版社，2024.11. -- ISBN 978-7-5217-6799-5

Ⅰ. I247.5

中国国家版本馆 CIP 数据核字第 20246YM734 号

双眼台风
著者：　　须一瓜
出版发行：中信出版集团股份有限公司
　　　　　（北京市朝阳区东三环北路 27 号嘉铭中心　邮编　100020）
承印者：　河北鹏润印刷有限公司

开本：880mm×1230mm　1/32　　印张：11　　字数：214 千字
版次：2024 年 11 月第 1 版　　　　印次：2024 年 11 月第 1 次印刷
书号：ISBN 978-7-5217-6799-5
定价：59.00 元

版权所有·侵权必究
如有印刷、装订问题，本公司负责调换。
服务热线：400-600-8099
投稿邮箱：author@citicpub.com

总要让血热一热，总要让呼吸热一热，总要看到前面是明媚的，总要知道世道再难，人心再险，还是有基本正义，在天地之间。

目 录

第 一 章　1
第 二 章　11
第 三 章　17
第 四 章　29
第 五 章　37
第 六 章　45
第 七 章　61
第 八 章　69
第 九 章　77
第 十 章　91
第 十 一 章　99
第 十 二 章　111
第 十 三 章　121

第 十 四 章	129
第 十 五 章	139
第 十 六 章	155
第 十 七 章	165
第 十 八 章	175
第 十 九 章	183
第 二 十 章	191
第二十一章	203
第二十二章	219
第二十三章	233
第二十四章	247
第二十五章	255
第二十六章	269
第二十七章	281
第二十八章	287
第二十九章	297
第 三 十 章	307
第三十一章	315
第三十二章	325
尾　　声	333

后记　台风已过　　337

第 一 章

事后，鲍雪飞多次想：这样的风，操他妈就是来追命的。

鲍雪飞有着自己都难以明晰的懊悔，她应该注意到，她这样一个眼观六路、心细如发的人，早就该从这种诡异的狂风里，感受到命运的不怀好意。已经不是第一次和它相遇了，她早就该有防范之心了。

十多年前那个上午的天空，和今天一样瑞丽祥和。只是，十多年前那个上午的天空，被很多人记住了。记得那天早上出门的时候，还是碧空清静湛然，几条天边的稀疏祥云，一如孩子们远去的歌声。狂风是近子时突然起的，那时刻，竹山刑场正在执刑，那阵突如其来的狂风，飞沙走石，遮天蔽日，令行刑者们眼睛迷乱，有人放下枪揉眼，有人在扭头猛咳。整个行刑场沦陷于令人不安的混沌之中。当时，没有参加公审大会的鲍雪飞，刚刚上楼走进自己的办公室，几乎就是她开门的那一瞬间，一股风一下子就把她的临街窗框扯开了，仿佛她的门钥匙是电门开关，窗框下面合页螺丝松脱，半扇窗子斜挂着，仅靠上面的合页悬吊，岌岌可危；办公桌对面墙上"志在千里"的那幅字，也被风一把拽掉，嘶啦——"咣"地砸在了地上，框内玻璃，顿时树枝样开裂了。那幅字自然无损，但鲍雪飞也没有再为它装帧裱框，因为字的主人，已经在省厅退居调研员了。现如今，她办公室墙上的"厚积薄发"的主人"康先生"，是系统内人人望而生畏的塔尖人物。有人说那字是真迹："康先生"来本省视察时间尽管很短，但是，鲍的过人姿容、她的接待流韵、她的跆拳道，都令"康先生"击节称奇。不过，也有人说是假的：一贯的狐假虎威。对此，鲍雪飞从来不予回答，她只是略带讥讽地笑着。同样是恶风，今天"厚积薄发"是稳当的，当年"志在千里"就显得不堪肆虐。

　　十多年前的那阵来历不明的狂风，不只摧毁了"志在千里"，还让鲍雪飞出了血。当时，桌上所有的文件纸张，刀片般满屋旋飞，她被其中的一张，割了一下脸。那个她不喜欢的电话，如御风而来。是范锦明，他用他一贯的磁颤超低音，说，四人五枪。那小子挣扎，没死，又补了一枪。鲍雪飞打开粉饼盒，通过里面的化妆镜，细察了纸片伤口，它如发丝般轻细，但在轻微渗血。电话里，范锦明后面的语调有点迟疑，听得出他乐意传递这个信息，他说，监刑的人回来说，那老法警蛇（佘）头，在现场的狂风里骂，这排小子里，肯定有个冤死的……

鲍雪飞把电话挂了。十多年过去了，细究起来，这恐怕就是她第一次感到范锦明一向低沉的嗓子里，不只有温柔的性感，还有别的东西，有点像扎进肉里尚未鼓脓的小刺，细小到你看不到，但总是摸得到。

今天，这股风来得更蹊跷。十多年前那个行刑日，天气预报是东北风二到三级，却突然猛刮了几乎要摧毁城池的莫名恶风，气象部门也无人对此做出补充解释；今天的狂风，依然是来路不明、无人预报。风最劲时，她正趴在"曹氏艾家"艾灸馆的熏艾床上，并不知道外面风云激变。她听到窗外那个老人哀号一样的呼喊，抢钱啊，救命钱啊——她一把推开正给她啄灸大椎穴的女子。

鲍雪飞冲出去的时候，穿的就是白身黑领边的艾灸服。有记者误说她穿的是跆拳道服，也有记者说她凭空而降，赤脚一腿把歹徒踹飞。所有的记者里，依然是汪欣原写得最准确可心：黑带七段。侠气干云。美女局长。跳步横踢、单脚连踢。这两个跆拳道制敌动作，是鲍雪飞教他写的，也是他问到的。汪的稿子，总是写得比别人好看，而且有骨头。显然是怕读者误会女局长工作日在艾灸房，他还特别写到是病假中。但是，这一次，只有他写到了风：狂风中，鲍副局长凌空横踢时，类似跆拳道服的艾灸服的宽袖大摆在空中飘舞，路人以为在拍武侠电影。

市电视台当夜播出，有线台紧跟着。鲍雪飞在家里独自赏析这两则本地电视新闻时，看到自己瘪了一半的发型，有点难堪。刘海也是直愣愣地翘着，是风太大了，也可能是艾灸床上趴久压走样的。毕竟年岁不饶人，以前随便推推头发，甚至蓬头垢面，镜头里都是英姿勃发。那个记者也是死人，怎么也该提醒自己先整理一下头发的。不过，镜头给了抢匪携带的刀，一个大特写。角度拍得比实际的刀显得更长更尖，令人胆寒。

鲍雪飞看了老蒋一眼。单人沙发上，老蒋保留着刚才保姆拖地让他抬脚、使双腿挂在沙发扶手上的姿势。他在看一本财经杂志，显然，他没有关注老婆又出镜的本地电视新闻。鲍雪飞懒得叫他看，却因为他也懒得看而暗生怒意。当年，鲍雪飞是为了老蒋来乾州的。本来，她卓越的成绩可以留校，传说她还有直接去部里的机会，但是，为了老蒋，她愿意追随他到任何地方。遗憾的是，婚后没几年，她就发现了老蒋的沉闷平庸、胆小窝囊。而这些品性，当年在大学里，鲍雪飞把它们解读为深沉深刻、稳重谨慎，是前瞻性人物才有的特性。和老蒋仕途的平淡无趣相比，鲍雪飞的仕途几乎是一路"大风起兮云飞扬"，高歌激荡；即使困顿，也难掩日后的爆发力。而老蒋在市司法局默然工作多年，好不容易混上个科级主任，还是鲍雪飞使了劲，从此便再无惊喜；现在，这对夫妻除了相信外星人的存在这个共同点，可以说，在任何方面，都越走越远了。儿子八九岁时，鲍雪飞是要离婚的，离婚协议也写好了。老蒋跪求说，等儿子大几岁，他主动走；等儿子升了初中，老蒋去意已定，鲍雪飞却不干了。她的进取心，有了新境界。老蒋说，你不是一直想离吗？鲍雪飞说，就是想离，才不能离！老蒋说，这种夫妻算怎么回事？鲍雪飞说，不管怎么回事，你别碍着我的事！

夫妻俩早就不探讨外星人，早就分居。当鲍雪飞撞见老蒋手淫的时候，老蒋不仅遭遇了极大的羞辱，还有沉重的威胁，换句话说，老蒋明白，无论家内家外，在妻子的天罗地网里，他都丧失了放纵与抒发的机会。就好像是命运的游戏，老蒋的日益消沉，和妻子的红运当头，就像天地失衡的跷跷板。最奇妙的是，鲍雪飞在大醉后，似乎又总会把老蒋想象成当年的初恋，老蒋也就再度以深沉深刻、稳重谨慎的成熟男人胸怀，包揽鲍雪飞的眼泪，前瞻性地宽慰她受挫的雄心与梦想。

坐在电视机前的鲍雪飞心情复杂。路见不平拔刀相助，是她源自血液的习惯，据说她外婆就是喜欢打抱不平，被人推下水潭淹死的；从业后，她很快发现，血性回馈她的利益是直接的。是的，这一回，显然又可以立功了，即使不参与"甘文义系列强奸杀人案"专案组，老天照样赐予她立功的机会，她就是这样一个好运不绝的女人。思绪还不及远飘，电话就到了。

鲍局！杜晓光说，鲍局！甘文义刚刚交代！——"6·11"哑女强奸杀人案，是他干的！这……鲍局……

鲍雪飞心脏"空"地跳了一下，瞬间蒸发了，也好像果子，突然被人一把摘下。她觉得自己空掉了。好一会儿，心脏回来，但似乎成了一颗中空球，僵悬在胸腔。鲍雪飞慢慢喝了一口水，让自己舒缓过来。她的声音沉着：杜大，你他妈也是杀人无数、见过世面的。疯狗又不是没见过，他他妈乱咬乱叫，难道你就跟着发疯？他不就是要打乱你们的脑子，好乱中求生吗？！稳重点！

鲍局教诲的是！不过，鲍局……

鲍雪飞冷着脸，故意不吱声。她的静默，显出了傲慢与镇定。

鲍局，杜晓光不由语气谨慎下来，甘文义已经交代了九起强奸杀人案，这多一起少一起倒也不影响……

"6·11"是我亲自侦破的铁案！真凶都枪毙十几年了，他来搅什么浑水？这种自作聪明的混蛋，该教训就他妈的要教训！

呃，如果鲍局，鲍局如果你听了他的供述……

鲍雪飞打断他：傅里安知道这情况吗？

鲍雪飞知道问也是白问，虽然傅里安只是闻里分局的分局长，但连闻里分局刑警大队的队长杜晓光都知道，作为"甘文义系列强奸杀人案"专案组副组长，他怎么可能不知道最新审讯情况。鲍雪飞突然燥热了。

杜晓光小心翼翼地回答了她：知道。傅局眼睛都绿了！野狼似的。他和省厅的人，几天都没回去。

就是这个时候，鲍雪飞想到了上午见义勇为时来去不祥的狂风。

她再度摸杯子的时候，碰翻了整杯茶水。鲍雪飞用力挂掉电话。尽管她眼神漠然，但老蒋可能还是感觉到了什么，他扔下书，趿拉着皮拖鞋，离开了客厅。鲍雪飞以为他会去叫保姆来收拾，但没有，他踱到餐桌前,开始吃保姆切好的橙子。

临睡前,鲍雪飞给汪欣原打了个电话。他所在的那个覆盖全省,正浸润华东、华南区的《华夏都市报》,每天一大早,就像早市的七婆包子一样,在每个角落热腾腾地面世。

汪欣原一接电话就说,明天二版头条!——姐不会是又要换照片吧?

鲍雪飞说,还是别登了。除暴安良、见义勇为,本来也是警察分内天职,写来写去也没多大意思。算了吧。

哟,反常啊!鲍姐怎么啦?——大样都送印刷厂了!要撤也来不及了。再说,鲍局又不是第一次见义勇为登报。汪欣原话里有话,意思当然是——你以前多爱上啊,一张照片不满意都要换。

鲍雪飞反击也快:是啊,我就是媒体肥猪嘛。

汪欣原的语气变得真诚:鲍局,这本来也不是为女侠你个人歌功颂德,这是弘扬社会正气啊!稿子也并非冲着你是个公安局局长写的,今天就是个妓女见义勇为,我也写了——啊啊——汪欣原意识到自己句子不当,立刻"啊啊"地边自我嘲解、自我了断着,边笑。

鲍雪飞忍住了差点爆出的粗口。

如果她爆了粗口,至少说明两个问题:一、她是把汪欣原当自己小兄弟的;二、汪欣原在她心目中是无足轻重的狗屁。没有粗口,公事公办,不亲昵、不放肆、不蔑视,这就是距离:既不是兄弟,也不是狗屁。汪欣原自然不明白其中的微妙，否则，他就会对今天之后的命运走向保持一份警觉。而对鲍雪飞来说，警界仕途二十多年来，从派出所副所长，到所长，到分局长、局长，到今天的市局分管刑侦治安的副局长，注重宣传的她，和金苍蝇般的记者们，大大小小打了多少交道，大浪淘沙小浪逐浪，只有一两个家伙，在她心目中，真正具有令她不敢小瞧的分量。汪某基本算一个。

鲍雪飞没有骂娘。只是吁了口很长的粗气，说，欣原小弟，我是想，一把年纪了，低调点总是好的。其实，我骨子里本来就是一个不喜欢张扬的人，都是被你们哄的、害的。老被你们媒体宣传，树大招风，惹人嫉妒，最终还是不利于工作开展的。所以，我说算了，别登了。

树大当然招风啦，谁让你"好大一棵树"？你天生就是新闻源哪。汪欣原再度孟浪起来，就让那些平庸草木去妒忌吧。有些人生来就是嫉妒人的，有些人生来就是被妒忌的。鲍大侠现在正是年富力强的黄金岁月——今天"特区新闻广场"看了吗？鲍局看上去就像三十出头，我们一个新来的编辑说，哇，这个像外科医生的美女，怎么会是公安局副局长，怎么还是跆拳道黑带七段？！崇拜哪——鲍局，所以，我们写不写，你都是传奇人物啊！

好啦好啦，我知道我一定会死在你手里的！鲍雪飞说，"新闻广场"我没工夫看，也懒得看。忙都忙不过来。你那稿子实在来不及撤就算了，不为难你。好啦，风很大，早点睡吧。

好嘞——哎，我们这没风哪。

鲍雪飞翻来覆去睡不着。在又上了一次厕所后，她摸着黑给杜晓光打了电话。杜晓光有点意外：鲍局……

还在审吗？

刚收摊。又他妈交代了五起！五起啊，都是强奸杀人！

王副厅、傅里安他们今晚可以睡个好觉了。

是啊，简直是自来水龙头打开了，我看那小子还会交……

傅里安他们休息了吗？

不清楚，这几天大家都太累了，傅局好像已经回家去了，没住在这。这几天，他的脸一直臭大便色，但眼睛发绿……

我过来看看吧——你不用声张。鲍雪飞说。

杜晓光一抬手腕，指针显示是凌晨一点四十四分。

第 二 章

傅里安的脸，在卫生间的镜子里，显得很狰狞。他身子探过洗手台，尽量靠近镜面，好仔细看自己的舌头侧面。溃烂点太靠近舌根了，他把舌头伸到极限，伸得他整条舌头都酸得不行，还是看不真切。这条烂舌头，疼了三天了，吃什么都疼，除了温水。刚才的消夜，才吃了几口，舌根后侧就像有人在那狠钻木螺丝，他疼得只好喝水。省厅的王副厅、技术员老李、专家老何几个，吃得脸都要栽进面汤里了，一个个满头油汗，匪气腾腾。拜甘文义所赐，这是"甘文义系列强奸杀人案"以来，最痛快的一次消夜了。

傅里安没得吃，他饿得胃部隐隐痉挛。他很想搞清楚，到底这个溃烂点有多严重，但二轻局招待所的破烂洗手间，光线也不够亮，镜面都是霉点。

噢，傅局！

市局重案支队的刘元中队长进来解手，看到傅里安以吊死鬼的姿势贴在镜子前，他有点尴尬。

又交代了两起！都是强奸杀人！一起还是隐案！

隐案？傅里安转身向他。

是，到现在为止，我们还没查到任何报案记录！如果这小子不供述，这案子在我们系统根本就不存在！说是三个月前杀的，尸体就埋在觥州桥西面的芦苇荡里。

你觉得靠谱？

应该比较靠谱，就像晚饭后他交代的"6·11"旧铁路哑女强奸杀人案。

跟曹支说一下，带上甘文义，明天我们一起去觥州桥芦苇荡。

傅里安不等刘元应声，转身出了卫生间。刘元对着镜子，模仿性地伸长舌头做了一个鬼脸。傅里安却又转身进来，刘元吓得连忙捂嘴。

"6·11"哑女案，别到处嚷嚷！

噢，是！

傅里安快步下楼，走向自己的汽车。甘文义被捕后，整个专案组已在这个欲拆的二轻局招待所借住了四天，日夜审讯。今天傅里安决定回家一趟。他跟王副厅告假，说老母亲有点不舒服。王副厅说，回去的路上，去买个我说的西瓜霜喷剂，直接喷溃烂点，喷两三次绝对见效。傅里安点头。他没有去药店，直接回了家。路上他就想好了。

在医院当护士长的前妻，在家里遗有一个大药箱，估计里面什么都有。但傅里安突然想回家，并不全是因为母亲，而是想回去找到他十多年前的工作笔记本。当甘文义供述"6·11"是他所为时，当场，资深的审讯者都蒙了，用瞬间石化形容不为过。傅里安也毫无表情变化，只有他自己知道，那一瞬间，他浑身发热，掌心在烧，有如毒性发作，他简直一分钟都坐不住了。

对有些人来说，傅里安确实就像一条冬眠的毒蛇，正在醒来。

毒蛇一样的傅里安，也许是不该离开他正在孵化的蛇蛋的。他前脚走，鲍雪飞后脚就到了。整个二轻招待所，笼罩在浩渺清冷的月色中。鲍雪飞还抬头看了夜空一眼，但她不能领悟像戴着金色大草帽的月亮光晕中的不祥，只看到夜色中的静谧与自由。整个二轻招待所只有四楼西头一间屋子的灯光是亮的。杜晓光把一切都安排好了。按照鲍雪飞的指示，除了事先跟看守组的组长赵武说好，其他什么人也没有叫。鲍雪飞一到，他和赵武就带她轻轻进了关押甘文义的房间。

刚入睡的甘文义显然有点不高兴，耷拉着脸，嘟嘟囔囔：不是说好明天再慢慢说嘛。他在嘟囔中身子还没有站直，鲍雪飞的一巴掌就呼了过去，劲道之大，让甘文义一跤跌回床上。此番进宫，还没有被警察碰过一根头发丝，一直被好吃好喝、好言好语相待的甘文义，有点被惯坏了，他马上皱起了眉头：我不是很配合吗？

鲍雪飞一把把他身子提正，这个时候，甘文义才完全清醒，刚才打他的是这个女人哪！这个看上去颇有姿色的女人，手劲比男人还狠。甘文义怕了，连忙自动坐正，说，我会配合，我当然会配合啊。

鲍雪飞说，我问什么，你答什么。要绝对如实回答！瞎编瞎骗，我让你生不如死！

甘文义说，你问你问！都什么时候了，还瞎编，问！问！你问！

旧铁路边，那个哑巴女人，是你杀的？

我不知道她是不是哑巴。反正，在三合板厂旧铁路边那个小木板房里，我是杀过一个女人。掐昏以后，才奸了她。

作案时间？

太久了，我记不住准确的了。反正是《新闻联播》之前吧？因为我离开的时候，听到三合板厂家属区那边屋子里，有电视机的声音。《新闻联播》刚开始的声音。

交代详细经过。

一九九六年，天热的时候，六月初吧，几号我记不住了。那天特别热。当时红星机械厂扩建，我朋友承包了水电项目，叫我帮着做做水电。那天是最后一次班，项目都做完了。下班后，我骑车经过旧铁路边那个独栋小平房时，听到女人洗澡的动静，空气里有檀香皂的香味，我停了下来。旧铁路这边好像很偏僻、冷清，没什么人，跨过旧铁路，三合板厂家属区宿舍那边，就有灯光，人声也多。接了这边红星厂的水电活之后，我有几次路过那个僻静的小平房。我开始以为是个破仓库，它只有东头这边有灯光。有一次，我看到一个苗条的女人进去。那天骑车路过，听到洗澡的动静，闻着檀香皂的气味，当时我就感觉是那个女人。那个水声响的房间，有个小窗子，窗子外面隔条排水沟，对着一个废旧的、像变电箱一样的小平台。我爬上去，透过树枝，就能看到屋子里面，真是那个女人在洗澡！我是从大门进去的，大门一转就开了。推门前我已经想好，如果有人，我就和以前进屋杀人一样，我会说口渴讨水喝吃药什么的，就那样的。结果，里面没有人，我走到有水声的房间门口，这个门倒是反锁了，但是，我踹开了。那个女人还在洗澡，她呆呆的，我扑上去就卡住她脖子，一直到把她掐昏——可能死了。然后我放倒她强奸，大概十分钟后，我射精了。完事后，我就骑车走了。我骑到三合板厂的宿舍区外面的路上时，听到了《新闻联播》的声音，应该是七点多的时候。

女的长什么样？

个子跟我差不多高，一米六左右。完事的时候，她好像动了一下，结果，我又补掐了一把。她肯定死了，一般我卡……

鲍雪飞横踢甘文义胸口的那一脚，快得谁都没有反应，甘文义就连人带椅后翻倒地了。

你他妈究竟想干什么？！鲍雪飞一把拎起甘文义。甘文义刚想哀号，鲍雪飞又一个大嘴巴子甩了上去，甘文义的手铐和鲍雪飞腕上的玉镯撞击发出清冽的声音。鲍雪飞这连续几个动作，让赵武和杜晓光面面相觑，赵武暗暗捅了一下杜晓光。杜晓光磕磕巴巴地轻声说，鲍局，鲍局……专案组这边有那个……杜晓光示意鲍雪飞出去说，鲍雪飞瞪起眼睛。杜晓光只好拉她远离甘文义几步，用了最低耳语——有特别规定：此案绝对不许刑讯逼供，不得虐待，不得发生自伤、自杀或逃跑事故；必须给予人道待遇，直到把案子全部查清……

鲍雪飞赶苍蝇一样，狠狠挥手，杜晓光连忙后退。鲍雪飞性情中人，情绪一上来，即兴莺歌燕舞、拳打脚踢也都是寻常事，尤其是，作为跆拳道黑带七段，她可不是一般女人，出手快、准、狠，连年轻男警察都怕惹到她。

甘文义的鼻血流出来了。

你他妈给我听清楚了！鲍雪飞走到甘文义身边。因为怕她再动手，甘文义瑟缩得很夸张，这个模样，令鲍雪飞恶心，她一把揪住甘文义的领子：臭垃圾！我告诉你，别跟老子玩心计！不要以为把什么乱七八糟的案子都往自己身上挂，你就可以浑水摸鱼，狗命长留。你别他妈做美梦！你给老子仔仔细细听清了！旧铁路这个案子早就查清了结了，冤头债主一清二楚！真凶十多年前就伏法了。不许再提它！！不许再动歪心思！你敢再提这个案子一个字，再他妈胡说八道一个字，就是故意扰乱司法！我会让你——生、不、如、死！

甘文义奸诈无畏的小眼睛里，平生第一次露出近乎单纯的迟钝。他看着鲍雪飞发怔。

第 三 章

听到傅里安进门的声音,保姆珍姐就从母亲房间出来了。傅里安一看她们还没睡,便拐进去看母亲。母亲似乎睡了,傅里安正要退出,母亲突然张大了嘴巴,大得能塞进小皮球,就像让医生检查扁桃体的样子。傅里安摸了摸母亲的头,示意珍姐倒水。珍姐拒绝:不是口渴,是高兴呢。傅里安把母亲的嘴巴合上,拍拍她说,快睡吧,都快两点半了。母亲就不出声了,她侧弯,蜷起身子,手盖在腮帮上,看上去像是睡得很安静的猫咪。

珍姐跟他出来嘀咕说,老太太这两天有点那个,怕是又要发病了。昨天在小区门口,看到跳绳比赛的广告,非要去报名,闹得厉害。人家又不要六十五岁以上的。怎么劝,都不明白。

珍姐加重了语气,她指着自己的脑袋,关键是,她说,是那个小王叫她去参加的。还说小王说她会夺冠,她会当绳王,能挣来五千块奖金。

小王，就是母亲妄想出来的一个忘年交。小王似乎很久没有出现了，偶尔来，对母亲的生活提点建议和意见，似乎也没有影响到母亲的正常起居。母亲基本就是一个正常老太太，她能管理日常开支，经常和珍姐一起去买菜，还很会讨价还价，大钱也不让珍姐碰，防范得很。离上一次发病住院，已经过了五六年了。应该说，多年来，她能基本保持稳定的状态，保姆珍姐立下了汗马功劳。母亲在她面前，有时像小女孩一样撒娇撒赖，有时，脸一横就作威作福，就这样摸不着头脑地忽娇忽骄，这马脸保姆，还都能包容，当然，她的报酬也比普通保姆高得多。

母亲喜欢这个马脸保姆，胜过漂亮儿媳。她俩甚至合起伙来，管束做媳妇的。当护士长的人，本来就在医院熬得气急败坏，回家还要对付精神病随时可能发作的婆婆，还有一人之下万人之上、自以为是的寡妇保姆，丈夫又成天忙得几乎六亲不认，日夜不着家，所以，他们的婚姻早就裂纹满布。媳妇和他约好，儿子上大学，他们就分手。分手的时候，媳妇刻毒地说了一句感谢话：谢谢你，没有把疯病遗传给我儿子。

当时，傅里安盯着桌上两杯咖啡间的空隙，眼神发僵，也像学校里被大孩子凌辱的、故作淡漠的小孩子，没有反抗。而他的身体，根本不经过脑子，就已经扑上去掐她的脖子，掐到她舌骨小头骨折，还有连续的大耳光。但其实，他没有。他的意识把身体、手脚，管束得很沉静。前妻似乎意识到自己的刻毒，站起来的时候，补救性地说了两句话：卫生间那个纸巾挂，又掉了。说了两年，你都没修。算我最后一次提醒你！前妻把椅子推回桌边。第二句话是：如果我不认识你，姓傅的，再次遇见，也许我还是会对你一见钟情。你保重吧。

傅里安盯着杯里的咖啡，耳朵里有一个声音在说：谢了。

傅里安没有说出口，也没有顺势说再见。他一声不吭地看着两杯咖啡之间的空隙。他们之间，很久以来，站起来就是再见与道别。前妻推开小咖啡店的门，头也不回地渐渐在大街上走远。

傅里安回到自己的书房。珍姐给他倒了一杯水，并借这杯水，想和他谈谈她妹妹想换工作的事。她刚说我妹……傅里安就挥手把她赶走了。本来，他还想让她帮找个西瓜霜喷剂，如此就算了。他关上书房门。

傅里安开始翻箱倒柜。从警二十多年，大小工作笔记本至少有三百本，他从一个瓦楞纸箱里几本、几十本往外掏。他要找到一九九六年那个夏天，那个关于旧铁路强奸杀人案的工作笔记本。其实，十多年来，记忆一直没有消退，尽管越来越淡。现在，他想马上回到那一年。甘文义一招供出"6·11"的案子，他就有点坐不住了。他知道，在工作笔记的帮助下，他完全能够重新回到那一年的初夏。

一九九六年六月十一日，案发当日，傅里安和曹大勇（即现在市局刑警队曹支队长）等，在贵州松桃追捕两名抢劫杀人逃犯；六月十二日，逃犯被捕，六月十四日押解回来。六月十五日获悉顾小龙一案，顾小龙已全部招供。六月二十五日，顾小龙正式被逮捕。七月二十七日，顾小龙被执行死刑。严打形势，一切都快如闪电。

如果傅里安那天不在贵州追逃罪犯，作为辖区分局重案大队副队长，十一日正是傅里安的值班日。那么，案发的第一时间，他就必须火速到场。如果是那样，这个案子的走向，会不会就不一样了呢？不好说。即使是现在，傅里安也无法断定，因为，作为分局刑侦副局长的鲍雪飞，无论在介入时间、侦讯的力度和做事为人的强势上，都未必是作为其下级的傅里安能够抗衡的。事实上，他甚至觉得，谈不上抗衡，深陷其中，还可能被鲍雪飞强悍的侦讯旋风裹挟而去。傅里安感觉这个案子不踏实，应该是从《华夏都市报》的报道开始的。当两个小青工，拿着报纸，怯生生地找到分局刑警队时，值夜班的傅里安，还不知道报纸上已经登了一整版的《"6·11"哑女被杀案侦破记》的长篇通讯。

小青工一男一女，十八九岁的样子，都非常瘦，胸前印有"铸造铝厂"字样的卡其色制服，被他们穿得空荡荡的。他们手上拿着的报纸，被汗水洇湿了。两人站在傅里安办公桌对面。男孩子紧张得几乎说不了囫囵话，一直干吞口水；女孩子一张婴儿肥的小胖脸，眉清目秀却有点目露凶光。傅里安懒得给他们倒水，想听听就把他们打发了。

是来投诉的，说是报道不实。

女孩子说，记者说是你们公安通讯员写的。他们指着记者"汪欣原"后面的另一个名字"张金培"。是这个人写的，记者说他只是署名。傅里安知道，张金培是分局刑警大队的内勤，平时爱写写弄弄、拍拍照，不时在报纸、电视台出个名字，算是媒体通讯员。

傅里安压根没看报纸，办公桌上许多报纸，他经常没看就让清洁工收了。他懒得看。因为没看，这下只好装模作样但也明显不耐烦地问：哪里不对？简洁点。

女孩推男孩子说，男孩推女孩子说。

女孩生气地瞪了同伴一眼：那我先说，你也要说！

女孩说，不是志祥哥要去报警，是小龙坚持要去的。我们俩开始还不想去。还有，他……我是有说小龙爱动手动脚，可是，我没有那个意思。你们这样登出来，好像……好像……

傅里安瞪着她，有点表达困难的女孩子，被他不耐烦的注视弄得更加表达困难，但还是绝地反击地回瞪了他一眼：反正！我没有说他是坏人的意思！一点都没有！这样写，就不对！

傅里安看那个男孩子，等他说。男孩嘴唇全部都发白了：我……他指着他们带来的报纸，手指在报纸上划来划去，半天说不出一个句子，仿佛是找不到而开不了口。傅里安皱起眉头，因为他没看报纸，完全不知道那根划来划去的指头，到底要停在哪里。

女孩子还是性子急，她一指报纸一个段落：这里！看女人洗澡，不是他说小龙的，是志祥哥听别人说的，那是大家一起开玩笑说的,又不是认真的——志祥哥,你自己说嘛!

男的点头:反正我没说……

还有!女孩提醒,这个地方!——你说呀!

男孩说,看黄片,只有一次,你们这样写,好像我说他经常看,好像是流氓,根本不是这样的……他不是那样的人……

还有一个地方错了!女孩提醒。

男孩说,嗯……我还觉得警察那样写不太好,我们是报案人,顾小龙是热心人,为什么说我们"惶惶然想溜了",我们又没干坏事……我和红玉……

就这些?!傅里安说。

对!女孩把下巴扬起得很夸张,你们要去跟小龙爸爸妈妈解释,我们不是这样说的!我们没有害他的意思,是报纸登错了!瞎编!

我看不出多大的差别。傅里安想赶他们走。男孩子看出来了,就推推女孩肩膀,示意走。女孩似乎也不知道怎么办才好,但她显然还想争辩几句。傅里安站起来:先回去吧,这里很忙!有什么情况,再说。

女孩扁起嘴巴,扩张发红的鼻翼在抖。想哭的表情,让她的脸,像个橡皮泥捏坏的歪脸丑八怪。傅里安兀自走出办公室,不再理睬他们,他听到女孩低声的咒骂:有什么了不起!"起"字被男孩子捂嘴捂掉了:别说了!不然抓我们怎么办?反正我们来找过警察了。

他敢!我们是来说真话的!

他们走后，傅里安在值班的深夜，认真看了报纸。这就是他接触案子的开始。

三个报案人都是案发地隔壁东方铸造铝厂的小青工。顾小龙是主要报案人，他首先发现了现场。周志祥和今红玉是后来被顾小龙一起邀去看现场的。

那一天，是顾小龙十八岁生日。他和周志祥、今红玉都是小夜班。三个人是同一批进厂的，顾小龙和周志祥很快成为好朋友，今红玉是周志祥的邻居，从小就是朋友。周志祥很会照顾人。但是，今红玉不怎么喜欢顾小龙，因为，他嘻嘻哈哈的，喜欢动手动脚。后来经查明，顾小龙是家里通过关系，把他的年龄改大一岁，进的工厂。关于是否十八岁，办案警官还真特别努力了一把，包括鲍雪飞。如果查明，顾小龙实际小于十八岁，哪怕只差一天，这小子就完全可能不判死刑。但是，出事那一天，被查明，就是他真实年龄的十八岁。而且，他被确认是正午午时出生。到晚上案发，刚好已是足足十八岁的人了。

那一天，三个人约好，先让所有的工友吃饭，他们轮到最后出去吃。今红玉开始不想去，但好脾气的周志祥劝她说，就算是给小龙过生日吧。是晚上七点半左右，他们一起走到阿东小炒店。小炒店在三合板厂的小区门口，从铸造铝厂走过去十来分钟。三人要了几个小菜，几瓶啤酒。大家碰杯时，马上就忘了生日这件事，所以，也没有人想起说生日快乐。八点半左右，三个人离开小炒店。回到铸造厂门口，周志祥说，上班喝酒不好。小龙去买点泡泡糖压压酒气吧。这个时候，周志祥看了厂大门传达室的时间，是八点四十五分。

顾小龙偏胖，一张婴儿肥的方脸，有对黑亮有神的眼睛，秀气的下巴上，一张饱满如救生圈的大嘴，整个人总体看起来，蓬勃热情、绝不安分。如果，让他有时间长成大男人，他应该还会有一脸威武的络腮胡子，现在，就能看出他维护那圈淡淡络腮须毛的意向。但这些企图突出男子汉气质的络腮胡子的淡影，却让这张孩子气的脸，平添了许多半生不熟的别扭感。

报案记录上，顾小龙是这么说的：

我去买泡泡糖的路上，忽然尿急，就去旧铁路那边的公厕。路过小平房的时候，我听到里面有很吓人的喊叫声，喊什么听不清，反正很紧急，很吓人。我走到墙根听，里面什么都没有了，只听到流水的声音。我就走了，买了泡泡糖，我一路走一路担心，是不是有人出事了。所以，我到了厂里，就要周志祥跟我走，今红玉看到我们又出车间，问干吗。我说，有个女人死了，谅你也不敢去看。我是故意吓她的，她这人逆反心重，又任性，我说得越可怕，她越显示不怕。这样，她就跟我们去了。我们到了小平房那里，还是一切都静悄悄的，只有走近靠近变电箱的保护柜，才能听到里面的流水声还在流。周志祥骂我神经病，说什么事也没有，赶紧回去上班。我说，刚才那叫声真的很恐怖，不然我们三个进门去看看吧。因为我早就看到大门是虚掩的。周志祥就打头，我第二，今红玉走第三个。屋里很破旧，中间吊一个三瓦的灯条，灰灰的亮，没有人，我们直接走向那个有流水声的屋子，门一推，我们就看见一个女人，没有穿衣服地仰躺在地上，舌头吐出了这么长（比画拇指长）！今红玉尖叫了一声，第一个往外跑。然后，我们两个也赶快跑了出来。周志祥说，会不会是犯病啊？但我和今红玉都觉得她像死人。周志祥说，管她死人活人，我们还是赶紧去上班！我说，还是要报警。万一真是死人呢。

今红玉说，不然先回班上，问问师傅们吧。

我说，三合板厂南门有个治安亭。我去报下警，你们先回厂里。帮我跟师傅说一声，说我在报警。

周志祥还是反对，说，别管这些闲事了。我们离岗太久了不好。最后，我还是去报警了，他们就先回去上班了。

一张发黄的旧报纸，夹在笔记本中。只是一页，报眉上可以看到"华夏都市报 社会新闻3版"字样。一个整版，通栏大标题——"6·11"哑女被杀案侦破记，版面配发了两张照片：一张是鲍雪飞居中的会议工作照片，照片文字是"公安干警进行案件分析"；另一张是两名警察，押着中间的顾小龙，照片文字是"提审案犯顾小龙"。十年过去了，报纸折痕的地方，字迹漫漶。但傅里安在报纸上做的笔记画线、圈段和各种三角重点符号，依然没有褪色，傅里安小心翼翼地抹平这张黄如姜色的旧报纸。如果，不是两个找上门来、斗胆要求警察更正的小年轻，傅里安可能永远都不会读那张报纸。但是，因为他们两个，那个值班的夜里，他认真地看了一遍。可以说，这张歌功颂德的报纸，把他回来的这两天里，关于大家所议论的这个案子的全部疑惑，都凸显出来了。之后，他和曹大勇聊过，曹大勇一直暧昧地摇头苦笑。

现在，甘文义出现了，重新再读这些文字，傅里安再次感到自己掌心发烧：

……水北分局政委刘国安、刑侦副局长鲍雪飞、刑警队队长郑立忠和教导员孙毅、副队长王向东及刑技干警们，立刻驱车前往现场……

鲍雪飞副局长，观察了现场后，她的脑海里已经像沙里淘金似的，不知筛过了多少遍。而当她和报案人简单交谈几句之后，她的心扉像有一道光，思路猛地豁然开朗了：一个正常的路过者，怎么可能好端端地发现，一个女子在自己家的浴室里，洗澡倒地身亡？说听到叫喊救命？可是，这是个不会发声、呼叫不出的哑巴……

……鲍副局长、刘政委、郑队等局领导们，会意地将目光一起扫向还在自鸣得意的那两个报案人,心里说,你们演的好戏该收场了。作为优秀的刑侦人员,对现场的一丝一毫状态,都敏锐于心。而临场领导对他们的一举一动、一颦一笑,都心领神会。当那两个自作聪明的报案人,感觉情况不妙而拔腿想溜时,他俩的身前身后,已经堵满了警察。

……顾小龙在警方的审讯下,阵脚开始乱了。他不是拒绝回答,就是东拉西扯,而且往往是答非所问……分局的领导这会儿在干什么呢?在开会,会议由水北分局鲍雪飞副局长主持。会议进展得非常顺利,因为他们的看法是一致的,所要采取的下一个步骤也是一致的……

审讯、技侦、外围调查,多路警察在漏夜奔忙……这是意志的较量,这是决策和判断力的考验,没有速度就会贻误战机,指挥失误就会误入歧途。而多路工作反馈回来的信息证明:鲍副局长把顾小龙带回分局,是完全正确的……

……为了使案件准确及时侦破,他们请求市局预审处和检察院批捕科提前进入办案程序,联合办案。虽然,顾小龙极力想逃脱罪责,一直顽抗抵赖了两天,才交代犯罪过程,但是,这被神探一眼识别的罪犯,又怎么能逃出火眼金睛?

……供词!这供词是熬了四十八小时之后,才获得的。为了证实顾小龙交代的真实性,鲍副局长指令分局刑警队技术室,给他剪指甲采样,进行理化检验,果然,经过严格的科学鉴定,最后证明：顾小龙指甲里的残余血样，与被害人咽喉被掐处的血样，完全吻合！他的指甲里，就是被害人的血！

真相大白！

……毕业于中国最高刑警学府的高才生、全国优秀人民警察鲍雪飞副局长，这些年来，通过侦破累累疑难案件，屡建奇功，成为闻名遐迩的刑侦界翘楚。对自己在这个"贼喊捉贼"的神奇案件中发挥的关键性作用，她非常谦虚地说，这是同志们群策群力的结果。她说，没有天生的神探，只有你比别人更努力，更用心，更付出，更有想象力……

熬了四十八小时！四十八小时啊！可是顾小龙，你还是统统答错了。你真该去看看甘文义的答案……傅里安慢吞吞地折叠起老报纸。他顺手拿起桌边的夹心饼干，才咬了两口，舌下就痛不可当。他走出书房，到储藏间去找前妻留下的大药箱，但是，西瓜霜喷剂比工作笔记本难找多了。翻来翻去，没有。没有。没有。前妻储备的药，或许可以开一个小急诊室，但偏偏没有他急要的西瓜霜喷剂！傅里安用力踢了大药箱一脚。散落一地的药，他也不想收拾了。

第四章

天还没亮透,傅里安就被省刑警总队二把手老马的电话吵醒了。比他自己设定的七点闹钟,提前了四十分钟。也就是说,驻守在二轻招待所的审查组组长,在六点多就吵醒了他。

傅局,出事了!

傅里安吓得头皮一炸,睁大了因严重少睡而酸涩的眼皮。昨晚快四点才熄灯睡下,又辗转不能入睡。他最多只睡了两个多小时,一个突然的电话,让他头昏脑涨。

老马的口气,很怵人:甘文义呼救,说他喘不上气!要吸氧,心口疼。昨天后半夜,鲍雪飞带了几个人去审他了。我半夜听到有动静,出来时正好看到他们几个出来。

挨揍了?

嘿!

跟王厅汇报没?

这不先跟你商量吗？

商量什么？！你是审查组组长，怎么可以随便让人提审？！甘文义要他妈有个三长两短，你脱不了干系！！

我随便让人审？——他们是偷审！我和你一样不知道！至少我还在岗！真要出事，你这个副组长也逃不了干系——

老马低声咒骂：操他妈，难怪这边兄弟，都说你这畜生不会说人话！

傅里安咬牙切齿，一时无语。因为他也觉得自己说得不对，但老马应该明白，他不是那个意思。这么一想，傅里安心里又来了气，声音又狠毒了上去：我上午要带那小子去觥州桥芦苇荡看那个隐案现场。这他妈他能走得了吗？！

不行就担着去！老马没好气地说。

我马上到！你要不先跟王厅汇报，出了这么大的事，得赶紧有保护措施！！不然——

老马直接把电话挂了。

傅里安还没赶到二轻招待所，王副厅已经大发雷霆过了。

甘文义一早就"啊—哟！啊—哟！"地叫唤心口疼，说警察打人、刑讯逼供啦。老马查问三个夜班看守民警，都说不知道，是赵武和杜晓光领着鲍局过来的。他们在里面审，关着门的。都说，里面没什么太大动静。而赵武和杜晓光两人口径一致，都说是市局副局长鲍雪飞来过问过，但只是问问，绝对没有动手。两个人都说，我们都知道纪律啊!

傅里安从车里出来,就看到鲍雪飞的司机在车旁吸烟。而他的车子,还没进二轻招待所大门,鲍雪飞就看到了。她便在前面慢慢走,然后停在主楼楼梯口等着他。已经是深秋,街上的人,都穿薄夹克了,傅里安还是黑短袖T恤,下面是宽大的黑色警裤,仿佛刚从健身房出来。

鲍雪飞向他招手,傅里安视而不见。

在整个省属范围里,这两个人是公认的最有天赋的刑事警察,两个人都是狠角。区别是,傅里安的狠,是从骨子里透出来的,他几乎不打嫌犯。但是,他似乎总能让撒谎或企图撒谎的家伙,看到他,就感到恐惧,就明了这是一条不好惹的毒蛇;鲍雪飞相反,嫌犯第一眼看到她,会以为守护天使在侧。但是,正是这个宛如天使的女人,只要她直觉到嫌犯不老实,或者她自己不耐烦了,必定出手,且出手之狠,往往令嫌犯错愕。一开始,他们个个都回不过神,不能相信这个柔丽如外科医生的女人,真的打了他啦。等暴力矫正不见停歇,他们很快就明白,这个女人揍他们,就像家庭主妇剖鱼杀鸡一样平静。曾经有个涉嫌杀妻的男人,实在受不了鲍雪飞生不如死的刑讯逼供,利用看守人员的一个疏忽,自己摸电门自杀了断了。为这事,鲍雪飞从分局刑警副大队长降为普通警察,一切从头开始。这是她早年的仕途大坎。

说是神探,傅里安也栽过大跟斗,在旧铁路哑女强奸杀人案之前三年。中华戏院化粪池改造时，从里头意外捞出一个人头骨。调查发现，戏院隔壁小巷里有人失踪。那是一个家族里的二流子失踪了。失踪四五个月了，家人报过警。调查人员发现二流子独居的屋里有血迹，而且走访发现，这个好吃懒做的二流子，非常遭家人恨。家族长辈临终，居然还给了二流子不少房产。诸多线索，指向谋杀。突审后，二流子的姐姐、姐夫，以及他们的孩子，都招供了。他们都声称是自己杀的，和他人无关。也就是说，三人争当杀人凶手，口供比较乱。办案组认定，这是亲人间的互相保护。那么，人肯定就是他们杀的了。因为抢责任，审讯人员被三个嫌疑人混乱的口供弄得头昏脑涨，把三人羁押了半年，正准备移送检察院时，二流子出现了，他回家了。原来，他去南方和一个诈骗团伙混上了，后来被警方追散，钱也没了，他就又回老家来了。而屋里的血迹，是他自己踩到了扔在地上忘了收拾起来的电工刀，警方赶紧放人。这案子实在错得离谱，被羁押的姐姐、姐夫、侄儿，都气得要炸掉公安局。经济赔偿后，作为专案组负责人，傅里安三次上门道歉，被他们拿扫把、泼开水地赶出大门，一拨人每次都灰溜溜地回来。傅里安又愧又气，还争辩说，谁让你们个个抢着说自己杀了人。冤主说，不认下来，早被你们打死了。不如认下我一个，好放掉其他人。傅里安大怒，说，我什么时候打过你？！人家说，你手下的人打了，就等于是你打的！

那节骨眼，正是全局干部调整，由于业务能力强悍，傅里安本来要被再提拔重用，这事一出，不仅事情黄了，还要降职惩戒。但因为他业务水平连敌对势力也折服，最终只受了警告处分。当时，市两会马上要召开，冤主一家到处告状，如何处置错案责任人，局领导层伤透了脑筋，反复开会讨论了很久。说起来，在领导圈，傅里安没有一个朋友。他从来是一条任何人都敢得罪的疯狗，有个高层领导有一段时间，就用"狂犬病"直接替代傅里安的名字。几乎每个领导，都在他手里碰过一鼻子灰。但负负得正，大家都知道他谁的人都不是，充其量，不过是条只懂干活、无人圈养的野狗，而每个管理者心里，毕竟希望有些个出成绩的能手，这样，具有工具箱性质的傅里安，反而不时吉星高照了。所以，他的仕途升迁，基本体现了领导层"任人唯贤"的准则，也算天无绝人之路。不过此中，鲍雪飞暗中帮了很大的忙。那时候，鲍雪飞已是市局政治部科级要员，妩媚慷慨，上下关系良好，能干能歌，论剑时可论色，论色时她论剑，豪放粗鲁，活脱脱一块警界瑰宝。她的影响力辐射红道黑道、三教九流，连京城官员路过本城，都喜欢有她歌酒同欢。

　　二轻招待所的楼梯口，鲍雪飞笑眯眯地等傅里安一起上楼。视若无睹的傅里安，老远地，转身去了总台那边的厕所。鲍雪飞啐了一口，独自上楼了。傅里安上楼后，直接去找了审查组曹支队长和刘元。刘元在联系医生。他说，甘文义一直说自己胸口疼，还干呕了好几次，跟我老婆怀孕似的。曹支说，应该是他妈的在装！傅里安说，有伤，也有夸张。鲍姐出手，怎么可能是轻轻按摩？

人家根本不承认动过手啊。几个人都苦笑。说话间，他们来到王副厅的房间，未进门就茶香夺人。鲍雪飞和王副厅，分坐在沙发上。看表情，两人谈得不错，老马像个奴婢在忙着泡工夫茶，一屋子茶香氤氲。看这里的祥和气氛，再看专案组的最高指挥官王副厅，也不是他想象的怒发冲冠的样子，傅里安脸上马上就挂霜了。曹大勇知道傅里安那毒舌肯定要喷毒，便不动声色地等茶喝。

鲍雪飞倒先开口了：里安尝尝。这可是真正的武夷山大红袍！正山小种！一克两百块哪！王厅刚刚才知道，他过去喝的大红袍，都他妈的是狗屁啊！你快尝尝！这些天，兄弟们辛苦了，我犒劳英雄一下……

傅里安不接茶杯，一字一句地：昨晚偷偷审人，你心安了？

鲍雪飞转身对王副厅：我说得没错吧？什么事到里安那里，他都会小题大做。

要审你大大方方地跟老马提啊，他是审查组组长。他批准就行。再说，这是我们专案组的内务，又是省厅领导下来督战的大案，你随便打我们的嫌犯，刑讯逼供，很不合适吧？

看你小气的，连嫌犯都是你的了！鲍雪飞看了王副厅一眼，眼风有点糯软，但转瞬就锋利了，王厅，还好我来前，你自己就问过赵武、杜晓光了。我就不辩解了。

王副厅长说，叫他俩来！

杜晓光、赵武一进屋，鲍雪飞就说，你们如实说说我昨晚顺路过来的情况吧。

杜晓光说，鲍局昨天有事路过我们这，觉得我们辛苦，顺道想看望兄弟们一下。她以为我们还在连夜突审，没想到我们正好歇息了。反正都来了，她就想看看那小子。鲍局也不想过问其他，只想问问和她有关的案子。我们觉得，"6·11"案子，是鲍局当年办的铁案，全国多少媒体都报道过的。所以，鲍局也算是与此案有关，不是外人，再说，她是市局领导，也是高度责任心使然……我们就带鲍局过去看了几分钟，陪鲍局问了几句话。鲍局确实没有动手，他自己起床时，摔了一下，有起床气，说我们不让他睡觉，是搞刑讯逼供。现在，那小子谱很大，让我们好吃好喝地哄得都不知道自己是谁了，动辄不高兴，有人戳破他谎言就很恼怒，我觉……

——混蛋！够了！傅里安大喝一声。

场面一时死静，只听到王副厅很响地喝了一口茶。

至于吗，里安？鲍雪飞叫里安的时候，总像是叫"亮"。这倒有点像傅里安母亲叫他。鲍雪飞冷着脸，腮帮子还显出明显的咬肌抽动，里安，王厅还在这听下情呢，轮得到你发火吗？你实在憋不住，至少可以等到医生验过伤情再发威吧？

傅里安被鲍雪飞噎得脸发青。

第 五 章

甘文义是个天生笑眼弯弯的小个子。鱼嘴巴一样的薄唇,笑起来有两个深深的嘴角,牛角似的往两边翘。看起来挺面善,但是,他一说话,就有种既无畏又有谋略的感觉。有阅历的人,会对他的面善感到不安,但很多年轻女性,会认为这个男人既温柔又勇敢。他落网于一民办幼儿园园长的居室内,两人是同居关系,当时正在喝午茶。抓捕的时候,园长一迭声尖叫,还扑扯警察:不可能!不可能!他绝不可能杀人哪!

甘文义似乎被她的叫喊搞烦了,说,我就是!

甘文义在幼儿园做勤杂,快两年了。他和园里另外一名阿姨,以及一名幼儿家长都有性往来。导致甘文义落网的根本原因是,甘文义钟爱的、另一个区的十九岁姑娘。当时,甘文义已经成功逃出傅里安他们的围捕圈,他的反侦察能力,可以抵挡傅里安多个回合。被捕后他说,他也知道危险,但是,他爱那个女孩,怎么也忍不住,逃亡前，必须和她说几句。尽管他已经狡猾地弃用手机，到街上用电话卡打电话。但是，这一步还是没有超出傅里安的预设。被捕后，那个十九岁的女孩，面对警察的调查，照样歇斯底里地叫喊，不对不对！肯定不对！他连虫子都害怕！你们绝对搞错了！我们马上要结婚了！

似乎是警察惹得女孩大哭。

甘文义身上奇怪的女人缘，让很多刑警大感不解。小蟑螂一样的小身板，没钱没地位，除一张小嘴能说会道，其他真是一无是处。性能力倒是暴强，这个，对不入境的女人来说，根本算不上优点。那还有什么呢？真是费解。比如现在这个，傅里安、刘元他们正往觥州桥方向，去探看那个埋在芦苇荡里三个多月的女人。按照甘文义的交代，那个二十出头的女人，三个月前，只是一句话，就上了他的小货车。

你这是要去哪呀？甘文义把小货车停在她身边。

竹坝。

上来吧，捎你一程。我老婆家就在竹坝。

然后，这个女孩还没到觥州桥，就在僻静处被甘文义借故修车，突然掐死、强奸了。然后，甘文义拿件破衣服盖住女孩，开车回到城郊一个五金店，买了一把铁锹。就在觥州桥西面的芦苇荡深处，给埋了，让她成了荒野里的孤魂野鬼。如果甘文义说的都是真话，那么，这个女孩，所有这些女人，都是死于对甘文义的信任。

觥州桥在城西，新中国成立前那一片都是坟场，后来因为修水库，人气渐聚，随着路的延伸，丘陵深处的几个村落也逐渐走出了大山的遮挡。竹坝算是山里最大的一个集镇了。几百年前，靠水路小有繁华过，后来式微衰弱也很快。

刘元开车，傅里安坐副驾座位置，后排，曹大勇和另一名警察把甘文义夹在中间。甘文义铐着手铐。临出发，曹大勇让刘元把甘文义和另一名警察铐在一起。曹支一贯谨慎，怕荒郊野外芦苇荡里，万一脱逃了不好弄。

三菱吉普一路颠簸，甘文义有机会就夸张地呻吟几声。傅里安把一个橙子扔给曹支：再吵，堵上！甘文义说，堵上我怎么指路？曹支狠狠扇了他后脑勺一下：一路上就他妈听你生孩子一样叫唤！你把让你进屋喝水的八岁女孩，倒插进水缸里的时候，知不知道她的痛？你把好心跟你去甘蔗地抬甘蔗的姑娘，肚皮都撕开了，知不知道她的痛？！

呃，我杀人，是靠真功夫；如果我当警察，肯定也不刑讯逼供。不战而屈人之兵才是本事，不管哪一行，你拿真本事来嘛！

轮到另一警察给了他一大嘴巴子。

你是他妈的最没本事对女人"不战而屈人之兵"的，所以你才杀人！奸尸！曹大勇这下子出手更重，甘文义噫噫尖叫，冲着前排的傅里安大喊：报告领导！我脑震荡了谁负责？

我。傅里安头都没动，说，堵上。

曹支一把捏住甘文义的喉管，甘文义不由张嘴，橙子就堵进了他的嘴。甘文义舌头压得转不了，呜呜甩着头，很快口水就淌了出来。曹支喝了一声：好好看路！——用手指！

按照甘文义指的路，开过觥州桥后左边第一个土路口，左拐进去。吉普车颠簸得更厉害了，最终吐出橙子的甘文义，不敢再哼哼，不时还是夸张地抽气。看来身上还真是痛，傅里安想，鲍雪飞那一腿，真他妈是往死里踢啊。

车子停靠路边，几个人走下河滩。法医的车子随后也赶到了。果然有一大片一人高的芦苇丛，在两大丛芦苇的中间，甘文义指着一个略微突起的土包说，那。几个人走近。刘元提着铁锹过去挖，才挖两下，就抬头看傅里安。傅里安点头。

埋得不深。只是几铁锹，那个女尸就显形了。埋了几个月，女尸肌肤有点白蜡化。一见女尸，甘文义好像看到自己的功勋章，呻吟声立刻放大了：是不是，是不是，我没骗人吧。要我说啊，抓不到我，不是我的事。一旦抓到，我句句真话。是不是?！我就不明白，我这样一个本分的坏人，为什么还挨打呢。再这样的弄法，我只好说假话了。刑讯逼供，刑讯逼供，不都是逼人认罪的吗？怎么还有逼人撒谎的?！我一直认罪，天天认罪，哎，怎么好好的就往死里打我呢，这真是奇了怪了，我看我要去查查心电图什么的。说真的，你们把刑讯逼供都用错了，这样当警察也太不称职了！

刘元挖尸的铁锹，还带着尸液，一铁锹，狠狠打在甘文义的屁股上。甘文义一个趔趄，把铐在一起的警察，连带着都差点栽进女尸坑里。傅里安和曹支互相看着，谁都没有说话。这个恶棍没有骗人，坑里这起确凿的凶案，他要不说，只有天地鬼神知道。隐案真相大白了，也意味着这个变态混蛋没想撒谎。这也意味着，后面的麻烦更大了。曹大勇给了傅里安一支烟。

甘文义这几天供述的十四起强奸杀人案，至少到目前为止，据现有材料和外调警察反馈，还没有一起是虚晃的，每起都可以印证。没有人问甘文义为什么交代了这么多。甘文义自己表白说，从我做第一起案子到第三起都平安无事后，我就对自己说，天啊，我欠被杀掉的女人们、欠警察们的人情太大了。今后，只要我落网，一定好好地、决不隐瞒地全部招供。我甚至希望你们早点抓住我，因为我已经上了瘾，控制不住啦。隔一段时间，我就得出去消个瘾头。没办法，都是命啊！碰到我的女人，和我一样，我们都是被命运抛弃的可怜人哪！我们都是苦命的人哪！甘文义利用了他必死的结果，肆无忌惮、随时放肆地羞辱自己、羞辱警察，搞得多名审讯警察，都下意识地想揍他。但最让审讯警察们省心的是，甘文义对自己十几年来犯的所有案子，都有惊人的记忆。时间、地点、天气情况、受害人年龄、模样、发型、服饰，甚至躺倒的头脚方向。同样地，"6·11"旧铁路哑女强奸杀人案，他也说出了非真凶难以表述的细节。比如，那女人洗澡用的是檀木香皂。脖子上有条金项链，特别细，这条细项链，他当场就拽走了。哑女父亲是尸体火化完，才想起女儿身上戴有一条项链，回头向办案警察要，大家没有见到。问顾小龙，顾小龙也说没有见到，就被打了。顾小龙说，我一报案就被关到现在，要有，你们早搜出来了。警察说，你没那么笨吧，没藏好东西就来报案？！顾小龙就哇哇哭了。

甘文义随便一个记忆细节，就延伸出诸多的相关材料。面对这个记忆准确、有倾诉快感的杀手，对于侦办警察而言，应该算是件好事。但是，对于裹在这十多起系列强奸杀人案中的"6·11"旧铁路哑女案，就不那么令人轻松了。甘文义对于此案的每一次供述，都在暗示一个艰难博弈的开始。实际上，这个角力，可以说，早在顾小龙走向刑场前，就露出了端倪。

验尸回城的路上，一个大颠簸，甘文义又呻吟起来：胸口疼啊，真的疼啊。是得让我去看看医生啊……我要是突然死了，你们可别怪我没预报啊……

傅里安扭头，看了他一眼。

甘文义不由噤声，干舔了舔舌头，终于安静下来。甘文义也不知道为什么，这次这么多警察审讯他，一趟又一趟，就是这个人，也只有这个人的眼神，让他心里有凉飕飕的感觉。这人不怎么说话，嘴里总在不引人注目地磨咬着，看他的脸不周正磨动的样子，甘文义猜他有上下牙错开对磨的坏习惯。他觉得，很多没脑子的人，会有下意识磨牙的坏习惯，但甘文义心里还是发怵。他感到，那缓缓磨动的，不是上下牙，而是狼牙，是吸血鬼的獠牙。每每这时，甘文义就给自己压惊：我又没撒谎，我死都不怕了，我还怕什么！

实际上，带甘文义去看医生，专案组早上就安排了。一回城，刘元他们就带甘文义直接去了医院。傅里安下车，还没走上二轻招待所楼梯，鲍雪飞电话就到了：里安，今晚我们聊聊。我特意给你留了点好茶。

改期吧。傅里安说，眼下太忙。茶我不要。

屁忙！不就刚挖出一具女尸吗？

消息真他妈快。

你以为我是谁？鲍雪飞笑，你放什么屁，多远我都知道。

今晚没空。

里安！你别他妈心怀鬼胎躲我！"6·11"是我亲自侦办的铁案！谁不知道"女神探""鲍神探"？这案子，想都别想翻！不看僧面看佛面，如果你想挖坑，最后只怕埋的是你自己！

你急什么急呀，傅里安说，这不是还在调查中嘛，不就坐实了一起隐案，也不至于你就急成这样啊。

今晚九点，米兰茶馆。

改期吧。

就今晚，要不了多久。你昨晚不也回家睡了？

我妈不太舒服，我回去看看。

她又发病了？我去看她。

没事，没大事了。

没事你就来。我命令你！我是你师姐！

第六章

　　同为中国刑警大学的高才生，傅里安毕业的时候，鲍雪飞已经工作五年了。也就是说，他才跨进校门，鲍雪飞早已毕业，校园里只留下各种关于鲍雪飞的悍美传说。她的狂野、她的美貌、她的腿上功夫，连她的拔枪姿势，都成为无人企及的最帅标杆，这些，都在一届届地流传。但最为震撼人的是胳肢窝夹死老鼠的故事。说是当年，因为校舍条件简陋，女生们又贪吃，宿舍里一度老鼠横行。有一次，一女生发现老鼠在她被窝里下了一窝指头大的小老鼠，一声尖叫，引发了整个宿舍歇斯底里的海啸。这是背景。之后不久的一天半夜，鲍雪飞在睡梦中感到老鼠从脚边进了她被窝。她立刻用腿和脚，迅速把被筒底两边掖紧。老鼠惊慌，上行逃窜，钻进她胳肢窝。鲍雪飞立刻用胳肢窝，死死夹住它。整个宿舍，那一瞬间，只听到她和老鼠一起在狠狠号叫。她竟然把老鼠给夹昏了。然后，再跳出被窝，处死昏迷的老鼠。

小学弟、小学妹听到这个传说，基本一半吓休克，一半惊得下巴脱臼，最多残余几个健全的，也都呼吸不畅。这需要多么超凡的胆略和毅力啊，那是活老鼠不是卤蛋啊！傅里安就是属于呼吸艰难的学弟之一。没想到，大学毕业，他就成了鲍雪飞的手下。

见习期，鲍雪飞对傅里安就非常好。可以说，特别关照。那时候，傅里安比现在清瘦，肩宽腿长，板寸短发，浑身一股蓬勃协调的动力感，眼神却忧郁疑惑。鲍雪飞第一眼看到他的时候，他提着双肩包，站在大队走廊的阳光中，上唇、下眼睑微提，看上去就像一个在刺目的阳光下，找不见玩具的孩子，困惑而迟疑。鲍雪飞一下子就看顺眼了。二十年过去了，一说傅里安，她脑海里浮现的依然是，他在刑警大队走廊里张望的样子。她也喜欢听他三级火箭似的狂笑声，那种狂笑，纵横驰骋着天塌地陷都不管的爷们气势。她觉得，能越笑越有力的人，应该很少。一般人的笑声曲线图，应该是出口为巅峰，逐次降低。傅里安的笑声，是有力升高的两峰、三峰曲线。它能让所有听到他大笑的人，不由跟着笑。后来人们骂他是疯子，有人就想起，经常沉默寡言的他，笑起来还真是与众不同地疯狂，但你还是会跟着他笑。

当年，提着双肩包的傅里安，听到眼前人就是传说中的鲍雪飞，也是一阵心潮跌宕。可能因为对夹死老鼠的故事，傅里安一直消化不良，所以，从一开始，他对学姐鲍雪飞的情感，就敬畏大于亲近。一年后，鲍雪飞因为在侦办案件中刑讯逼供，致使嫌疑人摸电门自杀的恶性事件，被贬到派出所当普通民警。两人的工作，就不太相交了。不过，在刑警大队的头一年，鲍雪飞最乐意的就是带傅里安出差。酒后的鲍雪飞，更豪放无忌、纵情纵意。在甘肃，一个喝多的夜里，同样喝多的傅里安，送醉后的鲍雪飞回房，就被缠绵扣下了。那一夜，师姐指令他褪下她的黑丝袜，旋即，黑丝袜就被师姐用来蒙住了师弟的眼睛。

酒醒之后，傅里安觉得自己就像那只被胳肢窝夹死的老鼠。从此，他尽量躲着鲍雪飞。他被自己恶心到了，他恶心自己顺水推舟并享乐其中。最后，那份自我恶心，以及短暂的欢乐，他选择全部烂在心里。但是，圈里还是有些流言蜚语，尤其是鲍雪飞贬职后从零出发，一级级再度步步高升、问鼎权力时，关于她对上的情色公关，对下喜带帅警出差的好色传闻，都成了业内暗地里的八卦。而有心人梳理下来，傅里安，就是她如此癖好的第一男警。但是，人们渐渐又发现，傅里安和别的那些人不太一样，没有显出腥气熏人的上进心，反倒是对权位迟钝、淡漠，时不时还会对包括鲍雪飞在内的所有顶头上司恣肆冒犯，一副蠢不可及的法律至上的嘴脸。这样，他也就被公认为一个怪物，一个异类。而这个异类，却始终没有被权力系统排斥出去——还是那句话，系统里还是需要能干活的人，尤其是这类真刀真枪、凭真功夫的地方。所以，傅里安出众的刑侦能力，是助他存活，并小步高升的根本；也可以理解为，没人疼的孤儿也无人害吧。也正因为如此，人们认为，这样一个自由异类，确实没必要在鲍雪飞裙下谋利禄。反过来，傅里安的退避冷漠、桀骜不驯，倒最让鲍雪飞怜惜欣赏。那些哈巴狗一样，对她唯命是从、巴结逢迎的舔鞋之徒太多，尽管有的比傅里安更帅更年轻，但都没有超越傅里安在她心目中的分量。

这个晚上，他们还是见面了。

傅里安最终赴约，不是囿于鲍雪飞的命令，而是刘元他们带甘文义从医院检查出来后，遭遇了大车祸。一辆和三菱警车并行的、满载沙土的大土方车，因为路口突然有摩托车驶出，猛地紧急刹车，车辆侧翻。所有沙石倾覆而下，幸亏刘元反应快，猛打方向盘，只有车尾被压，但是猛打方向盘，使车辆撞向街边一座石雕基座，车后座的甘文义和两名警察全部受伤。按理，戴着手铐的甘文义无可抓凭，伤应最重，他也确实滚到了副驾座前，倒栽葱插在那，但是，拔出来，他居然只是血流满面吓人而已。全身查完，不过右膀子脱臼、右手两根指头骨折；而同排的两名警察，一名当场昏迷不醒，另一名大腿骨折。土方车司机耳朵出血，看上去还不错，还能帮助警察救助伤员。

在二轻招待所，傅里安一接到电话，就冲进了王副厅房间。杀人灭口吗？王厅！——我们必须加强对甘文义的安全保护措施！专案组换地方吧！

彼时，王副厅已经接到了车祸信息，对傅里安的激烈反应，他故意显得平静冷淡：车祸是意外，用不着小题大做。

呃，傅里安口干舌燥，他深吸了一口气，说，呃，不然，我们还是跟周书记汇报一下？这事，真不能掉以轻心。我心里有数。

傅里安说的周书记，是省公安厅一把手，厅长兼书记周东方。王副厅拍着电话座机说，我正准备跟他汇报情况，你不就冲进来了。

傅里安无话可说，只好困兽一样，在王副厅的沙发前转悠。王副厅又偏不拿起电话。憋了半天，傅里安说，你打啊！如果今天，不是刘元反应快，这几个人，包括甘文义，全死！

哪来那么多如果！还是注重事实吧——请你先出去，我抓紧跟东方书记汇报一下。有什么情况，再说。傅里安走了出去。

王副厅拨通电话，刚叫了一声"东方书记"，傅里安又推门而入，按掉了他的电话：你必须告诉他，必须强调！甘文义系列案子的供述中，涉及的那起重大冤案越来越微妙！嫌犯的安全必须有绝对保障！因为案件涉及关系人，已经发生了半夜偷审、刑讯逼供行为！现在，又忽然发生莫名其妙的车祸，还差点让我们三名干警陪葬！

这涉嫌杀人灭口！你一定得把严重性汇报上去！

王副厅把话筒使劲掼在桌子上：傅里安！你是厅领导，还是我是厅领导！你算个什么东西，敢按掉我的电话！难道我还要你来教我怎么汇报工作？！这简直是——神经病！

王副厅气得脸面发黑，嘴角浮起泡沫。因为动静太大，老马等两名专案组警察都走了进来，随后曹大勇和部里的测谎专家老何也走了进来。傅里安气得满脸蜡黄，最后，左右不适、讪讪地走了出去。王副厅实在是太恼火了，傅里安走远了他一团恶气还堵滞在胸，冲着他的脚步声，王副厅第一次很失态地咆哮了一句粗话，粗到他自己听耳边的话音，都有点不自在。说起来，厅里的领导，文职官员不少，未必懂刑侦业务。但是，和一线警察待久了，耳濡目染，业务知识增长的同时，不知不觉也会用最粗鄙的话，来表达极致情感。他把自己失态的恼羞，又记在了傅里安的账上。曹支和老马竞相宽慰着王副厅，只有公安部下来的测谎专家老何博士，一直微微笑着，眉眼超然。

傅里安悻悻地回到自己房间，他认定鲍雪飞已经把王副厅的脑子洗得很彻底了。横倒在床上，他想来想去，犹自不甘。摸出手机，他和省厅刑侦总队的李政委通了电话。省厅部署抓捕甘文义的时候，李政委也下来督战过，后来是厅里有接待任务，甘也落了网，他又连夜赶了回去。李政委倒是刑侦专业出身，懂行，傅里安本来和他也有工作交情，他对傅里安经常不按牌理出牌的恶习，比一般官员包容一些。

一直到下午五时，太阳西下，王副厅终于召集专案组开会。会议决定：

一、撤换闹里分局全部看守人员，改由借调武警官兵全面担负看守工作；

二、全体专案组成员，全部办出入卡，人手一卡，武警只认卡不认人；

三、所有涉及"6·11"案件的警察，一律回避甘文义案。

晚上九点半，鲍雪飞和傅里安在体育中心路的米兰茶馆见面了。傅里安从冷峭的狂风中进来，短袖黑T恤外加了一件羽绒黑背心。鲍雪飞看着他都冷。茶馆里，人人都是毛衣、大衣、羽绒服。傅里安的短袖T恤，一路惊惧了很多人。

他走进鲍雪飞的包厢。给他留的座位边，不只有一提茶叶，还有一箱大闸蟹。

鲍雪飞早到，她把关于她见义勇为的报纸，放在傅里安座位的餐垫位置等他自然拿起浏览。她已经后悔这个时节在媒体上露面，但是，让傅里安看到，让傅里安积累对她的正面评价，她总是愿意的。然而，傅里安落座后，直接把它当餐垫，把吃过的绿豆糕包装纸、橘子皮，都放在了上面。而且，因为进食舌痛，在他急忙喝水时，水也滴答在那张歌功颂德的报纸上。鲍雪飞在傅里安似笑非笑的抱歉表情里，看到了他骨子里的不恭不屑。

鲍雪飞到底没有那么深的涵养，狠狠将报纸一把抽起，顿时，傅里安桌前的纸屑、果皮、垃圾狼藉。傅里安只好用纸巾把它们扫拢到一边。傅里安说，算你狠。你那一脚，把甘文义踢得胸骨开裂，再紧跟着一个灭顶的车祸，他差点就挂了。你这是往死里来呀你！

你的嫌犯，轮不到我来踢。是他自己摔的！车祸，那是老天看不过去！

你真守法呢。

说吧，现在你到底怎么看"6·11"案件？鲍雪飞直截了当。

傅里安说了两个字：冤案。

我操！鲍雪飞骂道，能好好说话吗？！

冤、案。傅里安一字一句。

操你妈！为什么一直不信任我？！鲍雪飞说，而我是最信任你的人。连你办错案，差点错杀人家一家人，我都在保护你——我他妈是拿命来保护你！你敢吗？你会吗，里安？！当年如果没有我，你今天可能就是个地段片警，窝窝囊囊地骑着小破自行车，混到退休。今天，我只是想单独和你说说体己话，你别他妈狼心狗肺、恩将仇报！

傅里安似笑非笑，细看又似乎没有表情。他似乎被窗外景致吸引，窗外，一块透明塑料布，被大风吹得不时鼓贴着茶馆的另一面落地玻璃窗，看上去，就像玻璃上阵阵大雨如泼。

鲍雪飞忍受不了他无谓的脸，在他肩上猛拍一掌。傅里安收回看窗景的眼睛，目光随之阴沉惨淡。他说，顾小龙执刑的那天，我到了竹山刑场，车停在北面僻静的紫竹林那。那天，刑场忽然黄沙弥漫，狂风大作。我听到大石头后面有哭声，是一个少年，手上拿着剪刀，石头前面还有三个十四五岁的少年。等那边行刑的枪响之后，他们扭头对在石头后面哭泣的少年说，出来吧，打完了。几个少年一起跑向执刑地。那天的风,吹得人站不稳,我看到那几个干瘦的少年,在风沙中抱在一起,然后一起往前蹿。被枪决的人,都倒在那。到处都是血,顾小龙中了两枪。那个拿剪刀的少年,似乎剪不动顾小龙身上五花大绑的绳子,他哭泣的小身子,一直在抖。后来我知道,顾小龙更小的弟弟,十二岁的男孩,等候在火葬场。他在接应十四岁的二哥,把十八岁的大哥送来火化。段警小寇说,那天,他们的父母,公审大会后拼命追着刑车跑,结果,一个摔倒在地,一个被邻居按住,都抬回了家中⋯⋯

你去刑场干吗?鲍雪飞说。

送他。

鲍雪飞扯着嘴角,一脸嘲讽。有好几个电话打进来,都被她狠狠按掉了。她点了一支烟,吸燃后,把烟递给傅里安。这是同门师姐弟间情谊的高级表达式。傅里安接过,放在鼻子下嗅了嗅,然后在手指间翻转,不知不觉地,香烟就在手上湮灭捻碎了。鲍雪飞冷着脸,又固执地打火,为傅里安再吸燃了一支,塞给他。

傅里安依然把它放在唇鼻之间,闻着。鲍雪飞做了个强塞香烟入嘴的手势。傅里安扭头避过,说,你急着想跟我聊什么?是不是甘文义的出现,让你终于开始反思"6·11"的侦办思路了?

反思?!笑话!就凭那一嘴胡话,就想翻我的铁案?!鲍雪飞夺过傅里安手里把玩的烟,狠狠咬在自己嘴里:里安!仅有被告人口供,不能成为定案依据!刑诉法基本条款,你不会也忘了吧?!为什么我半夜要见那混蛋？就因为他哄得了你们，哄不了我！我他妈一见就知道那是什么货色。他就是来搅局的！是来炫耀、羞辱警察，浑水摸鱼的！他知道自己只有死路一条，所以，故意天花乱坠地扰乱视听、拖延死期，最差也可以博人眼球，赚点死前风光。这种耍小聪明的烂货，我见得多了！

傅里安说，他交代了哑女脖子上有根细金项链。不是真凶，怎么编得出？顾小龙就不知道。

死者火化后，家人来讨项链。这早就不是秘密！

那么，现场檀香木香皂味道，顾小龙不知道，他又怎么知道了？

这些事后都可以了解到。家属区嘛！如果甘文义在当年案发时，就这么交代，我信。

那好。我们再回到顾小龙的作案时间。他和两个工友从铸造厂车间出来到外面小吃店吃晚饭，吃完晚饭是八点半，三人一起步行回到铸造厂门口，男工友让顾去买泡泡糖，并看了厂门卫室的时间是八点四十五分。顾买了泡泡糖，再回到工厂车间告诉工友出事时，是九点零三分，扣掉来回路程用时和购物用时，他作案的时间，只有六分钟，这还不算他自己说的去了一趟案发地附近公厕的时间。那么，就算六分钟吧，强奸未遂也好、猥亵也好，最终掐死哑女，这些时间显然都太仓促。而顾小龙只有这六分钟！

六分钟！我六分钟杀个人给你看！鲍雪飞怒吼，里安！你为什么总把动机预设为杀人呢？一个洗澡裸女，顾小龙见色起意，扑上去掐她,是要制服她,强奸她。他并非想要杀人,发现受害人被掐不行了,立刻就逃走——你说,这六分钟够不够?!大脑缺氧死亡,不过两到五分钟!

行。我们再说痕迹。傅里安说,顾小龙左手指甲里的血痂是A型,和哑女一致。但是,以他供述的卡脖子动作,脖子上并没有相应的出血伤痕,唯一能和他供述的动作相呼应的痕迹,是死者右下颌支中点部位皮肤有1.8厘米×0.5厘米的表皮脱落区,该损伤符合指甲抠划而成特征——但是,问题来了——它是黄白色的,这个我们当年就讨论过,你不愿意听,而你和我一样清楚,这个伤痕没有生活反应,它是死后伤!至少是濒死伤——它呼应不了顾小龙指甲里的血痂!所以,这个伤痕,这个指向顾小龙杀人的伤痕,来源蹊跷。

你在暗示什么?鲍雪飞说。

你比我清楚。

鲍雪飞冷笑:那好,那女人背部有多处出血血痕,怎么解释?

傅里安也笑,笑得暖和却邪恶:你不会是想说,那里的血到了指甲里?好,我把我的分析,再次汇报给师姐听。背部的条形伤痕,有生活反应,应该是它与较硬物体摩擦、来回推动形成的。死者简陋浴室的地面,有条略凸起地面的水管走线槽,上面抹覆着颗粒粗糙的水泥面。现在,背部这些长条状痕迹,印证了甘文义的口供。他在第二次供述中说"掐死她之后,我强奸她,大约十分钟就射精了，我觉得射精量挺大，全部都射在里面了"。他在第一次和第三次口供中，也都供述了强奸完成行为及射精状况。当年，我们的讨论是建立在推理的基础上，现在，甘的供述已经印证了这个推理的正确：那就是，背部是强奸损伤痕迹。

鲍雪飞说，但这也可以解释顾指甲里的血痂的出处。

傅里安说，别忘了，当年顾小龙定的罪是流氓猥亵、致人死亡。不是强奸——强奸伤从哪里来？！而脸上那个蹊跷的死后伤，那个暗示他掐死哑女的致命行为痕迹，显然形成于背部血痕之后。

死者被顾扑倒、被掐脖子，背部着地出血，也符合逻辑！

我再强调一次：她背部这个生前伤，属于多次运动摩擦形成。也就是说，被定罪为"流氓猥亵"、没有实施强奸行为的顾小龙的供述，无法印证这个生前伤痕。而甘文义，才给予了它最合理的解释。

可是，他指甲里的血痂血型，和死者一致。

是的，对，这也是我最爱问的——怎么搞进去的？！血痂，不是皮屑！本来，血型，并不具有证据的唯一性和排他性。可是，十年前，它竟然变成该案最有力的证据了。

你他妈好像忘了十年前，我们这还没有DNA检测！

当然。所以，在有些人眼里，就以为血型很有说服力。以为大家都会特别关注血型——是的，案子也就这么定罪了，人也杀了十多年了。现在，甘文义出现了。我也可以坦率地告诉你，这十多年来，我一直就觉得指甲缝里的血痂和死者脸上的死后伤，统统莫名其妙！

最莫名其妙的，就是你！

鲍雪飞又狠狠按掉一个来电，她说，一个正在上班的小青工，凭什么知道民宅屋子里有人被杀？按甘某那混蛋的说法，他在《新闻联播》前杀了哑女，那么姓顾的，一小时后路过，凭什么听到里面有人呼救？！这不他妈活见鬼吗？就算那哑女突然能出声呼救，也他妈的还要死而复活才能发声——你跟我解释一下，那姓顾的小色狼冤在哪里？！

你别忘了，那小子有偷看女孩洗澡的恶习。在卷宗里可以找到至少两次这样的供述，也许是被你打出来的。不过，他的同厂青工，也这么说过。傅里安说，你不是急着要跟我交心嘛，那我继续袒露：根据法医的分析结论，"左手掐脖子致死的可能性大"，"死者颈部右侧，大面积散在出血，是四指形成的"。而顾小龙供述中，他是左手捂嘴、右手掐脖子——从痕迹上说，顾掐不死哑女。而你知道吗，甘文义正是个左撇子！这终于也印证了痕迹分析！

鲍雪飞给自己点着了烟。在烟雾中，傅里安看到她眼神中的凛然与倨傲，还有愤怒。傅里安不管，他越来越享受被凌虐的鲍雪飞的愤怒——那混合着凛然与倨傲的愤怒。

我们再讨论最后一个问题——为什么没有检出精斑？

当年，你可没有这么追问。鲍雪飞的讥讽更明显了。

对。傅里安点头，因为范锦明他们说没有。因为当年，没有甘文义的供述。

傅里安！鲍雪飞爆发，我知道你心理变态，但我不知道你变态到了这个地步！就是没有精斑，我们才没有定顾强奸！这个问题，你他妈这么问是什么意思？！

我是在问我自己。傅里安说，我记得当时在法院二审期间，主审法官陈书伟发现公安卷宗里有阴道提取笔录，却没有提取物的检验报告，找我们催要。范锦明说他们没有检出东西。法院那边说，没检出东西，也要有没有的报告啊。结果，范锦明就在当日，手写了一份《物证检验报告》，那纸片随随便便、皱皱巴巴……

你到底想说明什么？！

傅里安没有回答。他自己点着了一支烟，深吐了一口烟圈。

他说，十多年了，我想看你什么时候，往回游。

然后，他看着窗外，不再说话了。那一大块塑料软膜，不断地被大风吹打着贴上窗玻璃，又像有根激流水管，不断从下往上猛力地冲洗大玻璃。风太大了。

鲍雪飞看着傅里安的腮帮在微微错动，是里面的上下犬牙在机械地错位磨锉。

鲍雪飞不由得也咬了咬门牙：里安，知道我刚才按掉的电话里，有多少人急着想找我吗？干部要调整了，你可以像白痴一样，不懂上进的心思，但是，大家都懂，是人都懂。我未必真能再进步，但师姐我搏命奉献二十多年，不值得你顾忌一下吗？你别一根筋，在这个节骨眼上，跟我过不去。我从不指望你对我，像我对你一样披肝沥胆不求回报，但这次，我只求你睁一只眼闭一只眼，让这事过去。

听上去，你也承认它是冤案了。那么，顾小龙会睁一只眼闭一只眼吗？

鲍雪飞盯着傅里安。隔着茶几，傅里安也盯着她。

傅里安看到她眼睛里波光泪闪，嘴边浮起了不合时宜的笑意。鲍雪飞感受到了这强烈的嘲讽与蔑视，突然，她把手里的一杯茶水狠狠泼到了傅里安脸上。傅里安满脸茶水滴答，瞬间黑短T恤的领口、胸口全湿了。愣怔之下，他哈哈大笑，是三级火箭似的狂笑，与此同时，他也一抬手，把手里的一杯茶，统统泼到了鲍雪飞脸上：嘿，陪你一起当泼妇！傅里安高分贝的笑，引得米兰茶馆贺老板和服务小妹急忙推门而入。

鲍雪飞怒吼：滚——

傅里安起身，一手一个，把他们统统推了出去。

傅里安还在笑，被淋湿脑袋的鲍雪飞，很像一只挨宰的黑母鸡。黑母鸡的眼睛里星光如晦。但是，这个男人似乎并不领她示弱的情，鲍雪飞在他眼睛里看到的是伪装成迟钝的不屑与厌恶。傅里安笑着弹了弹领口上的茶水，说，我也滚吧。

傅里安弯腰，提起腿边的大闸蟹箱。

他保持弯腰动作,问:确定还送我吗?

去死吧你!

鲍雪飞尽管气得胸口肿胀,但她也明白傅里安的示好之举。她亲手提起礼箱,狠狠搡给傅里安,不过她还是铁青着脸怒骂:——恶棍!操你妈我前世欠你的!

第七章

范锦明决定直闯鲍雪飞办公室。他手里拿着当日的《华夏都市报》。一周来，他起码给鲍雪飞打了四个电话，都被她按掉了，发短信也不回。范锦明借口到市局政治处办事，就拐上了局领导楼层。鲍雪飞经常关门办公，范锦明过去轻轻敲了敲门，又轻轻敲了敲门。里面有声音说：请进。范锦明一进去，同分局汀云派出所的所长钱保国，和他照了个面，双方都是心有灵犀的干笑表情，仿佛是在治疗性病的黑医院相遇。老钱以手推额发，含糊地点了个头，快步而出；范锦明略有尴尬，似笑非笑地点头，双方你进我出。

鲍雪飞示意掩上门。

范锦明看出鲍雪飞一脸不高兴。但范锦明不管，他早就有思想准备。他自己在老钱刚才坐的、办公桌对面的汇报椅子上，一屁股坐了下去，屁股传来的还是老钱的热。真他妈前仆后继啊，他想到这个词。

我忙得要死,有屁快放!鲍雪飞始终拧着眉头,嫌厌地看着范锦明。她不能想象,这个当年也是警界一帅的小范,不过十来年,竟然变得肚腩肥大、头发稀疏油腻、眼袋黑肿,一副肮脏猥琐的样子。当年还带他出差过几次。范锦明却坦然接受着鲍雪飞的嫌厌目光,他甚至不着急马上把报纸摊开,而是用他磁性醇厚的嗓子,胸有成竹地说,鲍局,这几天一直打你电话,是我心里着急。替你着急。因为"6·11"哑女案的真凶出来了……

什么真凶!身为警察,说话严谨点!

范锦明点头,正要开口。鲍雪飞挥挥手:没别的事你就走!我忙得要死,几天都没睡!你那破短信我也看了,你少替我操心!也别他妈绕来绕去说话,不就是想要分局政治部林主任的位置——这事没那么简单!

我也不是非那个位置不可,只是原地踏步六年多了,怎么也该轮到我了,他退休我转正职,大家都觉得应该的……

想得倒很美。你知道多少人在想那个位置?多少人认为自己"应该的"?!鲍雪飞用大拇指一甩大门,不知是否示意刚出去的人也是这类心思。但范锦明很坚韧,他还是没有起身滚退的意思。鲍雪飞突然就声色俱厉了:你以为我一个人说了算?!当年提拔你,就惹了众怒,人心不服嘛!比你有能力的、资格老的、人品好的,统统被我弃用了,单单爆了你的冷门。你何德何能?!你给我记住!别人心不足蛇吞象!

范锦明点头笑道：鲍局，我就是感激在心，才特意来的。我自己的那点事，和您的事相比，算什么啊，再说，您也总会替小弟我着想。今天我还真是为您特意过来的。我的事，不提它了！范锦明打开了手中的《华夏都市报》，直接展开了一个大版，放在鲍雪飞面前：

顾小龙 又一个刑场冤魂？

鲍雪飞是只有跟自己有关的报道，才会翻看报纸，平时各种报纸齐崭崭的几沓送进来，到次日，往往是清洁工又齐崭崭的几沓抱进垃圾袋。范锦明目不转睛地看着鲍雪飞。鲍雪飞的脸，由红转绿，由绿转青。手上一支看文件的红蓝铅笔，竟然被折断了。她其实只看了大标题和各小标题，以及记者名字：汪欣原、邱晓豆。鲍雪飞用断掉的红蓝笔，重重戳着这两个名字。

范锦明说，听说部里来的测谎专家是老何。那个老家伙不是公安系统名家吗，说是甘文义通过了他的测谎鉴定，结论是："6·11"旧铁路强奸杀人的哑女案子，是甘文义做的，不是顾小龙！

鲍雪飞冷笑：什么时候这些心理专家玩的花样，被作为刑事案件定案的依据过?！鲍雪飞折断的红蓝铅笔的一头，把报纸戳了几个洞。测谎？那破技术，跳大神一样，顶多也就是民事诉讼上用用！

范锦明谨慎地微笑着：是啊，是啊。不过，听说，那小子指认现场也非常准确。十年前那个旧铁路旁的小平房，不是早就拆了，没了，早就改建成了小商品一条街，他还是一眼把那个位置找到了。非常准确。指认现场后，听说那边家属区都炸了窝啦！

鲍雪飞把断头笔，狠狠摔向范锦明身后沙发茶几旁的垃圾桶中。呼呼有力的气流，擦着范锦明的耳朵而过。

范锦明说，别生气，鲍局！您"神探"的名号可不是凭空来的。十年前我怎么支持您，今天我依然如故。您办的就是铁案！

鲍雪飞赶苍蝇一样，猛烈挥手：我生气？我生什么气？一个生效的判决，哪里轮得到我来生气？要翻这个案子，他们得先去问问检察院和法院，是他们依法走完了公诉、审判程序，是他们枪毙了罪犯。冤不冤魂，跟我有什么关系？我有什么可紧张生气的？你他妈别想多了——还有没有其他事？没有走人，我还有一大堆文件没有看。

范锦明欲言又止。

鲍雪飞瞪着他。

范锦明垂下眼睛，声音低沉而顽强：这事恐怕没那么简单，有些人会跳得很高。比如，像傅里安傅局，当年他就……鲍局，我是真心为您担忧。我最清楚过去。半年前，整个局里就开始传您要升职省厅，所以，在这个节骨眼上，很多小人会跳出来，对您不利。我劝鲍局还是小心一点。当然我的事，鲍局也一定会像当年那样关照我。我也一定不会辜负您的……

好了！回头再说。

鲍雪飞皱着眉头。范锦明明显的话里有话，让一贯心气倨傲的鲍雪飞，非常不痛快。而范锦明依然是意犹未尽的坚韧样子，鲍雪飞猛地站了起来，好容易控制住扇他一个大嘴巴子的冲动：出去！马上！

鲍局……

鲍雪飞直接过去为他开了门。

范锦明被赶出去后，鲍雪飞立刻拨打了汪欣原的电话。

怎么回事？今天这稿子，你找我们核实过吗？是不是傅里安跟你说的？！

鲍局，怎么啦，这么大的火气？

这么大的事，怎么听凭傅里安说什么，你就都敢写上去？！他再怎么说，也都是一面之词。这人完全没有全局意识，一贯自由放任，毫无组织观念，你一个大媒体竟然——

停停停停停停停！鲍局，这事是我们小邱记者意外获得的线索，发稿前，我找你们和省厅的人问过了，都说是有此事。我还打过您的电话，可是您不接。傅里安我没找他。前年他抓了我舅舅，不是您关照，我舅舅可能现在还在牢里呢。我和那疯子，根本是两路人！我根本不鸟他。

那谁告诉那小记者的？

鲍局，如果新闻事实基本无误，也没什么好追究的啊。

谁告诉那小记者的？！曹大勇？

曹支我问他，他还推说情况不清楚呢。您就别猜了。这事确实太重大了，读者已经打爆了我们的热线电话。鲍局，我还指望您亲自帮助我们做后续，看看最后到底是不是冤案……

汪记，你好像忘了，当年火速侦破的"6·11"哑女被杀案也是你报道的！鲍雪飞冷笑出声。汪欣原那头似乎是涎着脸皮笑道，那是你们内勤通讯员张金培的稿子，我只是署了名——你们的消息从来都是免检的。再说，新闻本身就具有发展性，有新情况就得往下报，这才是新闻心啊！如果当时错了，现在更需要再报道回来，读者也一样爱看啊！这才是负责任的媒体啊——

真他妈没节操！

事实重于泰山，泰山重于节操啊！呵呵，随鲍局骂两句解乏吧。不过，既然这样，鲍局，我们正式合作吧，我只信任您。如果真能改判，您也算是做了件功德无量的事。我反而更佩服您！这才是真正的女侠风范哪，不辜负您一世英名。

少放屁！冤案铁案，尚无定论。做记者的，你不要听风就是雨！不过，你的好意，我心领了。但汪记，我不得不忠告你一句，警察侦办案件，关系到人命生死，是步步谨慎！不是你们写的那些轻飘飘的稿子，胡乱写写、博人眼球就好。我们的卷宗是要进历史的！我们讲究的是责任如山！所以，汪记者，这篇稿子恐怕麻烦很大。你们捅了马蜂窝了!你最好给我悠着点,管好你的小记者!这之后,所有相关报道,请你——我个人也请求你,一定先给我过目。就算是一个对案件负责的老警察,对你的严肃请求。

鲍局,发这么大的火干吗呀,您至少先告诉我,稿子哪儿错了呀?这样我也好跟徒弟说,好跟领导汇报纠错呀。

不说了!你自己掂量吧!鲍雪飞挂了电话。

《顾小龙 又一个刑场冤魂?》引爆了本地舆论界,冲击波随发行波及华东多省。但在当日下午,太阳还未下山,宣传部门的指令就到了《华夏都市报》总编办:案件尚未定性,停止一切炒作!否则以干扰司法公正论处。

就在汪欣原和徒弟小邱一起写检讨的时候,市政法委连夜召开会议,会议责令:公检法三家先自查、复核"6·11"案。傅里安主动请缨,上任"6·11"顾小龙案复核组副组长,组长是省厅刑警总队的老杨。

第八章

　　高级法院法官陈书伟站在自己办公室窗口，小口嚼着苏打饼干，他木然地看着高院大停车场空隙露出的枯萎草地。春去秋来，一年又过了。他看到傅里安从车里出来，不用问，他肯定是来调卷的。前天晚上，鲍雪飞约大家吃饭，就在饭局上说了关于此案"傅里安跳得很高"的情况。陈书伟心里泛起了一阵蔑视与不快。他的胃部不适有好一阵子了，开始吃苏打饼干，喝点热开水，就能缓解。但现在，感觉好像不那么灵了。有时候，吃完还有滞胀。因为胃部闷闷不爽，导致他心情也很沉闷。两名见习女法官，看到他就惴惴不安地偷换眼神，一脸张皇。后来一个大着胆子，送进来一个电热水袋。陈书伟接过，点头算是谢谢。年轻人出去就对另外一个说，我觉得他是肝有问题，不是胃痛。因为他总是口臭！肝火旺！两个见习小法官嘀咕着，泄愤似的吃吃笑起来。

　　陈书伟觉得累极了。还没到年底，案件就如山地多，加班没完没了。鲍雪飞倒是慷慨大方地经常招呼大家打打球、玩玩牌。但是，他已经多次因为忙碌而谢绝，还惹得赵局、严副检几个不高兴。但真是忙，也真是疲惫。顾小龙一案在报纸一出，满城沸沸扬扬、流言乱飞，连他女儿都在饭桌上质问他。所以，两天前鲍雪飞再约，他一口应允，自然也是想听听此案在公安方面的详情。

果然，鲍雪飞带了不少消息来，还有一人一箱大闸蟹。这么多年来，她总是这样热情好施，每次组织牌局、饭局、郊游，大家都有礼物拿。你在她的饭局上，总能遇见各路能人。她的饭桌，就是本城权势荟萃与碰撞的平台，它可以激发出各种合作相携火花。陈书伟对此并不以为然。他鄙视她在江湖上霸道、强悍、贪财的恶名。可能也因此，陈书伟心底对警界总有一点不屑。觉得他们难以沉心做事，咋咋呼呼，行事简单粗暴。鲍雪飞有时候让陈书伟感到无语，替她难堪，但有时又觉得，她的无耻，会因为她的磊落无拘而显得率真，反而令人松弛甚至产生亲近感。朋友圈里得她好处的人，也真不少。严副检儿子当年玩的进口车，就是鲍雪飞他们打击处理的。当年，圈内都知道，鲍雪飞在负责打击处理全市走私黑车时，她是把查扣车的钥匙及所有档案手续，先全部个人拿走，说是严控管理。如果车主托关系，找到她，那么她再视情况而定，给朋友一个面子什么的，让车主再拿钱来赎车。所以，鲍雪飞的能耐，也是江湖皆知。但鲍雪飞身边的蜂飞蝶舞里，是不太可能看到陈书伟的。奇怪的是，陈书伟的冷淡傲慢，反而让鲍雪飞更加喜欢亲近他，甚至有点讨好。当然，这也许和陈书伟从中院到高院，一直在刑庭工作有关，总归和警方关系最近。后来，陈书伟女儿买湖中丽景的婚房，鲍雪飞无意中得知后，热情介入，让开发商给了极低的折扣，类似半卖半送，这个情欠得大了。不过，陈书伟女儿聪明，直到事情办妥，才告诉老爸。陈书伟为自己女儿女婿的精明而欣慰，但他从来没有对鲍雪飞说过一个谢字，甚至提都不提，就当不知道。鲍雪飞也从来一字不提。但是，在他心里，鲍雪飞这份情谊，他是收下了。鲍雪飞也知道，傲慢的陈大法官，也已经是她的兄弟了。

陈书伟不主动求鲍雪飞任何事。他历来就是一个自尊感极强、内心骄傲的法官。他骄傲自己能站在这个浊世浑流中的法律高地上，无私无畏。这么多年来，从基层法院法官，一步步走向中院、高院，这里面都是靠无数案件公正判决堆砌的台阶，他凭借扎实的业务能力，纠正了可观的冤假错案，挽救了数条生命。作为一个"考干"进入政法系统、完全凭借自身不懈努力而成长起来的法官，也许理论水平不足，但是，一步一个脚印的司法实务，把他历练得扎实、公正、高效。

陈书伟没有想到这个饭局的规格这么高。"清涧人家"会所完全隐蔽在山林深处，出入的全是有头有脸的人物。他们这个厢房是唯一的一个套房，在院子最深处。套房外间，还有个整木雕的屏风。即便有人过往，也看不到里面的任何情况。

鲍雪飞招呼时说的是，立冬啦，给大家补补。上的全是山珍野味等热性菜肴。说是进补，还是议事。主宾是市委常委、宣传部部长老唐，而分管宣传、政法委的市委副书记恩华还真的如他所承诺，在大家酒过一半时，来了，也是酒香满身地进来。他还真是给足了鲍雪飞面子。

自然要说到《华夏都市报》的混账报道。说混账，是宾主几乎在同一瞬间就达成的共识。一个新闻报道，不顾事实真相，急急忙忙地去博人眼球瞎炒作，实在是不负责任至极。这在对当地政府外界形象宣传、对整个司法系统的名誉维护、对老百姓的引导上，都是不可饶恕的、非常严重的错误。

陈书伟因为近期胃痛，不肯喝酒。恩华副书记落座没多久，就直接问陈书伟对于"6·11"案件的看法。陈书伟沉吟了一下，说，我们已经组织了三名刑事法官在内部复查，应该很快就有结果了。

鲍雪飞说，那你的个人意见呢？这案子你是终审审判长啊！

陈书伟找水喝，看不出他是迟疑还是在斟酌。鲍雪飞说，哎呀，都是自己人！说嘛。

要我看，"6·11"案子，肯定没错。陈书伟说，从证据角度上看，顾小龙有作案动机，有作案时间，指甲里有和受害人血型一致的血迹，他自己报的案，他也认了罪。在当时严打的条件下，这个案件的认定，应该算是证据确实充分的。要不然，公安、检察、基层法院、审委会，到死刑复核，它也过不了那么多关。

那现在这个冒出来认罪的真凶，甘什么的，又是怎么回事？宣传部部长老唐说。

谋生策略嘛！严副检察长说，他奸杀了十几个女人，肯定必死，但他可以把这必死的结果拖延发生。只有这么闹，你才判不下去。搞不好，办案的警官、检察官、法官都死了，他还在依法活着。

鲍雪飞笑：严检虽然没有分管刑案，但还是脑门子清啊。

陈书伟说，他怎么能不清，嫂子就是原案的公诉检察官啊——嫂子虽然退休了，但当年也是以风格严谨著称的——鲍局你自己怎么看呢？当年这案子一破，都说你是神探呢。女人做侦探，直觉往往很有突破性。现在，你对材料的了解，又比我们都多，说说你的看法。

再神探，也比不过你们几个啊。不过，鲍雪飞说，了解得越多，我就越肯定那杀人如麻的小子在浑水摸鱼。他不是在戏弄我们，他是在戏弄法律！只是，我们有些愚蠢的警察还真被他糊弄住了。比如，傅里安。

哪个？

闻里分局的局长。

宣传部部长老唐说，就那神经病啊！

傅里安？恩华副书记说，我知道他，这家伙脑子——恩华食指对着自己太阳穴转圈。严检替他说，他的外号就是傅疯子，快转正的那种。一桌人哈哈大笑。宣传部部长说，没错，就这祸根，在二〇〇〇年左右吧，差点害死五套班子。

鲍雪飞抿嘴轻笑，双颊线条美丽柔和，带着内敛的羞怯。她的笑意充满对同桌人的默契与些微的歉意，这是她需要的效果。时光流逝，傅里安五年前的嚣张与疯狂姿态，却依然刻在人们的脑海里。当时，市局专门出了一个文件，大意是为招商引资保驾护航。是个全局中层重要会议，七个县区的分局局长、政委全部到会，就在市局那个中型会议室。当时，会议还没有正式开始，剑拔弩张的气势就陡然出现了。迟到的是鼓楼分局局长，外号叫郭大猴的。郭大猴一进屋，现在已经退休的一把手钟局就火了：怎么回事，郭大猴？！让你不要抓赌不要抓赌，怎么昨天又抓赌了！

郭大猴一下子没反应过来，嗯、哦着，拿眼睛瞟寻自己分局的位置，看起来像是要自己分局的政委，起来为抓赌做个说明。钟局怒喝着：都给我听清楚了，不要不长脑子做事，胡乱打击、胡乱抓人，搞坏了经济环境，吓跑了投资人，你们给我招商引资去！

傅里安就是在这个时候发疯的。他站了起来，说，钟局，不对吧，铲除黄赌毒、打击卖淫嫖娼不都是警察分内的事？你凭什么不让警察抓赌，不让民警执法？法律也没改吧，这本来就是警察的天职啊。市里如果不让管，要放开，行，那请他们公开下文，直接放开成立赌场、鸡房，公开收税好了。别平时不让警察管，出了事又要问责！——这没法做事！

傅里安在发疯的时候，他前面的治安支队长、左边的水北分局局长，有的在踢他脚，有的在戳他的背脊。但傅里安不为所动，他晃着手里为经济保驾护航的公安文件说，刚才大家看的这份东西，简直就是为虎作伥！我不知道你们怎么想，我敢肯定，这份东西，如果向中纪委、中政法委、公安部等上报，我看你们全没好下场！再说，谁又能保证，它不会被坏人利用——比如我这样的人——向社会公开曝光，引发震撼？！

全场鸦雀无声。钟局长两次想说什么，又改为喝茶动作了。

那天，市局那份文件后来都收回去了。傅里安这只会叫的疯狗，当然并没有对媒体曝光，但是，这个恶性消息，还是被反复放大，传播到了市府当家人那里，所以，核心层对他的厌烦也是同心同德的。两个月后，中央部署全国性严打，青岛公安的一个副厅长自杀了。据说，他家族开了多家黄赌场子。有这个例子的出现，看起来当地政府应该感谢傅里安，但是，这并没挽救他的疯狂形象。也就是说，傅里安并没有在这个富有洞察性的预见中，因为消灾解围而获得一丝好评与尊重，他依然是个令权力阶层不快的刺头。

说起来，鲍雪飞对他的赏识还多一点。她对恩华书记说，其实他就是一根筋，非常固执，非常认死理。他妈妈是精神病人，可能有点遗传影响，偏执狂。其实这人调教好了，非常好用，真玩命干的时候，他妈的，我们几个未必抵得上他一个。

雪飞啊，恩华对鲍雪飞竖起食指挡在唇边，一个美女，知识分子的样子，你怎么粗话不离口啊。

大家都噗噗笑，鲍雪飞连忙也食指堵嘴，以示悔改，随后抿嘴微笑,恢复了"女外科医生"的端丽形象。恩华说,你告诉那浑小子,他还想不想干了?怎么也是一方领导,处理问题,没有一点全局意识!不是家丑不该晒,是家丑晒不晒,也要看形势。家丑不外扬的道理,很难懂吗?!别傻不啦唧的,被坏人利用了,还朝气蓬勃地为自己挖坟!——我无所谓,人家洪峰书记刚来,平安无事一任是要高就的。你公检法就给我抖晒这个破烂事?!昂?

一桌人笑,对恩华"朝气蓬勃"的用词表示激赏,但听到洪峰书记的名字,大家便又肃然郑重下来。

第九章

《华夏都市报》记者汪欣原在被窝里接了主任电话,就傻了眼。刷牙的时候,邱晓豆也打来了电话,获悉师傅已经知道五一广场有人因《顾小龙 又一个刑场冤魂?》而跳楼的事,便也磕磕巴巴地说不出更多什么,偏又不想挂电话。

汪欣原把电话挂了,心境灰败。是他们师徒俩弄死了那个人吗,当然也说不上。说不是吗,显然,没有这条稿子,人家肯定现在还活得好好的。留下的遗书,说明了问题。这样的关联,总归令人不太舒服。主任说,上面交代了,这事,不要报道!严禁报道!就当没发生!

这家伙白死了。

汪欣原丢下洗漱杯,满嘴角的牙膏泡,也懒得再洗把脸。他有点怔怔的,在阳台上呆望远处。周志祥长什么样?十多年前和一个女孩来找过他,说是报道失实,听来听去也没多大不实,他就打发他们去找警察了,后来也没有再见过。长什么样,已经完全没有了印象。如果说,十多年前的稿子不实,那么,现在这篇应该就是客观报道,怎么反而想不开了呢?

编辑部预估到报纸的轰动效应,但没有想到会弄死一个老百姓。汪欣原更不明白事情的严重性:十多年前,他的署名报道,就让两个小百姓生不如死。更没想到,这恶果,却是在十多年后的今天,爆出来了。这个面目模糊的人,从五一广场十六层顶层跳下来的时候,立刻被广场上晨练的老人们围住了。那时,晨雾刚散,阳光万丈。有人说,他在顶层徘徊了一夜。那个夜晚,正是陈书伟、鲍雪飞、恩华副书记和市委常委、宣传部部长老唐把酒宏论"6·11"的时候。

遗书很快就被接处警警官找到,奇怪的是,是用贺喜红包的大红信封装着的,插在夹克的胸口内贴袋里。看起来,就像一份受邀的喜帖。遗书没有多少字,字迹认真,所有的竖画都特别长,每个字都后仰,就像一队队奋力拔河的人,一股力量在纸张的右边,看不见的地方:

这个广场人多,我想在人多的地方,向顾小龙道歉比较好。

我去找顾小龙了。去陪他。

爸爸妈妈。今红玉。唉。

慧娴,我累了。

周志祥

周志祥看到报纸的时候,女友的妈妈老齐阿姨正在絮叨周志祥又没有分上廉租房的事,老齐阿姨一直嫌弃这个准女婿,"死死的、不灵活""又穷又呆、办不了事"。周志祥不敢回嘴,也不敢去厨房陪慧娴洗碗,只好随手拿起报纸,瞎翻。

……我们没有要你金山银山,也不要你周家多少多少万聘礼,连你的工作、人品都不挑了,不就是要个小房子,让你俩结婚自己过日子嘛。你自己看吧,要结婚,你就筹钱贷款买,实在没有钱,你们就拉倒。互相不耽误……

《顾小龙 又一个刑场冤魂?》一进入眼帘的时候,周志祥本能地把报纸合上,感觉就像偷了东西。但他又忍不住打开,卷遮了大标题,才看一眼,他呼吸就乱了。再度合上报纸,他呆若木鸡地看着老齐阿姨。齐阿姨鄙夷地看了他一眼:我不是吓你,阮科长虽然是二婚,但人家有房有车!

周志祥木然点头。

周志祥记不得自己是怎么离开慧娴家的。他的腿,带着他自然地往顾小龙家而去。途中,他打了今红玉电话,没人接听。平时,都是今红玉给他打。今红玉去南方后,开始两人电话还比较多,都是今红玉打回来的,后来彼此话越来越少,渐渐就断了联系。不过,今红玉只要更换电话号,还是会和周志祥说一声。偶尔回老家,今红玉穿着前卫气派,姿容醒目,让周志祥不太自在。维系他们最深刻最黑暗的生命连接,也随着时光流逝,淡而稀薄。最后一次,今红玉初夏回来给父亲做寿，匆忙间两人见了一面，一个字都没有提到顾小龙。从慧娴家回来的那个晚上，周志祥一直睡不着，报纸的大标题，一直在脑海深处刺眼地发亮。后来的梦境里，就看到了顾小龙：他和今红玉在楼梯上走，突然，今红玉被人捉住了后脚跟，差点摔倒，随之就是顾小龙哈哈大笑的声音，和生前一模一样。

周志祥醒来时，街道上有狗吠的声音。他上了趟洗手间，呆坐了好一会儿，眼泪还是淌了下来。这种泪水的性质，只有一个人懂，那就是今红玉。十多年前的那一天，他俩拿着报纸，从公安分局刑警大队出来，直接去了顾小龙的家。刚开始，他们都觉得可以对顾小龙父母家人好好交代了：不是我们乱说，是警察报纸乱写。可是，真到了他家附近，两人都迟疑了。今红玉到底比周志祥勇敢：来都来了，说明一下也好。我们没有害顾小龙！

顾小龙最小的弟弟顾小石，给他们开的门。看到他们，小小少年毫无表情地走开了。没有人邀请他们，两人互相看着，还是走进了里屋。顾小龙的爸爸躺在床上，妈妈在给他喂药。二弟顾小河在整理顾小龙的衣服，那份"6·11"案侦破通讯的报纸，就在这个家庭的饭桌上。没有人搭理他俩，但也没有人驱赶他们，家里就像没有来过客人。还是今红玉开了口，她说，叔叔阿姨，我们去找过报社和警察了。是他们乱写，我和志祥哥，没有乱说话。我们怎么会说好朋友的坏话？

周志祥帮腔似的点头。他开不了口，他太敏感了，一眼就感受到，这个家庭，根本不想听他们的辩解。不管他们有没有对自己的好朋友说出不利的陈述，反正报纸都已经出来了，说什么也没有意义了。他感到了他们的刻骨排斥。这个家庭以前是热情好客的，正如顾小龙。他们在这里吃过多少次饭，周志祥平生第一次吃到的青椒水饺，就是顾小龙妈妈包的。他还在北屋顾小龙的床上，和他一起多次睡过觉。

今红玉还在努力：叔叔阿姨，小龙哥是我们的好朋友。我爸爸他们问了管事的，说不一定会那个（枪毙），因为小龙哥刚十八岁……病榻上的顾小龙父亲，突然挥手，手势无力却坚决。顽强的今红玉居然还想靠近病榻。周志祥猛拉了一下今红玉的胳膊。

今红玉比周志祥更早辞职。当时，铸造铝厂在当地是个高福利的铁饭碗。还是临时工的三个小年轻，月薪就有两百多，他们最大的理想就是好好工作，尽早转为正式工。那样，一个月就有四百多收入，加上奖金数百，他们就有了衣食无忧的优越生活。周志祥的一个同学在化肥厂做保安，吃住都是自己的，一个月才一百多元工资。但是，就这么个人人羡慕的铁饭碗，今红玉给辞了。两个月后，周志祥也辞了。他们已经在铸造铝厂待不下去了。顾小龙被捕两个月不到就被枪毙后，周志祥又坚持上了两个多月班，最后还是离开了。那时，他们已经被传为经常看黄色录像的流氓团伙，今红玉基本等同于女流氓。周家人、今家人和顾小龙家人一样不服气，可是，报纸摆在那呢。臭味相投、蛇鼠一窝、物以类聚、人以群分。城里的流言,不是你能不能辩驳,是你的辩驳,压根没有人听:你们同伙顾小龙不是都被枪毙了?!你们还会有冤枉?

顾小龙被行刑枪毙的那一天,今红玉已经离开本地、远遁江南投奔她大姑姑去了。那天,周志祥把自己关在屋子里,他没有去送顾小龙。他害怕人家关注他,他不敢参加公审大会,他害怕路人指指点点。那一天,最强烈的情感是,有顾小龙这样一个朋友,确实是一件丢脸的事。但为自己这样的念头,他心里总有一点不踏实。就像他和今红玉无数次悄悄互问:小龙真的会杀人?他们双方都在对方的眼睛里,读到了自己难以承认的否定。不可能啊。可是,他自己为什么都承认了呢?那天晚上,他看到当地新闻台,播出了公判报道。有个镜头,他看到刑前,被捆绑的顾小龙在公审台上,扭过脸去哭泣。那一瞬间,不知怎么的,周志祥的泪水滑落。而且,他一直想哭,他就把电视关了,在屋子里坐立不安了很久,他知道自己想去顾小龙家,看看他父母,但是,他不敢去也不能去。

行刑后的顾小龙,时不时入梦而来,依然是笑嘻嘻的,依然喜欢动手动脚、举止快活轻浮。有一天的梦里,他抢过一个女孩的粉色头箍,倒挂在自己下巴上。顾小龙被枪决后半年左右,顾老爸病死了。周志祥和今红玉就此主题,通了长途电话。今红玉说,她想寄点钱给顾家,后来证明言而无信,没寄;周志祥在电话里说去送送顾老爸,后来也言而无信,没去。一直到周志祥决定去浙江打工,临行那日,天未亮,他自己偷偷地第一次到郊外,找到了顾小龙粗糙的坟地。他呆站着，看着天光越来越亮。一只枯瘦的黑狗不出声地站在坟包边的一个杂树丛旁，他不能确定是不是顾小龙捡的那只叫黑虎的狗。一人一狗，在白茫茫的冷雾中，看了好一会儿。周志祥觉得它是黑虎，但是，他不亲近狗，也就不想求证。随后，他就转身走了，走到好几米外，忽然他又回头，那只黑狗居然对他摇了下尾巴。今红玉后来说，那肯定就是黑虎了。

三个伙伴，就这样离开了故乡。顾小龙天游了，今红玉到南方，周志祥去了东海边。十多年来，据说今红玉给家里寄回不少钱，但得到的是更多的邻居猜疑与众人蔑视；周志祥在浙江，蹉跎岁月，先是在皮鞋厂上胶，后来到渔业公司晒制海产，但都没有赚到钱。他一直有睡眠障碍，害怕人多，也厌恶自己，肠胃也很糟。最终还是木着脸回到了家乡，回到了领着微薄退休金的父母身边。父母托关系，找到了家附近一个大超市里水产柜台的称重一职，好心人又为大龄的他介绍了老姑娘慧娴。慧娴十分安静，为人清淡，在超市里做服务员，本本分分，从不扎堆搬弄是非。就是长得差一些，肤黑发稀人干瘦之外，因为地包天的牙齿，使整张脸长得像下巴脱臼。不过身体还好。

这样的日子，本来可以一直寡淡平稳地延续下去。但是，突然地，报纸来了，用一个整版，晴天霹雳地带来了顾小龙沉冤的致命消息。就像憋气很久，猛地一下子，可以豁然吸气了；又像暗室内，猛然迎来了开窗的光亮，很快地，窗户合上，黑暗重归。光亮使周志祥和今红玉，瞬息轻快——顾小龙，他们的朋友，是好人！他们当然也是无辜者！但这种轻快如此短暂，几乎同样地，他们又重新沉溺于更深的黑暗之中。是的，如果顾小龙是冤枉的，他们本该比别人更坚信自己的朋友啊，是不是？如果顾小龙是冤枉的，他们面对警察的询问，是不是助推了某种不利于顾小龙的言辞？正如他们当年无法应对顾家人，现在，又如何面对所有人的疑惑？周志祥一夜连一夜，彻底失眠。他根本不在乎廉租房的困扰，根本不考虑筹款安置婚房，他也不再想慧娴这个适婚对象。

　　十多年前那个顾小龙执意报警的夜晚，先行离去的周志祥和今红玉，是在车间里被警察带走的，说是问几个问题就好。那个时候，应该是距顾小龙报警两个小时后了吧。一开始，警察的询问侧重在事情经过，问了一遍又一遍，这个人问完，换另一个人问。后来情况就变了，他们反复问的是，顾小龙平时爱干点什么。周志祥从被叫进询问室开始，腿就不由自主地抖。他害怕警察看出来，使劲用手压着大腿，没有用。那种抖，是从心底里振荡出来的，压不住，警察们一定能看出他的颤抖。好在他说话声音还基本平稳，如果不是那个女领导，甩了他一耳光，他是能够慢慢地平静下来不再发抖的。那个女的，脾气很凶。开始他说，哪有，没啊。我们平时没去录像厅看毛片啊。那个巴掌就甩过来了。

　　不老实就一起处理！她显得很不耐烦。

　　另一个警察说，不是问你们到哪里看，是——有没有看！

周志祥知道，是有过一次的。他不想说，因为说一次，肯定是没有人相信的。所以，他觉得自己说没有比较合适。但是，他到底害怕了，他怕他们再动手。他最终说了，他还说了顾小龙动手动脚的毛病。他在顺他们的意，他在顺着警察的意叙述。这也是周志祥心底最不舒服的地方。永远如芒在心啊，他不断为自己申辩，我不是那个意思，我没有那个意思。但是，他不得不承认，当能证明顾小龙确实有罪的事实与理由出现时，他能够从中汲取宽慰。比如，那种声音——顾小龙没有杀人，为什么要编造哑巴女人喊救命？他为什么要撒谎？！

今天，报纸出来了，标题直戳周志祥的心窝——顾小龙　又一个刑场冤魂？

在十六层的五一广场天台上，在瑟瑟寒风中，周志祥陷落在一个问题里，摆脱不出来：如果，我不那么说，警察是不是就不会怀疑顾小龙？如果不怀疑他，那么他是不是今天还活着？这起冤案，是不是就避免了？顾小龙爸爸是不是就不会病死？他的小弟弟顾小石，是不是就不会因此辍学？那个做青椒水饺的顾妈妈，是不是就不会一夜白头？他们一家人是不是就和大家一样，好好的？

今红玉的电话一直打不通。他上半夜打了两次，下半夜打了一次。临跳前，他脑子里又过了一下今红玉的名字，但没有再想打电话。

晨雾有点淡，还是挺白的。这是他对人间最后的印象。

实际上是，他的二手摩托罗拉手机，随他一起跳下去摔烂的时候，今红玉回电话了。但是，那个电话再也响不起来了，它永远也无法连接他们了。不通就不通吧，今红玉也没当一回事。该干吗还干吗。就那么又过去了一周多，她的家人在电话里，忽然说了这事。他们以为她早就知道了，远在南方的今红玉却一无所知。顾小龙的冤情曝光、周志祥的跳楼自杀，两个朋友的消息，让她的电话惊掉在地上。她马上订票赶回了老家。她没有赶上周志祥的出殡。

十多年前她就知道，周志祥是个沉静又窝囊的人，只是她年轻的时候，分不清他是沉静，还是窝囊。他的窝囊看上去很像沉静，或者说，他的沉静看上去很窝囊。顾小龙就不一样，他随时是进取的、欢快的。十七八岁的时候，顾小龙的贱骨头样子，让她感到恶心不快，现在，十年阅历，今红玉开始认识到顾小龙的自然与健康，至少，在回忆里，他不再是恶心的小模样了。如果十多年前的那一天，顾小龙像周志祥一样窝囊或者沉静，那么，他就不可能执意去报警，那么，顾小龙的生活，他们三个人的生活，也许和今天，全部都不一样了。

今红玉先去了周志祥的家。屋子虽然还是当年的老屋，现在却感觉又小又乱，光线还昏暗，也许是窗外的树也长大了。他的父亲因为嗜酒，说话都喷着酒精甜丝丝的气息，但是，脸膛红得发紫，今红玉看他的样子，就联想到腌制的大块辣萝卜。看到今红玉塞给周志祥妈妈一个信封，他劈手夺过，抱怨说，总是丢三落四的，放我这。今红玉把信封又抽了回来，再塞给周妈妈，说，志祥哥在最后一个电话里说过两件发愁事，一件是他的廉租房，一件是妈妈的白内障。今红玉说，这钱，你拿好。做了手术告诉我。费用不够，我再给你拿！

周妈妈泪水淌了下来，翻起手掌的小鱼际揩拭。她一直在摇头，看不出是谢绝，还是说自己眼睛看不清。这张脸，因为痛失儿子，下眼袋已经哭得像烂水蜜桃。今红玉把钱往她手里再按了按，转身出去。周志祥的父亲，突然指着今红玉大衣里的皮短裤、靴子说，穿这样，谁还认识你？！今红玉感到周志祥酒鬼老爹的不友善，头也不回地走了出去。

她直接去了顾小龙家。

已近中午了，家里却没有人。一名邻居看今红玉打门打得急，从厨房里探头说，没人，上访去了。看今红玉反应不过来，邻居又探头加了一句：快开两会了。

今红玉说，顾妈妈不是瘫了？

邻居这次没有探头，说，两个儿子推着轮椅去的。

到哪里上访？

邻居又探出头说，市政府门口。

那个傍晚，今红玉在市政府门口，看到了他们母子三人。他们站在市政府大门外二十多米的地方，在政府建筑群的铸铁栅栏的围墙外。两个儿子分别在轮椅的左右，站在栅栏的水泥底座边上，看上去简直不像上访群众，倒像几个饥民。大儿子一下一下揪着伸出铸铁栅栏的花草；只有顾母手里拿着一份报纸。有时，可能是感觉到经过的人或车像是有权势的，她就把报纸举在额前。今红玉站在天桥上默默地往下看了三个干瘦枯槁的人好一阵子，并没有发现一个行人、一辆过车，为他们停留或迟疑。她以为他们会写横幅、脑门上扎白布条什么的，都没有。母子三人就那么悄无声息地站着。

下天桥，走到他们身边，今红玉才看清顾小龙的母亲老相吓人，她的整张脸干瘪不对称，上面纵横着皱纹，右脸浮肿，皱纹肥大，左脸风干般，皱纹紧密；她左边牙齿都脱落了，后来说是摔掉的，所以，左半脸塌陷得难看；顾小龙的弟弟，顾小石和顾小河，也是病容枯槁，尤其是小弟弟顾小石，眼神里有一种时不时泛起的精白光，令人不安。好在他基本不看人，只是散焦看着远方，那种眼神，一旦被人叫回，眼缝的精白光就非常刺眼，好像眼球想自己弹射出来。

今红玉走到他们身边时，和她预料的一样，三个人很木然地对她散览而过，仿佛她就是普通路人。但是，今红玉看到了顾小石眼睛里的精光一闪，也看到了顾母下巴细微的颤动。

今红玉说，这样不行的。我带你们去找律师吧。这样肯定不行。

要写一个告状信！光拿一份报纸，没用。

顾母看着今红玉，泪水兀自滚滚而下。她转头依然不看今红玉。他们去过了法院，法院的接待人员说，你们拿什么证明被枪毙掉的人,是你们家的人?有判决书吗?

他们没有。他们从来没有见过这份东西。

这个时候,市政府门口,傅里安的警用标志的三菱吉普经过,他并没有注意到一个高挑时尚的女子,站在顾家母子面前。他知道他们最近天天在市政府门口,等着市长发现,等着两会代表注意,好弄份议案提案什么的,为顾小龙平反。地段警察也早有情况报告,但看他们母子始终安静无害,渐渐地也没怎么围守。也许是胆怯,也许是绝望,总之,他们无声无息地每天过来,站在寒风里。只有今天,多了一个与众不同的身影。

这是傅里安十多年后,第一次遇见今红玉,他也根本认不出她。两天后,听说报案人之一的今红玉回来了,因为案件复查,他令手下人找到了今红玉。那是十多年后见的第三面。第二面如果算得上的话,那是之后的第二周,在市两会会场开幕式的会议中心的大门口,他再次看到了今红玉。那天,非常寒冷,铅灰色的低垂天空,霏霏着如雪的灰雨,很多戴着红色胸牌的代表、委员们,哈着白气,匆忙蹬上铺着红地毯的宽展台阶,想快速奔进会场的暖和大厅。也有记者拿着相机、摄像机在宽展的大楼梯红地毯上,捕捉与会受访对象。顾家母子三人,静静地站在大门外保安禁止线外的一角,手上连报纸都没有了,他们就是那么无声地站着。寒风中,有点瑟缩,霏霏细雨飘雾在他们的脚跟前。三个人,脸色青白如纸。

作为市人大代表的傅里安和鲍雪飞相继抵达。鲍雪飞假装不认识他们母子，和熟悉的记者谈笑而过；傅里安也假装没有看见，目不斜视地大步而上。他看到今红玉给顾母送来一件军大衣，她把大衣披在顾母身上，顾母扭动了一下身子，不知是谢谢还是拒绝。今红玉转身从侧面楼梯走了。

她看到了目不斜视的傅里安，目不斜视的傅里安也看到了她。如果市政府门口，和两会会堂门口，都不算是见面的话，那么之后，在公安问讯处，有了他们十多年后的第三次见面。这算是调查吧。这之后，今红玉回到了南方。她没有想到她和傅里安的第四次见面，是在大半年之后。更没有想到，他们还有更匪夷所思的见面，会在那样一个匪夷所思的地方，她见到了匪夷所思的、困兽般的傅里安。

第十章

十多年前今红玉就留给傅里安一个印象——那不是一盏省油的灯。十多年过去了,今红玉十七八岁的青涩模样,他已经完全模糊。车过市政府,他知道顾小龙母子在那个固定的角落上访,他一眼而过,看到有人站在那个"上访摊子"前,他没有想到,那个高挑时尚的女人,就是当年的今红玉。因为案件全面复查工作的开展,听说她回来了,就特意找人联系了她。她倒是干脆,说会准时到。这就是他们正式的第二面。

小女孩长大了,完全是个成熟女人了。也许是示威,今红玉显然是刻意打扮过。她的美,在夺目的性感中,裹挟着炽烈的逼仄感,一打脸,就让傅里安皱起眉头。不施腮红的脸,苍白细腻,黑红如凝血的嘴唇,凶器般扎眼,呼应的是柳叶刀般的浓眉和黑而密的睫毛。褐色的长鬈发,空气感十足地随着身形步幅张扬。傅里安看到她伸手接茶杯时,大拇指是通过毛衣袖口边下的一个预留口伸出,也就是说，这个显然质地考究的灰毛衣袖口，卡在虎口上，覆盖了整个手掌，光剩五根苍白纤长的指头。袖侧小孔伸出的大拇指，和正常袖口伸出的四指的指甲，全部和嘴唇一样，色如熟透的桑葚，黑红凛然。手与脸，都是这样苍白与黑红的刺眼对比。不知这是否是南方时尚，傅里安和厅里的刑警总队队长老杨，都感到了些微的神经紧绷。没错，这女人是美的，也是令人不安的。傅里安从她全身嚣张凄厉的美丽中，感到了她的怒意。

周志祥的自杀，使省厅的警官也开始注重当年刑讯逼供方面的询问。今红玉说，没有人打过她，但是，她说，当时每个警察都非常冷漠粗暴，感觉你抢了他的钱似的！

傅里安说，哦，当然。警察不是慈善小天使。

哼，天使！今红玉说，志祥哥就挨过耳光！那天早上，我和志祥哥一放出来，他就告诉了我，一个女的抽了他，审讯时，还有个男的，也很不耐烦地揪提了他胸口一次——那也不算打吧？

当然。那是讯问。傅里安说。

今红玉说，周志祥的妹妹周志芳亲口对我说，她哥哥跳楼的前一天，说，他早就知道不对劲了。因为，在报纸之前，有两个便衣警察找过他，让他讲述事情经过。之后，一名警察问他，我们叫你来，你是怎么想的？志祥哥问，是不是顾小龙的案子搞错了？两个警察一起呵斥说，别瞎想！今天的事情，不要和任何人说！

傅里安估计是鲍雪飞的人干的。如果是省公安厅的行动，不管是杨总、曹支的人，都是正大光明的调查，他不可能不知道。今红玉接着说，当年，警察打了周志祥，肯定也打了顾小龙！他一定是屈打成招！因为，那天半夜，我听到审他的房间传来了他被打的声音，还有桌椅什么的剧烈移动的声音！

什么叫被打的声音？杨总说。

今红玉反盯着傅里安和杨总：就是打人的动静！还有忍不住的哎哟哎哟声！还有，早上要放我们走的时候，管我们的那个警察，去敲顾小龙在的那个房间门，问里面的人，要不要放我们走，还是再请示什么。那个时候，那门一开马上就关上了。我看见顾小龙被反手铐在地上，他的嘴角有血迹，脸色黑黑的，非常吓人。头上还戴着头盔！

头盔？几个警察睁大眼睛，互相看了一眼。

今红玉觉得他们故作天真的表情很邪恶，她大声说，对！头盔！摩托头盔！！不就是怕他痛得受不了，一头撞死？！

所有的警察，都假装没有听见。但他们记下了这些话。

我还知道！有警察给犯人套塑料马甲袋，不招，就让你窒息死过去！

警察们面面相觑。

傅里安问：你说顾小龙？

他，我不知道有没有！我说别人。

别人？！谁让你说别人了？瞎扯什么！

我没瞎扯!

傅里安瞪了今红玉一眼：谈与本案有关的事!

今红玉狠狠瞪了回去，同时，她摸出了一支烟。"咔嗒"，傅里安礼貌而冷漠地伸过打火机。今红玉咬着烟，乜斜着，并不接他的火，而是自己掏出了打火机。傅里安尴尬地收了打火机。警察们又想笑。

全部都问完后，傅里安示意今红玉核对笔录，无误后签名。今红玉扫了一眼，意犹未尽地说，调查笔录？那我再说一句：顾小龙是热心报案人，当年你们不管案情，却一直问我他是什么样的人，你们引诱我说出他偷摸我屁股胸部的事。当时，我小，我觉得他这些行为很可耻。现在，我懂了，我想告诉你们，这是很自然的事，当年他才十八岁！他一直喜欢我！因为他喜欢我，当年我更加恶心他！如果是今天案发，我绝对不会被你们牵着鼻子走，他动手动脚，我也绝对不会认为那是犯罪行为！没有什么大不了的！何况，他才十八岁!

傅里安没有表情地看着她。刑警总队的两名警察，也是无动于衷的样子。

今红玉猛地喉头肿胀，眼眶忽然就红了。她一甩头发，似乎想掩饰这个眼泪失守的时刻，她恶狠狠地瞪眼看天，那样看起来很像背书：米兰达警告是怎么说的——你有权保持沉默，你有请律师在场的权利！你现在说的话，可能成为呈堂证据，对你不利——这些，当年，你们都对顾小龙说了吗？！

警察都笑了起来。傅里安倒没有发出他经典的狂笑，但是，他笑得无声而轻蔑：你以为我们在美国吗？

另一个警察笑着补充：你以为我们在拍电视剧吗？

没错！现在，还有过去！我觉得你们一直就是电视剧里的流氓！

杨总极尽夸张地把自己的眼睛瞪得鸡蛋大，而且球状眼白尽出。杨总的幽默，警察全懂。一屋子的警察笑得没大没小。

今红玉签了名，重重扔下笔。

傅里安捡起笔说，留个联系方式，随叫随到。

今红玉盯着傅里安：你也给我留一个！

傅里安有点猝不及防：啊？呃，好——给你，呃，留个电话。

其他几个警察显然又想笑，他们使劲把自己憋得很严肃，但实在又很想交换彼此的快乐，所以个个表情都坚毅过人。确实，从来没有人，在这种情况下，敢索要警察电话。这女人，显然是外国电视剧看多了。几个警察一致怪异的装模作样，彻底激怒了今红玉，在她听来，傅里安说给电话号码的腔调，完全是敷衍，太侮辱人了。她的脸涨得通红，在自己笔录的签名旁，写下电话后站起来，狠狠瞪着傅里安：哼！十多年前我就没觉得你帅！

昂？——是吗？傅里安再次猝不及防。几个警察也都笑坏了。傅里安的狂笑声浪逐高，非常刺耳：难怪十多年前你就不要我电话，来来，还是记一下。傅里安真的把自己的电话报了出来，但今红玉觉得他的腔调轻浮虚伪又恶心至极。她狠狠踩灭烟，哐、哐、哐地甩头走了出去。

侧耳听到她的脚步声远去，刑警总队队长杨总这才大笑出声：嘿，米兰达警告！厉害呀，难怪你说这不是个省油的灯。果然是不简单哪！

傅里安说，不知哪坨牛粪滋养了她。

傅里安不知道，公检法的复查小组都不知道，今红玉还干了不省油的事：她带着顾家母子，找了本地最牛的刑案金大律师。金律师听完经过，连连摇手说，这种案子，肯定没法弄，还是找媒体吧，他指着顾家带来的那份鸣冤报纸：让他们继续追打吧，他们才是无冕之王。看着枯槁的顾家母子，金律师似乎动了恻隐之心。他和汪欣原很熟，一个电话，他把汪欣原招呼过来。打电话的同时，他随手在桌上拿起一个信封，送了顾家母子几张卡，说，老人家，你们买点好油好米，置办一些年货过年吧。该过的日子还要过，这事，真的没那么简单。

今红玉也看到，金律师一见汪欣原，还没说事，就直接把一个应该也有购物卡的信封，插到了汪欣原的羽绒服口袋里。汪欣原心领神会地拍拍口袋，作了个揖。金律师说，与此无关哈。一年辛苦，哥只祝你新年吉祥！谢谢你的美女挂历，可惜一个个只能挂在墙上。

嘿，就你那小身子骨，挂墙上，才是真祝福、诚吉祥啊！我可不能害你。

今红玉冷冷地看他们兄弟做法事似的寒暄，虽然之后，也能看出金律师和汪欣原对顾家母子，是动了真情。但她还是觉得他们都不是很靠谱的家伙。根据金律师的指点，汪欣原带着顾小河去了顾小龙原审指定律师老吴所在的律所。老吴酒驾撞断了胯骨，主任让人带汪欣原到老吴办公室自己找了找。进去才知道，原来有人比他们快了一步，早都把老吴这里的档案材料，翻了个底朝天，当年的辩护卷宗夹，不知所终。意外的倒是在纸片中发现了原审的一审、终审判决书。汪欣原说，难怪律所主任反复说，没有什么剩货了，本来就没有什么货。

金律师说，老吴本来就是个酒囊饭袋，他的卷宗里，不可能有多少特别的干货，何况指定辩护不过是走过场，更何况是严打期间。不信你看看他的辩护意见，喏——被告人认罪态度好，念及初犯，刚满十八岁……简直比放屁还没意思。不过，有这个判决书就可以了，好歹有个法律依据，顾家就可以提出申诉了。

今红玉对退避三舍的金律师和不靠谱的汪欣原，一直没有信任感。汪欣原倒是对十多年后长大成熟了的今红玉印象不错，觉得她身上有种很性感的侠义。而今红玉依然觉得这个记者，和十多年前一样是个自得自负、不太负责任的新闻混混，这个印象一直带回到南方。她和白老板细说后，那个她一直叫白老板的人告诉他，别这样狗眼看人低哦。所有的人，内心都有公平正义的能量场，就看你能否影响、启动、调度。

这个白老板，实为当地排行第一的大律师。但他不姓白。今红玉多年前就知道，但她从不追问其真实姓氏，就像知道他下海前是区检察院的刑事检察官，妻子一直还在中级人民法院民事庭当法官，有一对双胞胎儿子。她自知没有力量也没有必要毁灭白老板的生活，知道就这样做个生命之友也挺好。两人就这样相处相知，也算相濡以沫。交往几年后，白老板肝部已经有点问题，他没有告诉法官妻子。作为他的红颜知己，今红玉获悉后，暗自欣慰他的信任，也从此忧心忡忡，但看白老板照样豪情纵酒，倒也觉得感动和敬重。白老板说过，我父亲、叔叔、姑姑都是肝癌而去，这是基因追杀，我是在劫难逃。白老板还说，一切都是最好的安排。白老板还说，在法庭上，我依法救了那么多该死的混蛋，这也是罪有应得，法外有天啊。

这都是后话了。等六七个月后，今红玉再从南方回到老家，她生命中那个最知性、最有力量的生命之友，已经魂归天外，只能有事烧纸了。后来，她在白老板留在她住处的几本书里，无意间翻到了他留给她的一张存单。数额不算大，今红玉把它贴在脸上，泪水很快就把存单和她的脸粘在一起：你知道的，白老板，我不需要钱，我需要别的……

第十一章

傅里安知道自己将面临一场硬仗，但他不知道，结果会那么惨。

下周一，省政法委要再次召开公检法多部门关于顾小龙案的协调会。自去年甘文义供述他是"6·11"哑女强奸杀人案真凶以来，大大小小，省政法委已经开了多次协调会。每一次协调会的侧重点不同，这一次，自然和"甘文义系列强奸杀人案"不公开审理的审理情况有关。十四起强奸杀人案，唯独不诉或漏诉"6·11"哑女案。这个信号很明确，至少是公诉机关，不认这个案子是甘文义做的。换句话说，顾小龙没有错杀。

傅里安对这次的协调会直觉不好，因此，他把更多的时间留给了卷宗材料的分析，仅对比甘文义、顾小龙口供的笔记他就做了一大本。

一道直角三角形的阳光，洒在傅里安书房细木条格子拼的木地板上。款式太老了，清油本色，显得木条有点发暗，疙瘩处更黑了。

不过，在阳光下看起来，倒还很有居家的温馨。七年前，装修房子的时候，一直大案要案不断，傅里安几乎不着家。为了省钱，护士长妻子委托了一家她表弟介绍的游击装修队施工，结果，弄得一塌糊涂，施工和返工，经常交叉进行。所以，甩手掌柜的傅里安只要回家，就被护士长怨骂，包括这个地板。本来，有个做环保木的老板曾一直说等他们家装修时，要送他们天然橡木地板。护士长牢牢记着，临了，傅里安说找不到那个老板的名片了。护士长说，你可是帮了他的大忙呀。给优惠价就行！不要他白送！但傅里安说，连他叫什么鬼名字也忘了。护士长说，你可以叫内勤查案子啊。傅里安"嗯嗯哦哦"地拖着。最后，还是护士长照顾过的一个病人家属挺身而出，牵线生产木地板的亲戚，半卖半送地给了她一批正在过时处理的细木条格子拼地板。安装好之后，傅里安第一眼看到就脱口而出：这不是老华侨酒店的大堂地板吗？护士长差点气晕了。

顾小龙卷宗材料、笔记摘抄、甘文义的讯问笔录及相关法律文献等资料，已经从桌面蔓延到了木地板上。傅里安疲倦地坐在地上，揉捏着鼻根眼窝。篮球场边的那棵老樟树，已经传来阵阵蝉鸣。才是六月中旬，夏天的暑气已经被这些性急的蝉叫出来了。

细数起来，仅春节后，省政法委就"6·11"顾小龙案也已经开过两次协调会了。法院系统代表，无论派来的与会者是男是女，级别是高是低，都一致表态：顾小龙案子没错！省政法委的骆楚和书记似乎是个爱折腾的急性子，遗憾的是，各单位派出的与会人员，都是不固定的，经常是谁有空抓谁的差，所以，来的人数各家不少，会议签名簿也一个不落，但来的往往是对案情几无所知者，更谈不上仔细阅卷。傅里安每次必来，法官陈书伟年前来过一次，臭着一张蔑视的脸，很不高兴。因为很多与会者不了解案情，基本就无法形成会议讨论态势。看得出的明显意见分野是：公安这边，因为有傅里安、老杨，坚决认为案子错了，顾小龙无罪；法院那边，坚持认为案件无误，顾小龙无冤。检察院方面，一直没有鲜明倾向，他们似乎在等待进一步的证据，看上去很谨慎。倒是公安内部，随着时间推移，公安厅里"稳定原案"的声音大了起来，这个声音还得到了更高级别部门人员的声援。

傅里安的执拗，显得越来越孤单。很多人劝傅里安，没必要为一个陈年老案一根筋地死磕。与你何干？部里、厅里都有同学说，怎么说，这也是丢咱们整个公安的脸啊，算啦算啦。而鲍雪飞已经完全不理睬傅里安。这期间，发生了一件大事。老蒋因为醉驾，撞到了护栏，一根钢筋直插进车窗，穿透了他的胸口。傅里安去火葬场送老蒋的时候，鲍雪飞照样不怎么搭理傅里安。在遗体告别时，傅里安握着她的手，低声说节哀顺变时，鲍雪飞回以压抑的咒骂：你他妈是成心和我过不去！

受制于羁押期限，甘文义案件在两周前开庭审理了。因为强奸涉及个人隐私，案件不公开审理。空荡荡的法庭，让甘文义非常失望，这和他想象的人头攒动、闪光灯此伏彼起的风光火爆，完全不一样,他难过得简直要哭起来。多大一个惊天动地的系列强奸杀人案,多少年来,让方圆百里的女人闻之色变的杀手,竟然是这样寂寞潦草地收场。司法部门真的太不负责了!甘文义失神地看着听众席上人马稀落。这些人个个倦容满面,基本都是公检法序列的人员。对甘文义案,他们早就没有什么新鲜感了。而更令甘文义讶异的是,他被提起公诉的十四起强奸杀人案件,唯独漏诉了"6·11"旧铁路哑女被杀案。当时他在监所拿到市检察院起诉书时,就赶紧跟管教人员报告过,说搞错了,算漏了一起。他怀疑是不是检察官数学方面出了差错。

没想到,开庭还是维持原样。那个戴着眼镜,早上刮胡须把腮帮刮破——也可能是别的原因——的公诉检察员,没有把一份好好的起诉书,念得跌宕起伏、人神共愤,只有枯燥的庄严。起诉书一念完,庭下的警察们全部傻了眼,像炸了窝的蚂蚁,左右旋转的脑袋,交换着面面相觑的困惑神情。他们都以为自己漏听了,法庭场面空荡而人心浮乱。甘文义大怒了:这不是数学问题啊!我的天!检察官们是有数的,显然,是比数字统计更严峻的情况发生了。甘文义当庭嚷嚷起来:我杀了十四个,你怎么才起诉十三个?!法庭组成人员,似乎都没有听见甘文义的叫嚷,中院那名主审法官还有意无意地给了听众席下的反应时间。整个庭审过程,可以说,直到进入法庭调查程序,那些内部的、法律出身的专业听众,似乎都处于迟钝的茫然状态,只有甘文义的辩护律师,像一只斗鸡,炯炯有神地、前倾着挺拔的小身子，就差脖子上的毛，没有整圈赳赳奓起。

鲍雪飞早就知道，甘文义案开庭审理时，顾小龙案会被回避掉。她在怒骂傅里安的时候，也暗示给他了。这个不懂人事的蠢货，完全没有这个想象力和理解力。他不知道，当甘文义羁押期无可再延长、案件不得不开庭前，两院诉前已沟通过多次，都是上会专题研究过的。一开始，检方觉得这"6·11"案子绕不过去，还是得诉，而且，他们内部讨论时四比三，四票认为是甘文义所为。法院说，你觉得证据过关，你就诉；一名年轻的检察官还真想放马过去。法院的蔑视就出现了，态度也就直截了当了："6·11"这个案子，只有甘文义口供，而没有其他任何证据支持，是绝对不成立的。如果你们检察院强诉，法院依法不判，那么，检察院就要接受错诉的责任！法院说得铁板钉钉，听上去也有道理，十多年了，即使当年有证据，也早消散灭失，而没有新的证据支持，仅凭口供，公诉甘文义这项罪，检察院是不是有必要冒这个错诉风险呢？

为了稳妥，那就不诉吧。

这个不公开审理的案子，还是激起了政法系统内部的涟漪反响，尤其是警察内部，毕竟都是法律人，关于甘文义案、顾小龙案的信息传播密集了。最后，这涟漪一圈圈地波及全社会。原本很多人还保持观望的中立心态，但两院公然的漏诉或不诉的开庭，让人心天平微妙地失衡了，从"疑罪从无"角度去分析思考顾小龙案的人，多了起来。有些人直截了当地说，毫无疑问，这就是不折不扣的冤案！连真凶都承认了，法院你想干什么？

高级法院法官陈书伟的女儿，在餐桌上也发表了自己的看法。

爸，顾小龙那个案子，也许真的错了。

陈书伟沉默。他不想伤害女儿，也不知如何对一个外行解说。

女儿轻声说，社会上都在议论。

议论什么——你老爸错了？

女儿一向温婉，但这次却很坚持：严打是个特殊时期，其实很多人都能理解那个时期的特殊状态。但是，现在，新的情况、新的证据出现了……

我们院前后成立了两个复查组，都分别拿出复查报告结论：案子没错——我可都没有参与。

大家说，高院是死要面子……

你直接说，老爸你判错了，不就结了？！

爸，刑诉法不是规定……

外行，就不要鹦鹉学舌了！

法官站起来，用腿窝退开餐椅，慢慢去了书房。他成功地给女儿留下了一个病弱孤独的背影。

女儿的脸色煞白。其实，话题一出，丈夫和母亲就都对她使眼色。父亲离去，母亲把桌边托人从香港又买回的两瓶胃药，推在女儿胳膊肘前：张国周强胃散和蚬壳胃散。女儿的指头在药瓶上滑过。她也胃口顿失，她也不高兴：又乱吃什么药！一天到晚胃不舒服,还是赶紧去检查一下!我去找下我同学,她婆婆在消化科。

你不知道他多忙吗?每年春天他的胃都不舒服,只是今年拖长了点。母亲说,你爸爸的业务在全省无人能及,他救了多少差点冤死的人,你知道吗?别人可以误会他,你要怀疑他,那他太难过了。他是真正的法官。

女儿放下筷子,也回了自己房间。她的饭也剩了一半。

那个夜晚,法官把自己关在书房里到深夜。法官家的气氛幽微阻滞,似乎正像甘文义和顾小龙案件在整个社会层面的幽微与阻滞,它随着知悉者及众议范围的扩大,其幽微不畅的涟漪也在不断扩大。汪欣原、邱晓豆所代表的媒体力量,也在这个幽微不畅的氛围里,体现出强有力的阻滞力量。这个回头再说。

甘文义案件宣布"中止审理"。据说和媒体的暗地努力有关,但在傅里安看来,这和省政法委书记老骆——骆楚和的态度有直接关系。老骆这个人,怎么说呢,按傅里安的话说,不算什么大好东西。五六年前,傅里安所在的分局,扫黄行动刚抓了一批嫖客暗娼。人还没审,当时分局的砖混土的小破院子里,就"国哦——国哦——"轰鸣着冲进了几辆高档小汽车。低沉咆哮的引擎声,穿透了每间办公室的耳朵。当时还是市政法委书记的老骆的女婿,领着一帮人来当说客了。刑警队的兄弟不敢怠慢,一边告诉来人是傅里安亲自抓的,一边偷偷给傅里安办公室报信。傅里安扔下电话,就走到走廊上,正看着一干人要往科室楼这边走来,傅里安叉腰就吼下来了:

谁他妈的这么狂？！老子人还没审，就他妈的让我放人？！敢到这撒野？！来呀！给我上来！老子的曝光台，等的就是你——！

操场上，随行的小刑警立刻说，快快快，赶紧走，傅局发火了！惹毛了他，什么事也办不了……

骆家女婿抬眼一瞭，狠狠啐了一口，又啐了一口，挥手走人。一干人偃旗息鼓悄悄出了院子。傅里安上下通气很是得意，他骂痛快了，心里的不安也渐渐起来了。

傅里安当年被提拔到开发区分局当副职，和老骆识才举贤是有直接关系的，而且，这节骨眼上，市局分管刑侦的老局长退休，班子正在根据老骆"任人唯贤"的建议，考虑是不是破格让傅里安到岗。就是说，老骆不单是欣赏他，也一直在重用他，怎么也算是知遇之恩，怎么也有伯乐赏识提携之情。但是傅里安，事前第一反应，还是六亲不认。骂痛快了，逞能舒服了，慢慢他就回过神了，也知道不看僧面看佛面的重要道理，赶紧小心翼翼地打了老骆电话，表示想去老骆家坐坐。老骆就住在他同一单元楼的楼上。老骆一口回绝，说，什么事在电话里说！傅里安本来是负荆请罪的小心思，但说着说着，狗嘴里就没一颗象牙了，口气还颇凶猛急促：这他妈像什么玩意？！好歹是你骆书记的面子啊，竟然大张旗鼓、明目张胆地为卖淫嫖娼的当说客！哎，你当就当了吧，还又何必几辆车子飙车而入，"国哦——国哦——"地冲进分局，飞扬跋扈的样子，就算小的们看得惯，他也不嫌他妈的丢人？他不在意，至少也要顾及他老岳丈你的影响啊!

混、账!老骆一听就发怒了,你做得对!拉大旗作虎皮!谁给他这个权力?!你别管他!给我坚决法办!从严惩治!

老骆还恶狠狠地叮了一句:有事我直接找你!别理他!

傅里安领略到老骆的怒意了,情况的确是不太妙,但他心里还是为自己的小聪明而得意,觉得自己在法律、人情上都有了良心交代。结果呢,没多久,就有兄弟来传话,说,骆家人骂傅里安白眼狼。才提拔了个分局小破副局,就这么恩将仇报、不可一世,以后谁敢指望他成大气候,造福一方?话是骆家女儿放出来的,但传话人说,这也像骆书记的口气,也许人家在家里就是这么骂的。是吧,人心都是肉长的,疼爱女儿爱屋及乌也很自然。人家骆书记又不是不吃人饭的神仙。女婿再混蛋,你不给面子,打的就是老岳丈的脸啊!所以,怎么说,都是你他妈的忘恩负义。你不对!后来,传说中傅里安将破格上任市局刑侦副局长的事,果然成了空泡泡。鲍雪飞上去了,就顶了这个位置。再后来,在一个副局长儿子婚礼上,傅里安随众向老骆夫妇敬酒。老骆喝了所有兄弟的酒,唯独把傅里安晾一边。傅里安走也不是,不走也不是,低三下四地硬着头皮,再申请,老骆把他酒杯一把挡开,说,去!你的酒谁敢喝!你他妈这么猖狂,喝了,说不准就上了你的曝光台啦!

傅里安的脸,当场就像爆炒猪肝。其他人,讨厌傅里安做派的人,哈哈大笑;不讨厌他的人,为了缓解尴尬也使劲笑着,想把骆书记的话笑成幽默段子。但是，酒后的老骆，目光如剑，红光里满面煞气。再能圆场再能笑的人，也坚持不下去了。傅里安摔杯，退席而去。主桌附近几桌，陡然鸦雀无声，人们看着傅里安愤愤离去的背影。而傅里安的耳后，老骆哈哈大笑，穿越婚宴的嘈杂喧嚣追击他，傅里安气得发疯，又不敢再扭头作战。气急败坏地回了家，对护士长怒吼：操他妈要不是婚宴，我一把掀了桌子！

护士长波澜不惊，她一字一句地说，你——活——该——！

傅里安愣怔了好一会儿，突然大笑，一迭声爆发的狂笑，怎么也止不住，笑得他仰在沙发上直喘气：哎，我他妈真不是好人哪。

护士长说，你知道就好。

关于伯乐与千里马的那段佳话，就这样戛然而止悄然褪色。

后来，老骆的女儿离婚了。后来，老骆又升迁了。不管喜事愁事，傅里安都退避一边，没有再给老骆去过什么电话，他心里还是想和好的，但是，他拉不下这个面子，也找不到合适的机缘。现在，顾小龙案件面前，老骆的身影，倒是越来越像个同道了。按鲍雪飞的话说：骆书记也跳得很高。但出于自尊吧，这两个"跳得很高"的人，倒从来没有私下交换过意见。

傅里安往眼睛里滴了点缓解干眼症的眼药水。如果护士长还在，书桌上的所有药，含喉片啊、润舒啊都不会过期。现在，好时光都过去了。傅里安的选择是不看日期，需要就用。

他母亲第三次走进书房，手里拿着一个空塑料袋。前两次进来，也是这样。今天一早,她突然想起来,傅里安从小鞋带系得不够紧,肯定也不了解这么好的系塑料袋的方法。儿子这一段时间,倒是经常在家,关在书房里看东西。她很想为他做点什么,今天,她想明白了,她要教会儿子一种可以轻易拆开的打结法。傅里安告诉她他会了,她出去了。傅里安把门虚掩上,顾小龙卷宗的检察卷刚看两页,母亲又进来了,手里拿着刚才那个空塑料袋。傅里安皱起眉头,说,我会了。

她走到他身边,说,你系给我看。

傅里安接过马甲塑料袋,把两个提耳随便系了一下,还给她。她说,错啦!这不是活结!我就知道你没学会!是这样,你看我的手指,这里,要对勾……

傅里安烦躁不堪:好了好了,我换一个时间学。人家等着我批材料呢!你别再进来吵了!

我没有吵你呀。母亲很疑惑。

小王不是说这周打麻将吗?她问。

好了好了——我这边忙完了,出去找你。你一直进来,我就来不及看材料了。傅里安站起来,扶着老人肩头,半拉半送地把她推带出去。傅里安随后到厨房,珍姐在刮小芋头。傅里安说,那药,每天她都服用了吗?珍姐说,利培酮啊,每天一片,雷打不动。

傅里安出了厨房,珍姐跟了出来说,最近一直不太好,她脑子里的那个小王,提出来的要求,越来越奇怪。早上买菜……

傅里安"嗯"了一声，往前走。珍姐又追上两步，低声说，那油菜非常新鲜，又便宜。她拉着我快快走开，然后，说有毒！她说小王说了，那有毒的菜，就等着我们来买呢……我记得张医生去进修前，曾说过，如果有要发病的样子，可以吃两片！

　　傅里安停了一下，看着保姆，再扭头看到母亲在客厅喂金鱼，样子看上去恬静安适。阳光照耀着她银发如雪，客厅里一派岁月静好的安宁。傅里安说，再看看吧，你把药备好。

　　傅里安回到书房，轻轻掩上门，这一次，他把门反锁了。

第十二章

省政法委办公楼是个独立的青砖平顶旧楼。它后面有个花园小道，通往市府大院行政东楼。中间还隔了一个正在干涸的莲花池塘，残余的莲花倒也开得热闹兴旺。即使相隔着花园、莲花池，这个协调会的狂暴动静，还是穿越独立小楼，跨越小池塘，传播到了更遥远的地方，比如政府东楼。

陈书伟出席了本次协调会。午时荷花正红，傅里安和陈书伟在走廊里相遇，陈书伟嘴角微微一牵，以示礼貌的笑意。傅里安却感受到他骨子里的蔑视。傅里安说，不回避？——你不觉得你该回避吗？

陈书伟说，无论谁参与，对此案，我们全院的意见，都不会改变。

如果我是你，傅里安说，作为一个涉嫌错判的审判长，我会自觉回避。

陈书伟眼角的余光,扫了一眼傅里安手里的资料夹,他慢悠悠地说,这只是正常案件讨论,错案未有定论。而你,陈书伟一笑,根本无权评定。

政法系统谁都知道陈书伟傲慢,尤其是与他打交道的警官,很容易感受到他对警察的蔑视。作为一个厅级刑事审判员,作为一个一辈子和刑案打交道的法官,也许,他真的有理由轻慢办案警察,他觉得无论好牌坏牌,警察基本都打不好牌。这就是水平啊。据传,这是他和人玩牌的时候说的玩笑话。但事实上,放桌面上说,他就是一直认为在政法系统里,公安的业务素质是最低的。鲍雪飞转述过他在牌桌上说的另一句话,他说,沃伦大法官说,他见多了那些警察、检察官,为了起诉、为了完成任务、为了破案速度、为了邀功领赏,什么事都干得出来,什么恐吓威胁、刑讯逼供,无所不用其极。不过,鲍雪飞转述此话,她的重点感悟在:警察、检察官办案胡来,是世界性的问题。

政法委的小型会议室内,傅里安、陈书伟入席,分坐在椭圆形会议桌的对面,中间隔着一排一品红盆花。老骆坐主位,公检法其他与会者散坐环绕整个椭圆形桌子。傅里安看了参会者一圈,感觉依然是临时拼凑的乌合之众。在上一次,他就有了这个很不好的判断:参会人员没有人细看过卷宗材料,有的人根本就没有看过。说起来是讨论,实际上,他们因为不了解案情,不仅无法参与讨论,甚至对任何一方的观点,也没有能力表达看法。这样的会,实际是虚张声势罢了，也算是政法委干着急吧。傅里安本来想跟老骆提一下，让各单位派出的人必须拿出自己的案件意见，也就是逼他们事先看材料，最后与会人员固定。但是，看老骆对他总是爱理不理阴阳怪气的，他也不敢自讨没趣，只能指望下次会议，能来些个"懂行"的家伙。

今天协调会的侧重点，就是甘文义案因不诉"6·11"旧铁路哑女被杀一案而中止审理的问题。检察院发言人显得疲惫，他说，我们还是一致的态度："6·11"不可能仅凭甘文义自证其罪，他自己说，是他干的，我们就指控他。没有证据支持啊。陈书伟开始没怎么说话，同来的一个审监二厅的年轻女法官一发言就说，既然认定甘文义实施"6·11"案件的证据不足，那法院只能退回。如果检方觉得确实证据不足没法诉，那就退回公安再补充侦查。

陈书伟说，顾小龙案件错没错，我们不说。你们先把甘文义案子搞明白了，顾小龙的案子不就迎刃而解了吗？

你这逻辑不对吧，傅里安说，顾小龙案是已经生效的判决，人也早已执行枪决。检察院怎么可能对另外一个人就同一个案件，再提起公诉。这不是重复诉讼？！

陈书伟喝了几口茶才开腔：你们公安，什么时候才能让后面的环节省点心？甘文义自供是"6·11"哑女被杀案的真凶后，实际我们法院内部三人组、五人组复查小组工作，一直在进行。他们都是经验丰富的刑事法官。他们的调查结论，前次会议就发给大家看了，结论很清楚，两个小组、所有复查法官一致认为，顾小龙犯故意杀人罪、流氓罪的基本事实清楚，认定的主要证据也比较充分：报案材料、有罪供述、证人证言、现场勘查、摄影记录、刑事科学技术鉴定书、尸检报告、物证检验报告等证据在卷，予以佐证；至于甘文义居心叵测地自证其罪，就现有证据，仅有口供，显然无法认定他是杀害哑女的真凶。

我想问问陈大法官，傅里安说，甘文义的卷宗材料你都看了吗？

陈书伟悠然地弹了弹手中的笔，说，我想问，除了他的自说自话，其他证据在哪里？我在刑庭干了一辈子，这种胡搅蛮缠、从中渔利、苟延残喘的人，也不是初见。我的话先摆在这，这样一闹，他混过两个春节，都没问题。有你傅局这样的人积极帮忙，再过三四个春节也不是不可能。所以，我说，傅警官，你们还是加强队伍教育，把自侦环节搞清楚再出来查纠错案吧！

傅里安说，作为涉案当事法官，你既然没有主动回避，还积极参会，那么，我想请问，这一次，你是不是认真细致地研究了顾小龙的卷宗，包括甘文义的供述？

傅警官，做法官的，没有信口开河的毛病。陈书伟说，甘文义要扰乱视听，把案子往自己身上揽，可是，口说无凭啊。审判机构不是八卦场，法律是讲证据的。反观顾小龙案，即使在严打时期，他的供述，也是有多样证据支持的。证人证言、刑事科学技术鉴定、物证检验报告、尸检报告、现场勘验笔录——请问这些，就

"6·11"案，甘文义你拿得出什么证据？

傅里安的脸色，青一阵白一阵，他几乎无法控制自己平稳的呼吸。陈书伟不紧不慢的语速，辅之以轻蔑不屑的彬彬有礼，令傅里安胸口发紧呼吸艰难。他觉得陈书伟真他妈太能不顾事实了。以前，政法界朋友熟人聊天，还曾经公认这是个不错的法官，也纠正了不少冤错案，但他现在的表现，简直让傅里安又惊又怒：操他妈，就为了掩盖自己案件错判的职业虚荣，居然敢如此混乱逻辑、颠倒黑白！

傅里安站了起来。老骆像赶苍蝇一样，挥手让他坐下。

傅里安只得坐下。他尽量语气冷静地说，作为原审二审审判长，时至今日，你真的一点都不认为顾小龙案件证据不过关吗？你知道吗，顾小龙在十六次供述中，有三次没有承认自己犯罪，第一次是报案时，第二次是在审查批捕阶段，第三次，就是在你们高院二审时，他再次翻供。遗憾这三次都无人重视。无罪推定，大家都是说说而已。我们来听听这三次否罪的情况。先说第一次。上个月，现在已经退休了、最早接到顾小龙报案的值班警察告诉我，那个十八岁的孩子，不可能是凶手，他很难在那么短的时间里，组织、思考好案件情况，然后神态自在地积极报案。作为老警察，打死我我也不信他是凶手。这名退休老警察还告诉我，另外一名出现场的警察，五年前，在病死前，向同僚谈及顾小龙案经过，说他感到愧疚不安。

整个会场很安静。傅里安接着说，这是公安最早的声音。可是，这个否认及否罪的警察声音，都被湮没了。接下来顾小龙的两次否认有罪，分别在检察官和法官面前。但是很遗憾，你们也和公安一样，忽略了他的无罪申辩。面对检察官时，他全面翻供。他说，我今天讲的都是真的。在公安局，一开始我说的也是真的。后来他们认为有很多疑点我讲不通，他们告诉我，那个女人没有死。而我当时尿急得不行，他们说，我讲完，就可以上厕所，可以回家。所以，我就那样讲了，其实都是假的。我想小便，我想回家。提审检察官问，你是否掐过被害人？顾小龙说，没有。我只是摸了她的乳房和阴部。在她那里，可能有我的指纹。最后，检察官斥责他胡说。而法官，面对他的否罪反应，是严厉反问：你以前是怎么交代的？！然后是政策教育。这些内容，分别见公安卷P3、检察卷P14、法院卷P5——退休警察的证言，见我们后面的走访复查卷。

这不是证据！陈书伟旁边的女法官，听见陈书伟轻微的叹息后，大声敲桌抗议道，请拿证据说话！

检察官代表没有说话，其他与会人员也很沉默。

傅里安点头，这里，可以看到，即使公安走上了错道，后面程序的办案人员，也没有一个环节用心负责。如果他们不是先入为主，能态度客观地对待顾小龙的申辩，做认真分析调查，也许，这起冤案就可以避免。

谁定性是冤案了？陈书伟笑，说，都是法律人士，请你谈证据好吗？

我当然要谈证据。我之所以多说几句，是考虑到有些人对案件不了解。傅里安反击说，如果你当年也注重证据，也许，顾小龙就死不了！而现在，如果你认真对比了甘文义的供述，你就应该发现，很多案件细节，都得到了合理解释！比如，当年顾小龙怎么也说不清楚的"死者项链"一节，甘文义说得一清二楚！比如，现场檀香皂的香味。

陈书伟下颌微扬，嘲弄性地用鼓励的眼光看着傅里安，微微点头。在法官沉着稳定、充满优越感的审视神情里，连傅里安都觉得自己像个答辩的学生。这让他感到窝囊愤怒，他尽量克制自己的情绪：陈大法官，如果你当年也注重证据，你就该看出，印证顾小龙掐死哑女的那个痕迹，那个死者左下颌部的伤，是个黄白色的死后伤！

死后伤？陈书伟笑道，仅凭尸体照片，你有必要这么武断吗？

傅里安说，单独看，粗心一看，也许是看不出来。可是，你可以和被害人背部的伤情照片做比较，有没有生活反应，一眼可见。

陈书伟再次牵着一边嘴角，微笑着。女法官大声反驳：即使真的是死后伤，也不能排除是在尸体搬运过程中导致的。

傅里安点头：好，那么——这是我最感兴趣的——顾小龙左手指甲里的Ａ型血血痂是哪里来的？

女法官说，肯定是从现场、从死者身上来的。这不正好说明，他就在现场。

陈书伟想制止女法官，已经晚了。

傅里安得意地盯着陈书伟，说，至少，在庭审的时候，你可以想一想，《尸体检验报告》里，是认定那个左下颌的损伤，符合指甲抠划所形成的——你说，一个没有生活反应的损伤，一个死后伤，是怎么证明顾小龙掐死了哑女，并在指甲里留下血痂的？——你真的不觉得，被害人的颌部损伤来源蹊跷吗？你真的不觉得顾小龙指甲里的血，来源蹊跷吗？

陈书伟依然保持几乎看不出来讥讽的优雅微笑，他波澜不惊，语言缓慢：证据的蹊跷不蹊跷，只有警方才看得最透彻。对于最后的审判程序而言，面对已经成型的证据，只要能自圆其说，又和别的证据能形成呼应，我想正派的法律人，都未必能吃透这里夹杂的蹊跷。陈书伟停顿，举杯喝茶。那杯茶应该很烫，他吹茶被气流冲浮的上唇，看起来就像汽艇筏子。他享受着场面安静显示出来的、对他的发言的专注期待。他慢慢放下杯子，一字一句地：没想到傅警官居然问我"蹊跷"！我问你，前年，锤子山杀人案，承办法官发现，现场提取的毛发并未随卷移送；向公安追问，侦查人员回应说，过两天就送来。结果，你们竟然去看守所拔了两根头发回来！会议室里，一阵轻笑，连帮忙倒水的服务员都在咬嘴忍笑。只有傅里安瞪着眼睛。

陈书伟继续道：又比如当年，中华戏院化粪池里的人头案。要不是你们锁定的"被害人"及时回来，那涉嫌谋杀而被捕的一家三口，不就早被你当成杀人共犯送到法院审判了？送卷宗之时，你不也把那些狗屁证据，整得像模像样？！如果我们眼拙、水平不够，看不出这些证据的"蹊跷"之处，那一家三口，不也做了多年冤魂？！——你说呢，傅警官？听说你负荆请罪三次，都被人家泼水扔扫把，赶出门去……

毕竟都是圈内人，这个丑闻大家都有耳闻，法官砍头去尾，大家也心领神会。所以，在陈书伟温文尔雅、如沐春风的陈述中，大家相继吃吃窃笑，有人用手捂嘴，有人用文件盖脸，有人低头笑得微抖肩膀，老骆也毫不掩饰地笑了。这的确是傅里安的糗事，而法官这样的陈述，让人会以为这些，全都是傅里安所为。傅里安就是在这个时候彻底失控的，他把桌上的扬声器直接摔过一品红中隔，摔在了陈书伟桌上，陈书伟桌面的带盖水杯"当啷"而倒，一杯刚加开水的茶水，泻流满桌。女法官尖叫起来，陈书伟后退中，椅子倒地，连带把他带倒，这样，整个椭圆圈子的与会人员都站了起来，一片惊诧。傅里安突然大笑，那种三级火箭似的狂笑没有松弛大家的紧张。老骆显然也反应不过来，直到傅里安狂笑，他才怒吼震野：你他妈疯啦？！

傅里安还是想笑。本来，他第一反应是摔他的卷宗夹子，但害怕珍贵的材料散失，所以，顺手抄起无线话筒。没想到效果这么精彩，一个骄傲得不可一世的家伙，那样人仰马翻地慌乱失措，狼狈不堪，真是千载难逢的滑稽有趣，解恨啊！

这个时候的傅里安，有一点点的难堪，但又无比地爽快。他不知道，他马上就要为他的野蛮痛快之举，付出惨痛的代价。

第十三章

有一个重要的人，开始并没有进入傅里安视野。若获悉一丝风声，作为一只基本杀红了眼的狼，傅里安绝对全力以赴，但是，已经晚了，傅里安即使知道，也已经陷入自顾不暇的境地，而此人，早已被鲍雪飞全面关注。也可以说，正是这个人物再次浮出水面，导致才闻到"腥味"的傅里安，走进了几乎致命的"捕兽夹"。

十多年前，在凶杀案发生地的斜对面，跨过旧铁路，走上一个有七八棵冬青树的小斜坡，有个小日杂店。也可以说，顾小龙一生，最后一次的商品购买，就是在那里进行的。那该死的一天，在那个该死的时辰里，他到那个小日杂店，买了几块泡泡糖，然后，他去了厕所，或者，直接去了旧铁路对面，他跳上了那个旧变电箱，看到了窗户里面赤裸倒地的哑女。至于，他是不是经常在那里窥视，这只有顾小龙自己知道了。

哑女被杀的那个晚上，也就是《新闻联播》之前，小日杂店的准女婿老赵，送了几个早熟的沙田西瓜给准岳父母。他是开单位的新东风卡车过去的，车里还有一些西瓜，要按领导意思一一送出，然后，次日一大早，他就要跑趟长途，为单位去四川拉一批酒。

在准岳父岳母家，他没好意思去用他们家的洗手间，出来之后，便去了旧铁路对面的公共厕所。实际上，他是打算在那一片冬青树林里解决的，但害怕斜坡那里人来人往，怕人家说，怎么你家准女婿随地大小便。所以就决定文明一点，跨过废旧铁轨，去偏僻昏暗的那个公厕。就是在要进去的一瞬间，鬼使神差地，他扭头看了一眼，他看到那个像仓库一样的小平房里，走出了一个个子很矮的男人，男人跨上屋角前的自行车，就走远了。老赵真正的目击，不过是看他扶起自行车，然后，他的脚步已经把他带进了臭气熏天的公厕。然后，他尿完也就走了。他跨回旧铁道，绕过冬青树小林子，然后走向大路边的东风卡车。按照单位既定方案，沿途送西瓜入关系户，再回家，洗洗睡觉，然后又起了个大早，到约定地接了供销副科长，两人就一路行驶，出城向西而去。老赵当然不知道，这西去的三周时间里，他的准岳父母家，因为凶杀案而地覆天翻，有一个人的命运，和他撒尿前的目击，关系重大，或者说，因为他不被打扰的无意沉默，导致了两个人命运的错误交换。就是这样，他带着这个至关重要的目击，远离了奸杀现场，远离了当地。大半个月后，老赵回来了，一回来，准妻子、准岳母在饭桌上述说了这个不得了的杀人案。全家人惊悚点集中在两处：一是，杀人地点，就在我们眼皮底下！！二是，凶手杀了人，还到我们店买过泡泡糖！！全家人述说的时候，表情一致的惊悚后怕，仿佛凶手要是一出错，就会杀到自己店里来。讲述这些的时候，没有人会特别说明，来买泡泡糖的凶手，身材高大，当然，即使说了，老赵也联想不到，那天晚上临进公厕时他看到一个矮小的男人，从凶杀屋子出来；虽然报纸出来了，案发时间也具体了，虽然日杂店老板渲染了很多，但对于对此地人生地不太熟的老赵而言，不过都是模糊的大概，反正跟着他们紧张就对了。如此，又是一周时间过去，老赵再度利用周末，提着猪蹄髈和槟榔芋来问候准岳父母一家，不知怎么的，送别的时候，他们再度聊起了这个案子。小王在冬青树边指着旧铁路对面的案发屋子：喏，那个大胖子，那个老汉，就是被杀掉的女哑巴的父亲！哦，老赵说，很老了。小王说，不老，是一夜白头。他现在还在铁路上做扳道工呢。出事那天晚上，他正好值班。老赵问了一句，他家里没别人吗？小王说，就他们父女。她妈前几年就死了。

老赵的脑海里自动浮现，那个凶杀夜，那个小个子，那个自行车。老赵怔怔发呆，有点理解不了自己浮现的记忆。老赵本来也不是个脑子灵光的人。小王见他发呆，就用胳膊肘碰了他一下，自顾往前走。老赵说，哎，杀人那天晚上，真的是我送西瓜来的那一天吗？

小王回头说，就是。我弟隔天中午还说，这杀人就像杀西瓜一样吧。老赵大叫一声，说，我得去报警！——我看到杀人犯了！他比了一下自己的肩膀，这么高！就在那个位置，他去摸屋角的自行车！

小王当然不屑:顾家那小子,个子比你高多了,什么眼神啊。老赵说,嘻,我的视力一点五,部队里我枪法全团第二!这里不对了呀,我看到的是比我肩膀还矮的小个子,抓的是比我高得多的大个子。这就不对头了嘛!你不明白?!我亲眼看到那屋里出来的是小个子呀!那可能才是真的凶手啊。老赵为自己卷入一件大事而脑门暴汗:我得去报警!这可不是闹着玩的。

　　小王虽然也享受这个戏剧性刺激,但她一向懒见生人。后来,她知道老赵自告奋勇去了趟公安局,但回来就偃旗息鼓了。那样子就像偷窃失手,很枯燥地沉默着,他甚至没有打来电话。准岳父母的好奇心被女儿的一句半句吊得老高,问来问去问不出直接答案。小王厉声把老赵叫来,当面发问,老赵这才灰头土脸地说,算了。案子已经破了。警察说,姓顾的自己都承认了。他们叫我不要再多管闲事。

　　你就是发神经!小王说。老赵说,唉,别说了。就当我看错了,算我发神经好了。小王有点不高兴。准岳父母、小舅子依然疑惑地看着他,老赵突然一惊:哎!这事!千万别往外传啊!千万千万!他们说,只要外面有一个人在乱传,就以妨碍公务罪把我抓起来!家里人也是!通通抓起来!这事不含糊!

　　准岳母说,他们是谁?谁是他们啊?

　　准小舅子说,我昨天就告诉我同学了。

　　告诉什么?

　　说我姐夫看到了凶手,只有这么高!

老赵脸色惨白。

准岳父怒吼：不要再胡说八道了！

老赵觉得准岳父是在骂他，便低声下气地申辩说，我肯定没看错，只是，我想不通……

准岳父发火是对的。奸诈的准岳父，一下嗅出了危机。果然，没过几天，就有社区民警进小日杂店说，管好自家的嘴巴，道听途说随便造谣，到时后果严重，哭也没用了！

一个多月后，顾家父母一路询问摸到了这个小日杂店，进店就跪下了：听说你们家看到了真的杀人犯是吧，我儿子是冤枉的？

日杂店老板娘和女儿小王，慌忙摇头。她们死不开口，慌慌张张地要拉顾家父母起来。人家不起，又开始磕头。老赵不在，他的准岳母和准妻子，害怕进店的人多，吓得要拖他们起身出店，结果，无语的拉扯中，准岳母憋得自己也跪了下来。双方对跪着，准岳母的眼泪也下来了。眼看阵线就要失守，后屋的准岳父老王，一掀门帘走了出来：干什么，干什么！人家看到的就是你儿子嘛！他自己不是也都认罪了？！做父母的不要糊里糊涂！去吧，去吧，赶紧出去！我们还要做生意！

顾家父母抹着泪，慢慢相互搀扶着站起来，慢慢地离去。他们似乎想再慢一点，给老王家人一个补说的机会。但是，没有。老王家人一个个呆若木鸡了好一会儿。货架角落，一个小电视里面正在放吃面条的小品，但一家人眼神都浮起在看不见的地方。

这样的生活，总有点让人摸不着的紧张。但这个适度的紧张是有利于合作生活的。老赵作为有过婚史的、条件一般的求婚者，在治安逼人的形势下，顺利地娶到了日杂店老板老王的黄花闺女小王，虽然小王的杏脸上雀斑活跃，个性阴沉，但身材正常，关键还是黄花大闺女。

这年的国庆，老赵和小王完婚。而这年七月，顾小龙已经被执行枪决。次年年底，小王当了母亲。再下来的四五年间，老赵和朋友合伙跑运输，赚了不少钱。赶上岳父母家旧屋拆迁换新居，分了两套房子，依然在铸造铝厂附近，靠河滩那边。小王就带着儿子小宝，经常在父母这住。老赵天南地北地跑钱，十年来也累积财富不少，直到去年夏末因反复便血一直消瘦，被诊断为直肠癌，做了手术。所以，去年秋天时甘文义落网，尽管报上追问顾小龙冤死的文章也出来了，但老王家、老赵夫妻不知此事，也无人关心此事。直到不久前，警察找到了改开小型超市的老王夫妇，进而找到了刚出院、准备下一次化疗的老赵。警察叮嘱他好好养病，不要不负责任地乱说话。要好好保重自己的身体，保重好合家大小的平安为要。警察说，小超市也开得挺兴旺的啊。

这样的问候探望，先后来了三次。老赵再迟钝，也明白了。岳丈老王，更是心领神会。他飞快地、悄悄地找到了汪欣原、邱晓豆去年报道的报纸，看完之后，惊得他紧急召集了家庭会议，严肃命令：谁都别再去惹麻烦！我们惹不起！老王看了一眼小王，这些年，他们的女婿老赵因为赚了点钱，说话举止都有点嚣张，虽然才从医院出来，神气也还是坚韧。所以，老丈人特别指出：我们小百姓，图的就是开店发财，养病平安！图的就是过安稳日子！

老王有个哥哥，在铸造铝厂当保卫干部，这天，忽然就被工作配合的熟悉警察带着见了鲍雪飞局长。鲍局长倒很和气，问了厂内治安情况，顺便叮嘱老王哥，转告他弟弟，顾小龙那旧案子，不要想当然地乱说话，以免扰乱公安工作视线。还说，他们家的小超市生意不错，要好好珍惜，并说，警民鱼水情，请老王家那个记忆出错扰乱过警察办案的毛糙女婿，多保重身子，等病情好转，可以约着哪天一起坐坐，喝喝茶也挺好。

保卫干部老王哥，立刻把这些话转给老王弟家，老王一家人顿时感到张皇，感到家门外风刀霜剑，合家立马选择敛声屏气了。

第十四章

鲍雪飞揉着太阳穴，揉着承泣、四白、巨髎、地仓。她的手指冰凉，她觉得她快要撑不下去了。连续多日，脸都是微微发肿，眼珠子转动迟滞。按照艾灸医生指导的脸部穴位，她使劲按摩着，似乎稍微改善了眼珠的灵活性。但心细的属下，已经发现了她的脸部异样，不过，他们照样会宽心地说，肿得不明显，还是很美。二十多年前，一个灵活敏捷、勇气过男的高才生，以优异的成绩，踏入社会，迄今也已从业二十多年了。这一路披荆斩棘，见魔杀魔、见佛杀佛，甘苦交织，但再苦再难，似乎总会柳暗花明。但是，最近，她感到了不安与刻骨的疲惫，身体似乎在不断发出告急信号，真的老了，好运快过去了吗？

七八年前，鲍雪飞出差昆明。在杜晓光的热心怂恿煽惑下，几个人便衣去见了一个传说中的神算道士。那道士看到鲍雪飞似乎有点目光讶异，但这只是极为短暂的一瞬。鲍雪飞不当回事，她见过太多对她姿容发怔的眼光。八字排完，道士沉吟了好一会儿，说，因为你的时辰不准，刚好跨在两个时辰之间，所以，你们就随便听听玩玩吧。道士说的许多话，鲍雪飞和杜晓光其实都听不大懂，但是，陪同去的杜晓光同学，也是警察，让道士的助手朋友记了一段，后来鲍雪飞拿着夹在钱包里。她只记得道士说，可惜是女命，若是男命，此命更加非同寻常。虽然不太信，但道士的话，鲍雪飞是喜欢听的。当时也很为这个可能不准可能很准的好命，沾沾自喜过。随着时间推移，再看具体文字，也是在似懂非懂地猜疑接受好的暗示：

命主辛金，生于秋月，当权得令，气兴命旺。此命绝伦显贵，命主相貌漂亮、聪明伶俐过人，临事果断，禀权刚毅，是为官一方的女中才子。此命四五十岁，步入比劫之地。比劫助身，可使官运兴通；若比劫林立，反恐猖獗，令命主日元衰竭。细看此命之运行，五十岁后，天干交恶，地支遥冲，六甲空亡。用神陷入空亡之地，财星杳无，空茫一片。

临别，鲍雪飞问了一句，后面这几句什么意思？我会变穷？神算挥挥手，说，究竟是好命一条，福禄齐天。作为女命，人生平淡期也是种必要的缓冲啊。

转眼流年，大概也是临近道士所说的关卡命坎了，因为身体不太舒服，心绪也困顿，鲍雪飞忽然想找出命书再看一看，却发现不知所终，这让她有点彷徨。但丢了就丢了吧，反正不一定是她的命。其实，即使父母记准了她的出生时辰，她对算命看相之类也不是那么入心的。她相信外星人，要远胜于相信八字、鬼魂之类。因为鲍雪飞相信外星人，所以，不少要求进步的警察也开始关注研究地球外文明信息。和鲍雪飞在一起，大家很自然地交流地球上所有疑似外星人遗迹的各种神秘传说。如果谁能说出某洲某国某地最新发现的类外星文明遗迹，往往会令鲍雪飞像孩子一样惊喜，她的兴奋遐想会感染很多人。平心而论，鲍雪飞的亲信聚会，有的时候，就像外星文明科研草根论坛。坛主坐那一叨烟，几只打火机就蜂拥而至，竞相为她点火。鲍雪飞也能一眼识别在骨子里热忱迷信外星文明的人。很多人觉得鲍雪飞聪明一世，但一提外星人，就像个无知少女。据说，有一天她在基层，无意中听到一个年轻的地段警在派出所的小食堂，唾沫四溅地大谈尼安德特人头骨上的弹孔之谜：你们想象一下！五万年前的地球冰河时代，是什么东西才能造成这个高速冲击圆孔？枪——当然只能是枪！科学家也论证了，的确，就是弹孔。那么，问题来了，枪支和子弹在地球上才使用两三百年，请问，五万年前，旧石器时代，这个头骨是什么人射击而成的？——据说，这个叫严富田的青年警察，这个出口就是泰比星、霍金、戴森球的年轻人，不久就成了鲍雪飞外星人研究会的核心会员，他也是同批新人里，最早当上警长的。渐渐地，在警方系统内部，一说谁是外星生命爱好者，就会引发暧昧的笑。它也似乎成为了一个急于进步的标签。

这一轮的干部调整，鲍雪飞好几个懂事的兄弟上去了。范锦明没上。

从公示榜张贴出去起，范锦明就开始连续打鲍雪飞电话，鲍雪飞根本不接。结果，不管是深夜还是在会议中，范锦明的来电更加粗鲁无礼。这罕见的嚣张，让鲍雪飞非常反感憎恶。原本，她即使见死不救，也可以好言一哄。她知道，只要她一哄，这些个小官迷立刻会像哈巴狗一样，帖耳摇尾。但现在，她这种玩弄手段的小心思荡然无存。范锦明见鲍雪飞不接他电话，便连发长短信，满页满页地发，鲍雪飞只扫一眼，就要作呕吐痰。他的短信有怀旧抒情的，有抨击他人买官卖官的，有抱怨自己怀才不遇的，最后的短信是暗示和隐约的威胁。

鲍雪飞一生傲娇自赏，最恨手下自以为是。她哪吃这一套，马上把他的电话，拉进了黑名单。

这天晚上十点，范锦明竟然直接在楼下按了鲍雪飞家门铃。

鲍雪飞大怒，让他滚。

就五分钟。

有事办公室说！

我站门口，给你看样东西就走。

范锦明让她极端鄙视和厌恶。但她认为，那个贱骨头肯定是来补送礼的。可能还自以为礼物厚重，有本钱对她大声说话。鲍雪飞想到这点，就特别恼火。这轮干部调整前后几个月，唯独范锦明不来表明意思。会议上偶有见面，还他妈做出意味深长的似笑非笑，真他妈恶心。他真以为他是谁？一个下贱官迷，明知官场行情，还偏不随行就市，不就自恃与众不同，不就是明摆着我鲍雪飞跟你关系不一般吗？鲍雪飞一想到这，又恶心又暴怒。

门开了。范锦明穿着一身名牌夏服，扶框而站，像是等主人恭迎，又像一个男模摆了造型等待夸赞。那份夸张的悠闲与从容，透着稳操胜券的放肆。鲍雪飞怕他掏礼物被人撞见，一把揪进他，随脚踢上门。

鲍雪飞指着范锦明，劈头怒骂：看看你，看看你那全身上下恶心死人的肥肉！

范锦明笑：十几年前，警院出来，我不也是挺立小青松？

姓范的！你给我听仔细了，别自以为高人一等，你他妈屁也不是！挺立的小青松，全局到处都是！轮不到你这等货色嚣张！你先他妈做人做事做好一点，不要上面没人说你行，下面没人说你好，成天他妈的想当官，屁本事又没有！

姐，你骂我，我知道是自己人疼自己人。所以，公示没我，我也没抱怨姐。只是，很多兄弟为我的事不平，你看看，杜晓光、曾寿兵、郑涛生、严富田、张辉，他们算什么东西，凑齐了五毒俱全……

范锦明闭嘴的工夫立刻躲闪身子，鲍雪飞手上的茶叶罐已经摔了过来。

范锦明冷笑，说，大家都交流了，其他人都拿了二十多万，副科正科，各自有份；只有曾寿兵给了四十万，所以，他的治安副处……范锦明看到鲍雪飞身子一转，飞踢过来的腿，眼见要扫荡他的腰，他不知哪里来的勇气，只是笑了笑，身子不躲，反倒是鲍雪飞被他的笑弄得心虚，身子一偏，腿残余的威力劲道已少了大半。范锦明还是被踢到了沙发角，他趔趄着试图平衡自己，还是摔在了沙发里。他从口袋里，拿出了一张纸：你刚才不是嫌弃我一身肥肉吗？这就是压力。十多年里，每一天，只要我一想到它，我就吃不香睡不好。你我当年都是在警院宣誓过的，忠于法律忠于人民。我觉得，我愧对了。我对社会人生失望，更对我自己失望。姐，我们错了——你错了！

鲍雪飞站在玄关边。她警觉地看着范锦明，并不去看那张纸，但是，她感觉相当不好。作为一个训练有素的刑侦专业人员，她早就该对范锦明的反常有所感应。遗憾她太轻忽这坨臭屎了。

拿过来。

范锦明负痛站起来。但是，脸色异常沉着，这个沉着压抑着强烈的得意，所有的屈辱，过去的、现在的，肉体的、精神的，终于获得了强有力的反击。

这是一份《尸体检验报告》。（96）乾公刑技法物字第52号，落款时间为一九九六年六月十二日，报告结论为：

送检的薛小梅阴道分泌物，检出精斑，血型为B型。

报告人　范锦明

鲍雪飞狠狠盯着范锦明：什么意思？一份假报告买官？

它是真的。顾小龙血型为O型。范锦明耸肩而笑。当年，我亲自检测，结果一出来，我们还交换过意见，你认为，不能排除哑女在被害前，和他人有过性关系。嫌犯已经招了，为了避免进入侦办歧途，不要再说了。而我们也没有随诉讼卷提交《尸体检验报告》，卷宗里是档案空白。还记得吗，后来高院二审法官发现了，说为什么提取笔录有，却没有检验报告？他们不断向我们催讨。我们说，没有检出东西。记得一个姓陈的法官，打电话痛骂我们，说，未检出结果，也是报告结论！为什么不提交！你们公安就是素质差！！后来，我只好用普通纸随手写了一份报告给他们。和这个报告不同的是，手写报告的结论是：送检的薛小梅的阴道分泌物，未检出精斑。我签了，钱主任也签了，盖了章我们就赶紧送去。一周后，顾小龙被执行死刑。

鲍雪飞阴沉地盯着范锦明。

想起来了吧，范锦明笑道，我们就是这样打发他们的。

鲍雪飞说，我完全没有印象。检验和出具报告，是你们刑技专业人员的本职工作。我不可能管那么细。

姐，你别忘了，你可是专案组组长。我专门向你汇报过结论。

当时，只有我知你知，这也是我答应你的。如果你记忆不好，我提醒你换角度想想，我们作为检验报告人，这报告结果有无精斑，和我们毫无利害关系，有必要隐瞒不报吗？

我们？钱粤生现在在哪？鲍雪飞有点乱了。

他早退休了。当时，我是拿手写的、未检出东西的报告单，请他签名盖章的，当时他急着要赶去看一个现场。而我们这边，因法院又催又骂的，他也知道，严打嘛，节奏特别快。所以，我们两人签完，盖了公章就送高院了。

有精斑的检验，他不知道？

难说，也许知道，也许不清楚，因为当时严打很忙乱。反正，我没有告诉他。一发现精斑，发现B型血和顾小龙不一致，我马上打你电话。你说难以排除凶杀案前被害人个人的性关系，凶犯自己也都承认了，别弄出来干扰侦查思路。我听你的，就配合说，阴道分泌物没有检出精……

鲍雪飞挥手让他闭嘴。范锦明看到鲍雪飞的眼里燃烧着地狱之火。

范锦明闭嘴了一会儿，还是开口：姐，有时我感到委屈，这么多年来，不管姐对我好对我坏，是冷是热，我一直是和你贴心的。再大的委屈，我也会为你扛到底。尽管我也不再是小青松，但我对你忠心不改。现在风声越来越紧，听说提拔你入厅的消息，也淡了下来。你知道吗，我已托兄弟偷偷探问过，甘文义的血型，正是B

型!这个对你……

鲍雪飞突然笑了,笑得寒光瘆人。

她起身给范锦明倒了一杯水,说,甘文义的案子,与我无关;你们技侦呢,也一向不是我分管。你今天说的我很意外,我也愿意相信你不是编出来的。但不管怎么样,通过这事,我心里一阵阵发热,一朝是兄弟,永远是兄弟。谢谢你。我这个人一向直爽粗糙,没有弯弯绕绕的肠子。你也是和我相处十几年了,不是真兄弟,我也不和你说真话。你要求进步,是应该的。不是都说,不想当元帅的士兵不是好士兵?问题是,你做人做事,还是要多配合我,不然,每一次研究干部,都是我一个人为你说好话,人家以为我和你什么关系,拿了你多少好处——我们一直是互相欣赏的工作关系,但你不能,每一年,你都让我一个人在上面蹦跶,孤掌难鸣嘛。唉,跟你说官场里的斗争复杂,你在下面未必想得到。

我懂。范锦明说,但我信任姐。那些人都在传,什么岗位什么价码,把姐说得很难听。我就不信这个邪,你看,我就从来没有行贿任何领导,这个,姐你最清楚,一分钱也没有。我就是信任我们的领导,没有那么糟糕。可是,每一次我都出局,不就让兄弟们笑话了嘛。所以,我委屈呀,姐。这次张贴出来的公示榜,我都不敢经过,真是打脸啊。

鲍雪飞一声叹息,起身给范锦明添了茶,顺手摸了他开始谢顶的头发,然后一路抚摸到了范锦明的胸口。范锦明不动声色,心里舒张着收复失地的自得，他的胸部暗自挺拔坚硬，他享受着自己力量的魅力。鲍雪飞长叹了一口气，说，唉，一辈子，大家就这样鞠躬尽瘁了。好吧，姐会重新考虑你的忠心的。这是个复印件，你把原件给我看看吧——带来了吗？

范锦明说，在办公室。

明天你拿来给我。我看看，如果材料真实可靠，我看要不要提交到党委会上，研究一下，怎么应对。毕竟也是我们公安的对外整体形象，要慎重。

范锦明点头。

明天上午，我在办公室等你原件！

范锦明心里发笑，但郑重点头：好的，姐。我知道了。

在党委没有做出决定前，你别对任何人提起！绝对不能。何况这材料一拿出来，首先证明了你的工作严重失误，而你，证明不了我参与了。它证明你严重玩忽职守，入不入刑另说，但在眼前你提拔的关键时刻，很不利，事情就会变得困难重重。可以说，弄不好你完蛋了！永远出局了！我说这些，你明白生死要害了吗？别他妈的整天喝酒，喝得像白痴一样，还人五人六的！

我知道轻重！姐，你放心！范锦明鞠躬，十多年的秘密，我都可以守，何况姐在紧要关头！

最后一句，鲍雪飞感到了范锦明刻骨的阴险。

第十五章

今红玉突然从南方回来。她回来的那一天，正是外界传言傅里安在省政法委发疯"差点把法官砸死"的那一天。

今红玉早就想回来了，顾小龙的母亲，打来过好几个电话。无依无靠的顾家母子，如今似乎只有依靠今红玉了。但是，她们三个合伙人因为经营观念的分歧，最终导致了退伙。今红玉依然坚持是"盲人按摩＋养生足浴"的老模式，退伙的两个合伙人已经走上桑拿美疗、卵巢精油保养的新路子了。一直等到自己独力支撑的足浴城，新的合伙人及各方面处置，全部就绪，已经又是半年过去了。今红玉能感到顾小龙母亲对她的失望。

顾小龙母子开始对汪欣原、邱晓豆等记者寄予希望，认为记者写出来，就可以扭转乾坤。等到他们渐渐明白，记者没法写，写了也没有报纸可登，他们就不再寄希望于汪欣原他们了。他们非常失望，也越来越认命。汪欣原和邱晓豆他们写过一些报道，关于甘文义认罪"6·11"、关于市两会代表对顾小龙案再审的呼吁、关于顾小龙同伴周志祥跳楼自杀，七七八八的，登报和没登报的，都没有用。后来，给顾母燃起最大希望的是汪记策划的进京告"御状"。当时，是全国两会期间，汪欣原和他徒弟到顾家，陈说利害，鼓动母子进京上访。汪还自掏腰包为其母子购票，又以自己的身份证，为他们登记好了旅馆。在邱晓豆北京同学的帮助下，三个年轻人，把顾家母子从火车站顺利接进旅社，三人安置好顾家母子，还交代了次日上访的车辆接送情况，以及晚上接受凤凰台等采访的事宜后，便离开酒店去吃饭聚会。就这个工夫，鲍雪飞的维稳小组从天而降。顾家母子连夜被客客气气地请上南下回家的火车，直接给送了回来。

这一连串努力的结果，让顾家母子失望至极。他们明白了，记者，也没有什么用处。

顾家一直是胆小安静的人。受伤了，也是希望别人能主动发现他们流血溃烂的伤口，从来就不是那种能怒揭创伤，甚至撕大伤口、放任流血给外人看的人。他们是另一类怯懦恭顺的人。他们天生地对秩序有恐惧性的敬畏——不管这秩序是好是不好。人家不理睬他们血淋淋的伤口，他们只能独自委屈悲观，他们只会通过沉默的眼泪，自我调适、自我期待。

他们的悲伤难过，会和今红玉说，是基于他们认定今红玉愧对他们的顾小龙，此外，也是因为对今红玉的熟悉，还有就是，连他们自己也未必明晰的，今红玉身上的、他们所没有的勇气和力量。

虽然，他们也不太看得起今红玉。

照例是顾小河打通了今红玉的手机，然后说，她来了，电话就会换成顾母的声音。顾小龙的弟弟，似乎一直没有原谅今红玉，他们几乎都不和今红玉说话。顾小石更阴沉抑郁，听说是出家后又还俗了。反正，对谁也不说话。这样的电话一通，一般情况，今红玉会说，你放下，我打过来。她想为他们省些长途电话费。后来，电话干脆只响一声就挂断，今红玉一看是顾家的电话，就拨打回来。这一年来，顾母在电话里说过：有政府部门来的人，找我谈过话了，调查我儿子的事；说过，我们要去北京告状了；说过，公安管吃管喝管车票，坚决带我们回来了，态度还好；说过，有人找到我们家，悄悄说给六十万块钱，要我们安静下来过日子，不要再去到处告状了，但我们拒绝了；还说过，记者其实不能起作用，问南方的记者厉不厉害？还说过，顾小龙坟前的小黑狗好像快死了，奄奄一息地趴在他坟前，这恐怕表示小龙再也不能翻案了。

在这通电话里，顾母说，真正的杀人犯开庭了。但是，他们不说他杀了那个女哑巴。那这样，等于还是我们小龙杀的人了，就是不承认冤案的意思了。顾母说，肯定是他杀的，人家都告诉我们家了，他自己都承认杀了哑巴，是公安局硬不让他说他杀了。还有，他是个小矮子。有人都看到他杀了哑巴，从哑巴家走出来。不知道为什么啊，公安他们就是不相信。你知道我们小龙一米八三啊，多高！现在要是还活着，肯定更高了……

谁看到他了？我是说那个杀完哑巴，被人看见的人？

顾母说，是啊。不过，以前，我们就找到他家，他们一直不承认啊。

那有什么用？等于没说。

现在大家又开始传，他家的人就是看到了。说个子很小的人，就是现在这个承认自己杀了哑巴的人，个子都是矮矮的。我们小龙，你知道的，很高啊。他们就是杀错人啦。是小个子杀的人，不是我们小龙！

那他为什么不承认呢？今红玉问。这么问的时候，她想起来，顾母曾经说过一句，有人说杀人犯是个小个子，我们小龙是大个子。她没想到，"沉渣泛起"，这看起来，还真是个事。

你再问问他家人，让他们说真话不行吗？

顾母说，他们不理我们。要不然，你去帮我问问，说不定他们会理睬你。人家都说他昧良心了，所以得癌症了。可能快死了。

谁？谁快死了？

就是那家人，那个看到真正杀人犯的人。他没有良心，老天惩罚他生癌症了。他要死了。

我就回来！今红玉说，过两天就到。

顾母没有回应，她低声啜泣的声音，今红玉在听筒里隐约听到了，她没有吭气地把电话挂了。是的，她知道，顾母是不相信她，因为她已经好几次说，我马上会回来。在顾家人眼里，今红玉的确是个言而无信、轻诺寡信的人。

今红玉把电话挂断，就开始订机票了。

回来后，她没有像前几次那样，住酒店。住酒店是不想打扰父母哥哥嫂嫂们的生活秩序，但住在家里的麻烦就是，家人、亲友、邻居们看她的眼光，多是审视探究，很不友善。家里人自然也烦，说你这么大年纪了，再不结婚，再不带个人回来，邻居背地里都说七说八呢。小嫂子嘴尖，说，一说是给你介绍男人，媒婆个个都摇头躲避，说那么有本事的女人，我们哪里介绍得动。大嫂子说，那天我碰到你们铸造厂我一个同学，搞工会工作呢，我说看有合适的，给你介绍一个，你也好叶落归根回家乡。我同学看着我，说，你有没有搞错哦，你小姑子是什么人你不知道吗！我说，是什么人？我同学说，十几岁她就厉害得很，厂里人都知道她在南方发了大财，怎么发的我不知道，但她才不缺男人呢。你傻呀！

今红玉气得舌头发颤，半天才说，随他们放屁去！

小哥说，你也不要每次回来都穿得那样出格，这里的人看不习惯。

所以，今红玉就不爱住人多嘴杂的家里。但是现在，她就是心虚了。白老板的离去，让她觉得被人抽了主心骨。直到白老板死后，她才发现，自己失去的不是经济靠山，而是失去了一份精神依靠。本来，就像汲取阳光一样，她随时可以去晒晒获得太阳能的。她可以视野相对辽阔地感受世界，分析事物，判断社会。她会底气十足地表达愤怒与不满，表达欲望与攫取。她即使错了，也会有人在宠爱中给她端正方向。她觉得自己很有力量，至少有一个很有力量的胳膊会搂护着她，她也像站在一个高个子的肩膀上。现在，他没有了，她心虚了。而这次回家，她也没有拿出比以往更多的礼物分送亲友。她自己解释说，她来得太匆忙。但是，小嫂子说得很难听：总有人老珠黄的那一天啊。母亲听到了儿子卧室里的闲话，就气愤地跟女儿说。今红玉气得够呛，也生母亲嘴碎搬闲话的气。

所以，住家的今红玉，脾气更坏了。不过，她毕竟是见过世面的。目标明确，注重效率。通过过去铸造铝厂的工友，她辗转拿到了超市老板老王的私人手机号码。在顾小龙家，她用自己的手机，直接给老王打电话，说自己父亲是老赵的战友，退伍后在南方做房地产很顺利。因她出差路过，父亲托他去看望一下生病的老战友，请老王给个他女婿老赵的电话。平时狡诈的老王，因为喜欢所有来自富贵阶层的声音，觉得那里面总是充满机遇和荣耀，所以，他立刻就把老赵电话及住院病房号都告诉了来电。

老王可以轻松骗过。可是，早已被监听的顾家和老王家，并不知道电话后面的监听者，却是不容易蒙骗的。今红玉越是说得像模像样无懈可击，就越是居心叵测。她已经算是速度快的了，然而，监听方的反应速度比她更快。就在她和顾小河进了老赵的肿瘤科普通病房，今红玉刚刚和脸色蜡黄、面容枯槁的老赵问候完，手中的鲜花还没有在白色的床头柜上放稳，三个便衣人便出现在病房。

带头的问今红玉：小姐，到此有何贵干？！

今红玉怔了怔，一时间，她无法判断来人是不是老赵家的人，但看老赵茫然的神情，也不太对头。所以，她说，怎么，我来看望我的朋友。

来人笑，直接问老赵：你，认识这个女人吗？

老赵东张西望，困惑地看着所有人。

今红玉抢了一句：我爸爸是赵叔叔的战友，我代他来看望赵叔叔。你们是什么人？——跟踪我？！你们有证件吗？

今红玉这句话，三个男人一下子都嘲弄地鄙视她了：你爸？你爸不一辈子在铸造厂当会计吗？老会计老今，是不是你爸？他什么时候当过兵，嗯？有个人很蔑视地把自己的手指按压得"啪啪"响，听上去像是动粗前摩拳擦掌或活动关节。还证件呢，说话的男人说，我们就是有权检查你证件的人！

如果这个时候，今红玉转身就走，也许还有机会再接近老赵或小王等知情人。但是，那个男人傲慢的揭露，还有那个活动关节威胁性的"啪啪"声，一下就刺激得今红玉血往上涌。今红玉沉不住气了，她最近的脾气也的确变得太暴躁了。

她一下子满面通红，一步跨到老赵身边，双膝跪地：老赵叔叔！十多年前，你看到的那个从哑巴屋子里出来的人，是不是很矮的人？！

老赵发蒙，头摇得像颤抖。

赵叔叔……

今红玉的冲动，也气坏了顾小河。在屋子里这么多来历不明的人的情况下，老赵怎么可能说真话？顾小河几次想开口，都被身边的一个男人虎视眈眈地给瞪了回去。

两个男人一把架起跪地的今红玉，并不再松手。今红玉大怒，扭身踢脚。两个男人也不说话，只是狠狠地拧压住她。今红玉一口口水吐在一个男人脸上、脖子上，男人毫不忍让地扬手就是一记大嘴巴子。今红玉低头就咬，再被人狠狠一把揪起长发，下巴朝天，今红玉失声大叫。老赵刚才蜡黄的脸，顿时惨白，身子也像枯叶抖动不止：你们……我什么也……不知道啊……

被后拧着头发的今红玉，只能冲着天花板喊：一条命啊！叔叔！你都绝症在身了，还不敢说句真话吗？你说真话！也许观音菩萨会救你！不，两条命了……

这个时候，多名护士医生都赶进了病房。带头说话的三男之一，给医护人员亮了一个什么证件。医生护士顿时安静了一下，只有一个女医生坚定地说，这是病房！我们还有其他病人，请你们都安静地退出去！

带头说话的男人点头。他转身对筛糠不已的老赵说，你做得很对，老赵。我们是办案警察。打扰你了。什么坏人都有，请多保重。今后，我们会加强保护措施，不会再轻易让人打扰你养病。安心吧。

几个便衣顺势将今红玉挟持而出。在过道里，今红玉被他们拖扯得快脚不沾地。她不敢再吐口水咬人,只是一味尖叫:流氓!你们不是警察!是流氓!

病房门口,顾小河迟疑着,看着老赵,老赵也看着他。他心里翻腾着冲动,也很想为哥哥下跪哀求。带头说话的那个便衣,一个转身在他肩头上猛拍一掌:顾小河,还不想走吗?你要像她那样疯疯癫癫、丢人现眼地被拖出去吗?快走吧!不要再来无事生非了!人家是重病号!

一出医院大门,三个便衣就放开了今红玉。今红玉对地啐了一口,头也不回,径直往前。

顾小河一直和今红玉保持着数米的距离。三个男人停在了医院大门口,停在一个卖茯苓糕的流动摊子边。虽然已是初夏,茯苓糕的热气还是阵阵袅袅如雾。今红玉招了出租,扭身喊顾小河,但是,顾小河浅淡若无地摇头,往公交车站点而去。今红玉知道,顾小河对她失望至极,她自己也无比沮丧。这医院,肯定是再也来不了了。本来,她是计划,只要说服老赵叔叔说真话,再把结果告诉那个姓汪的记者,登个报纸给那些固执又混蛋的警察们看看,她就完成使命了,她也就该回南方去了。

看来,情况比她想象的麻烦,不是这么简单。是哪里出了问题,她也想不通。她试着给汪欣原打了电话,没想到,汪欣原说,早就有风闻过,但是,说是当事人喝多了,瞎说一气,其实看到的就是顾小龙。今红玉说,我不相信。汪欣原说,我开始也不相信。但是,接处警说，当事人写了书面检讨，保证不再乱说。

今红玉挂了电话。她不相信这个说法，更不相信这个狗屁记者。可是，她自己又理不出一个头绪。从医院回家，她已经三天两夜睡不好了。不是因为不住在酒店，和母亲挤床，而是因为困惑与无助。她就是为顾小龙回来的，为志祥哥回来的，但是，她看不到自己的努力有任何成效。从医院回来的第一天晚上她几乎彻夜失眠。她不断起夜，后来又觉得胃部不适。刚打开冰箱，母亲开灯从屋里出来了，耳朵不好的老人，声音特别大：饿了？我给你下把面！

今红玉忙把母亲推回屋里，就听得西屋小嫂子出来，声音比老太太更大：一个个半夜吵死人！就不管别人白天可是要上班的！今红玉走出房间，正赶上小嫂子重重摔上卫生间的门。小嫂怀孕五六个月，尿多。二哥平时就宠她，一怀孕，更是天下无人，把她宠上天。平时两个人在家吃喝拉撒分文不缴，母亲包揽了买洗煮全部家务，连儿子媳妇的内衣内裤都洗了，却并没有获得良好的婆媳关系。大哥大嫂周一到周五也住父母家，因为儿子在读重点高中。大哥大嫂缴一点象征性的伙食费，父母收下还挺不好意思。所以，父亲一退休，就受雇于邻县一家企业去做了财务，多少挣一点，补贴家用。父亲半个月或一个月回来一趟。

今红玉回老家一直喜欢住酒店，一是经济条件允许，更重要的是，家里人多嘴杂，令人心烦。因为哥嫂们的表现，尤其是二哥小嫂的不懂事，她渐渐地就不怎么给大家带礼物了。习惯了小姑子大包小袋见面礼的嫂子们，也变得不太高兴。小嫂子早就在背后鼓动，让丈夫问今红玉拿钱买房，至少付个首付。小哥说，她哪有那么多钱？人家也是辛苦钱呀。小嫂子鄙夷：从来都是辛苦挣小钱，不辛苦的挣大钱。她出手，当然不是辛苦钱。小哥说，那红玉叫我们去她那里打工，你又不干！嫂子说，她的钱，我可挣不来！人家十七八岁的时候，就比我们成熟！看到丈夫脸色陡变，小嫂子乖巧地缓和了一句：南方我也吃不惯呀！

这次回来，母亲在电话里就央求她别住酒店，回家陪她睡。她说，你爸不在家，家里经常半个月都没有人和我说一句话。今红玉就下决心住家里了，每天和母亲睡在一张床上。母亲老了，开始散发老人的气味，有点闷腥，她觉得这可以克服，令她最不舒服的，还是哥嫂的存在。原来计划，这次回来要带母亲去看看她的膝盖疼痛，但是，这次老人却说，没有发作，去也白去，白花钱，推说下一次吧。

被警察驱赶出医院的隔天下午，失去动力方向的今红玉茫然踯躅街头。不知不觉走到姬湖，隔着环湖垂柳，看到自己过去每次回来都会下榻的绿都酒店，忽然泫然泪下，这是她这次回老家第二次默然垂泪。昨天深夜，早醒的母亲在悄悄地抚摸她的头发。今红玉因为这几天睡眠浅，母亲一抚摸，她就醒了。今红玉闭着眼没有动，老人粗糙的手，一下一下像梳头一样，慢慢抚摸着她。今红玉的泪水，在黑暗中越过眼角，她依然不动。绿都酒店，仿佛是她和家最好的距离,也是她和她的过去最好的距离。真正的过去,真正的家,似乎只能近乡远观了。很多年前,有一次白老板出差,他们一起在绿都逗留一夜。今红玉问他,要不要去看看我家?白老板哈哈大笑。今红玉又说,白老板叹息着笑:心思这么单纯,我死了,你怎么在江湖上混呢?

站在湖边的今红玉无声地泪如雨下。生命是需要伴侣的。

今红玉买了回南方的机票。下午的飞机,她不想辛苦母亲张罗中饭,也不想再和哥嫂多说什么,便说是中午的飞机,一大早就出了门。她一路在想,如果顾小龙的案子真的平反不了,她就在南方换套大点的房子,把父母都接过去,她不想再回来了。少年期的朋友,死的死、走的走,剩下的都是生疏与隔膜。连亲手足都有了自己的生活中心,这个城市又有什么可眷恋的?就在这样晦暗零碎的思绪里,在那条孤独的去机场的路上,她想到了傅里安。手机里存着他的电话"姓傅的"。事后,今红玉想,也许是路途太无聊,也许是冥冥之中顾小龙的不甘,她就是鬼使神差地按出了他的电话,电话通了。

你是傅里安?

是。说。

你没存我电话?

你说!

今红玉慌乱了一小下,她以为办案警察自然存有她的电话。傅里安的极简语气，让她觉得自我介绍是件挺艰难的事。她用力清了清嗓子，一鼓作气：我就想问一句，你们这样当警察，真的很心安吗？！

……往下说。傅里安怔了一下，猜出是今红玉。

我告诉你，如果顾小龙的案子永远蒙冤，我就不再回到这个可耻的地方！

嗯，对。

今红玉又感到了傅里安身上的警察痞子气，一下子她又爆发了：其他地方，大部分警察都是好的，这里，所有的警察，统统是流氓！

不对，也只有一点点、很少的流氓。

你就是流氓！

好吧。你找流氓什么事？

你们迟早要遭报应的！之前胡乱抓人，之后随便杀人。现在，有证据自己不取，还不准别人调查！流氓都比你们文明……

什么证据？你说什么？！

有人明明看到哑女家出来的人是小个子，而顾小龙，你见过的，他一米八多！凭什么你们就不认？！还不让我问？！

你说什么？！

傅里安和今红玉同时抵达机场候机楼。傅里安找了家客少的咖啡店，两人在僻静处坐下。在电话里问了几句，傅里安就感到自己心动过速。没错，应该说，他自己大意了。去年顾小龙案件复查开始的时候，曹大勇跟他提起过，说当年有这么一件事情。不过当时，曹支自己也不太相信，用的是转述人的语气：一个酒醉的家伙来凑热闹，说自己看到了顾小龙杀了人出来。

今红玉的话，有意义的是关于目击身高的传说。顾小龙一米八三，甘文义一米六出头。这两人的身高，确实在目击人眼里，很容易分辨，也就是说，不太容易搞错；此外，顾小龙母亲拒绝了有人要给六十万的闭嘴费，这个也是没有掌握的；而今红玉最有价值的叙述是：她到医院找老赵被监听、被强制驱赶。这说明什么？

傅里安心里有数，但他没想到这背后的黑手，已经在如此凶悍地运作。

今红玉这次没有用桑葚色的口红和指甲油，而是素面朝天。她肌肤苍白，额头上暴着几个大痘子；未经描绘的眉毛，又短又淡，让傅里安想起婴儿期的乳毛；上次那整头充满空气感的嚣张长鬈发，随意地扎在后脑上，歪歪的丸子头，碎发乱拂。傅里安第一次看到了她像邻家孩子一样的纯真与无助感。

对于今红玉来说，傅里安突然飞速赶来机场，是件奇怪的事。她非常惊愕。

傅里安给今红玉叫了份牛排，自己只要了杯咖啡。即使这样，他也没怎么喝。傅里安在询问的时候，今红玉看到他眼睛里的光，泛闪着金属的质地，也让她想起电焊的弧光，有点令人不安。今红玉倒没有畏惧，只有困惑和轻微的不适。她不知道傅里安为什么有这样严酷的专注表情，但是她在困惑中萌发了一些对他的信任感，这份信任感应该是傅里安的行为和目光共同引发的。这样，今红玉的心态也渐渐柔软起来。今红玉没有想到自己会对一个说起来还是很陌生的、基本是讨厌的警察，说了那么多话。她絮絮叨叨、细节丰满地述说了十多年前那个倒霉的"6·11"的夜晚，抱怨了顾小龙两个没用的弟弟，说了顾父死前悲怆的哭泣，说周志祥会给妹妹做睡裙，还能做缩微的娃娃屋，手比女人还巧。说了周志祥的抑郁症，也说了顾小龙坟前的忠犬黑虎，还说了闹鬼的清明节。她一个劲地说，有两次，把傅里安逗得哈哈大笑。一次是顾小龙执行枪决后的当夜，她说顾小龙来到她的床前，用食指中指圈弹她的喉咙。那个来自喉管的"砰砰"响声，从深夜一直回响到天明。她比画着，眼神里茫然的恐惧，让傅里安觉得好笑。她坚持说，顾小龙的亡魂就是到了她的家。还有一次，她说，她再次梦到了顾小龙。在梦里，她不知道他已经死了，可是，心里有不安的感觉。在一个街角，四处无人，顾小龙伸臂撑墙把她圈住，她被迫靠抵在墙上。顾小龙笑着，他的浓黑的络腮胡子已经茂盛得像阿拉伯人了。

他说了什么吗？

今红玉没有回答。

他不说话吗？

今红玉开始喝变冷的咖啡。傅里安也开始摸车钥匙、打火机,准备离去。今红玉说,他说,你是不是不喜欢我的胡子?傅里安愣了一下,才意识到今红玉在回答他。没想到那浑小子死了还关心这个,傅里安不由得再次纵声大笑。这种放肆的笑,不仅招来了店员的白眼,而且让今红玉很不舒服。她不会告诉他,梦里顾小龙在抚摸她的屁股。而作为刑事警察的傅里安,看惯人间生死,却不知普通人着眼的是:生死之后依附着的情感与挂念。

傅里安买单的时候,就示意今红玉可以走了。今红玉还是表示了一下关心:哎,你刚才一点饭都没有吃啊。

傅里安说,口腔老溃疡。

今红玉说,吃维生素B,很有效!

嗯,我家的可能过期了。

过期?那赶紧买新的。

是啊。负责更新药物的人辞职了——好,一路顺利。

第十六章

鲍雪飞依然晨起，明显肿着眼睛，她心境晦暗。更令人恼火的是，范锦明跟她说，《尸体检验报告》的原件还是没有找到。他表示，一定会找到。鲍雪飞骂了一句粗话，但是，连她自己都听得出来，她的底气其实很虚弱，所以，这句粗话骂得像叫床，没有锋芒。范锦明当然听出了鲍雪飞的心怯，他在电话那头笑了。鲍雪飞的预感很不好。人渣！这个人渣！居然说没找到，跟我玩这种无耻的说辞！但是，一个电话，让她又迎来了柳暗花明的命运律动。是中级人民法院的一个熟人打来的，来电告诉她，高层批复意见对她有利。但他不知道更多详情。

顾小龙案？

对方说，你不就是操心这个案子的是非吗？

鲍雪飞狂喜。

她直接打陈书伟的手机，但陈书伟没有接。鲍雪飞只好打他办公室电话，接电话的人说，陈老师身体不适，在医院。鲍雪飞想了想，给高院分管刑庭的副院长老齐去了电话。老齐和鲍雪飞也是朋友，只是老齐惧内，平时不大容易能出来玩，所以，来往得不算多。但是，因为他分管刑庭，鲍雪飞平时的小恩小惠，倒也从来没有忘记他，也算是积了善缘。老齐果然说，是，康书记在上面批示了：应该尊重泷北高院意见。

老齐说了详情：最高法院，将我们省高院的复查意见报告和我们省政法委的复查意见报告，都一起报到了中政委。两份正式报告，结论正好相反。康书记阅后，倾向认为，法院的报告意见是对的。也就是说，顾小龙案子应该维持原判。

怎么没听到骆书记的意见？

老齐说，今天应该也会收到，我们是昨天下午收到的。老骆收到了不吭气也自然。等于他们的报告结论，不被认可了嘛。他错了！

鲍雪飞觉得自己顷刻身轻如燕，仿佛要变成蓝天里美丽摇曳的氢气球。如释重负啊，甚至肿胀的眼睑也舒适多了。她最后问，陈书伟怎么了？一直不接我电话。

你不知道？他已经住院一周了。胃癌晚期，说是没有手术价值了。

你说什么！

老齐说，一发现就是晚期。那种特别凶的胃癌，我说不出名字。

天啊！他在哪个医院？我去看看他。

他拒绝大家探视。

我的天……鲍雪飞惊诧着，挂了电话。

鲍雪飞惊讶的感觉，没有持续多久，马上就被自己中大奖一样的轻快喜悦所紧紧包围。她打了很多个电话，报喜一样告诉她所有想告诉的上级人物、同僚同党，以及各类关注此事和关心她本人的圈里圈外人士。然后，她掏出粉饼看了看自己，用粉扑吸了吸脸上亮亮的油光。眼睛还是有点肿，她想到了陈书伟，想起医生让她戒酒，现在，她觉得是该戒了。再有权势再有钱，再美貌再性感，有再多的好关系、好人脉，没有了身体，什么都灰飞烟灭了。

看着粉盒里自己意气风发紧致的脸，鲍雪飞想打傅里安的电话。但是，他一直在占线。她想到傅里安被她挖苦羞辱、功败垂成的窝囊样子，就心花怒放。她恨不得马上给媒体发信息，找那个浑小子汪欣原。这些没有操守的新闻贱人，只要有事情发生，他们就跟饿狗扑屎一样兴奋躁狂。但鲍雪飞知道，她只能暗爽。新闻媒体，轮不到她去报信。批示是给省政法委的，老骆那个自大的傻×，要他妈的消化好几天吧。鲍雪飞知道，老骆很不喜欢她。她也没有得罪他，看起来他就是对她不搭理、不买账。正是他激赏傅里安，疯狂栽培，鲍雪飞的仕途才出险，差点被傅里安占了好座。要不是傅里安猪脑子犯浑，时不时六亲不认，在官场作恶多端，老骆可能还在举贤他、佑护他一路升迁。当时听说这两人交恶，鲍雪飞都要举杯庆贺了。只是,他们交恶后,鲍雪飞对老骆更好了,甚至老骆妻子都夸鲍雪飞为人慷慨仗义,但老骆依然不待见鲍雪飞。老骆的妻子,比较胖,不太好买衣服。鲍雪飞把她领到国际大牌的生产基地,陪她到那个换季打折的厂内小仓库,选购了整整一天。十来套衣服,最后竟然一分钱不要。老骆的胖妻子,本来买到这么多季合体的名牌衣服,已经喜出望外感激不已,最后居然分文不取,骆妻扭头望着车后座堆起如山包的购衣袋,几乎喜极而泣。鲍雪飞潇洒地说,唉,都是一折三折的,没有多少钱,就算我送姐姐的一点心意了。以后需要什么,跟我说就是,我再陪你来!

以鲍雪飞心里对老骆的厌恶,实质上,她所有的示好,都是至真至纯的献媚与巴结。只是,老骆不咸不淡地接了她所有的好,照样对她不咸不淡。鲍雪飞只好感叹,难怪算命的说我命里多小人,仕途多克星。这不,都他妈的是路障。

范锦明的电话又进来了。鲍雪飞自从知道那混蛋手里有《尸体检验报告》,就马上把他的电话号码从黑名单里"赦免"了出来,他的电话也不敢不接了。范锦明知道自己的分量变重,电话里的语气也大了:

姐,那个东西我还在找。我分析它是不是被我夹杂在文件里,带回家了。今天我回去,会再彻底找一找。你知道,我新老婆老家带来的那个乡下保姆,不识字,所以,她可能乱放东西。我得花时间去好好找找。我就是想跟姐说,你别着急,我一定会找到它,一定会把它亲手放在你手上，让你彻底安心。

鲍雪飞按捺住怒火。

范锦明说，只是，我的事，姐也要一诺千金。公示期已过，听说，局党委这周要研究确定岗位人选了，姐，这个机会一过，我的年龄就没有优势了……

鲍雪飞哼了一声。

姐，我们彼此诚信……

够了！范锦明！我是什么人，你是什么人，我们彼此一清二楚。我直截了当地告诉你：一、中政委康书记已经批示，顾小龙案维持原判。所以，你那个宝贝，已经一钱不值了；二、你要是真的当我是姐，明天之前，你给我拿来，我在党委会上，也许还可以为你争取点什么，明天之后，你就是给我，我也帮不了你了！你自己去想吧！

鲍雪飞挂断电话。

可是，电话马上就响了。

鲍雪飞拧着眉头拿起。范锦明知道她在听，范锦明说，姐，我今天一下班就去找！批示的事，很多人都知道了。我想，越是这样，关于哑女阴道里的精液血型和甘文义一致的情况一曝光，局面就会越被动，连高层领导都被动了。摊子大了！姐你想是不是这个理？依我看，这事比没有批示前，更麻烦了。我现在最害怕的是，不要被办公室哪个不怀好意的人捡了去了。

鲍雪飞咬紧牙关，狠狠按掉了电话。

姓范的！姓范的！你他妈的是一条真正的毒蛇！

鲍雪飞刚刚松弛轻快下来的心，马上被人紧紧攫住，范锦明就像一只八爪章鱼，狠狠地抽裹着她的心脏。然而，她不知道的是，范锦明那条毒蛇的蛇芯子，只是还在吐血红的分叉舌头，傅里安这条恶狼，竟然已经扑到了她另一个薄弱地带。杜晓光打来紧急电话。

这个薄弱环节，鲍雪飞一直上心守护着，实际上，她比傅里安更有远见，防控能力更强悍。而现在，批示之后，尤其在范锦明险恶提醒之后，这个环节不仅不可松懈，而且同样升级为千钧一发的危急。杜晓光来报：傅里安正在医院肿瘤科铁门外。保安以非探视时间，阻止了他无探视卡进入。傅里安大怒，而他正好没有带任何证件，现在正怒发冲冠地找人，扬言要保安立刻卷铺盖滚他妈的蛋。

杜晓光说，他肯定是去找老王家的女婿，老赵。

鲍雪飞说，不惜一切手段，绝对不能让他见老赵！

有数！上次那个女的乱闯之后，志刚已经交代肿瘤科保安，不让任何外人见老赵。否则唯他们是问！

丁雄在哪？！

杜晓光说，就是丁雄火急火燎地打我电话，让我跟你汇报。他现在应该已经到场了。你知道的，傅局脾气不好惹。大家可能都顶不住，关键是，我们用什么理由阻挡，鲍局你……

丁雄五大三粗，是第一医院所在的辖区紫云派出所的副所长，也是跆拳道爱好者，社会上很多小混混都怕他，但是，他心里就是怵鲍雪飞。他也怵傅里安。不过，大家都知道，除了几个不喜扎堆的同好，傅里安基本都是独来独往，再威猛，也就是藏獒一条，强壮而孤独，是可以绕得开的。不像鲍雪飞，不只自己心狠手辣，哪里还都有自己的党羽小棉袄，你随口一句不恭敬的话，她可能马上就知道。丁雄还专门订阅了《飞碟探索》之类的杂志。

鲍雪飞骂道：告诉丁雄！不准出事！第一医院的拎包案连发五十多起，他们所一点办法也没有！百姓怨声载道！这次干部调整公示，知道多少人对他不服吗！——你告诉他，给我好好表现！

鲍雪飞放下电话，就火速赶往第一医院。她心里知道，这帮手下抵挡不住傅里安。不料，人民路车祸，几条车道都堵了，司机小马急得嗷嗷叫，车上的警笛"哇呜哇呜"的，就是没人理睬，也确实无道可让。

鲍雪飞又打杜晓光电话，问他到了没。

杜晓光说，再左转，过一个红绿灯就到。

鲍雪飞说，无论如何，你要让医院保安死死拦住他！就说拎包盗猖獗，没有病人及家属同意，外人一律不得进入！

是！不过，鲍局，医院拎包案基本都是清晨发案，现在是下午⋯⋯

听到鲍雪飞在电话里一声怒喝，杜晓光没有听清她呵斥什么，就急忙解释说，不过，现在医院都实行探视卡制度了，一卡一人,没有卡本来就不能进入,只是,丁雄说,都怪那些保安不太用心……

那个姓赵的,不是说撑不过三个月吗?怎么还没有死?!

是啊,应该拖不了多久了。志刚他们也经常去教育他端正认识。所以,即使傅局见到他,估计他也不敢乱说什么……

该死就让他死!

鲍雪飞的声音从牙缝里出来,就像刀锋寒光一闪。司机小马听得眉毛起飞,马上又恢复正常。车外,有交警辨认出鲍雪飞的车,赶紧上前大力疏导,但是,很多司机摇下车窗,表示爱莫能助。一个穿着肮脏冬装、头发打结、男女莫辨的精神病患者,在车流中,挥舞着一根基本秃光的鸡毛掸,载歌载舞一路欢呼跳跃,好像也在帮忙指挥交通一样。

鲍雪飞眼睛一亮,又打杜晓光电话:让丁雄给我仔细操作好!就是不让他进,让那些保安,死死纠缠他,激怒他,让他疯狂,越疯狂越好!——你到了没?

杜晓光说,我到医院门口了。丁雄说,傅局已经发疯了。他的包和电话说是落在地下车库里,保安才不管,说没有探视卡没有证件,谁知道你是好人坏人。傅局也是一贯很拽的人,气急败坏,偏要进去,而保安死不放行。双方激烈对抗。保安队长正急急忙忙赶来大门支援。

鲍雪飞无声而笑:平时谁和康宁医院联系的?马上联系!打他

们电话，现在就打，要他们立刻来人，控制病人！

杜晓光迟疑了一下，以为自己听错了。鲍雪飞大吼：你蠢啊！傅家是遗传的精神病！他母亲常年在吃药，反复住院！最近傅里安已经一再情绪失控，陈书伟大法官，刚被他砸进医院住院了！——牢牢控制他！他有危险性！！

思路一清，方法立现。鲍雪飞长吁出一口气。她简直难以置信自己竟有如此卓越的应急能力，一切如此自然如水到渠成，还有什么比这个更彻底的解决问题的方法吗？给他时间，傅里安可能证明任何事情，但是，给他一百年，一万年，他也证明不了自己不是精神病。这是老天有眼啊。鲍雪飞再次为自己的聪明机智而感动。

小马！超过去！

第十七章

傅里安承认自己的蠢，承认自己急躁轻敌。如果他按正常节奏推迟一天，和曹大勇他们一起去第一医院，他就会避过这个凶险的时间节点。和手下一起去，最糟糕的局面，无非就是老赵死不配合。而他自己，会很安全，就什么事也没有。但是，他太性急了。也许他太想给今红玉一个值得信赖的好消息了。

离开机场的时候，是一点半多了。行驶到加油站加油时，遇上加油站卸油，多等了二十多分钟。本来去机场的时候，曾路过加油站，但是因为急切，他估计油能坚持，就直奔机场了。排队等候加油的时候，他打电话给了复查小组组员曹大勇。曹支正在市局一个碎尸案的分析会中。傅里安便简略说了两句，说，他先过去看看病人情况，如果危急，争取次日派人，直接去固定证言。

其实在咖啡店用餐的时候，傅里安就想问今红玉，怎么有他的电话。因为当时他报电话号码时，她没有记录，而是甩下了一个愤怒离去的背影。不过,他到底没好意思问。他已经看到了自己的虚荣心,觉察到了自己对这个女人多余的好奇,他克制住了。没想到今红玉自己说到了这个问题。她说,那天,从你们的询问室离开,我是气得要命。但是你的电话号码尾数和我一个朋友的一样,只是地区号段不同。所以,一过耳朵我就记住了。好朋友的号码,是不用记录在手机通信录的,我永远忘不掉。不过,认识你那时候,我朋友这号码已经是别人的了。

他不要了?

他死了。要联络,只能烧纸了。

傅里安长吁了一口气,抱歉似的。怎么想起打我电话呢?傅里安看她没有回答,两眼还茫然,便有些得意,说,到底,你还是想去信任一个警察,你需要信任感。即使他就是你说的流氓。

不!今红玉摇头,不是的。如果那样,那天去医院之前,我就会打你电话,告诉你我在干什么。打你电话,我并非信任你,只是觉得——难过,非常难过绝望——算我无聊吧——反正,你别以为是因为你长得帅。

哦,知道。傅里安笑,十多年前,你就不待见我。

傅里安驾驶着汽车,脑海中都是咖啡午餐的碎片记忆,他看到远空一架飞机,再次想起了那个倔强沮丧的姑娘。她似乎总在嫌弃他的长相,但她掩饰不了,她正在信任他,或者说,正在建立信任。这个也许她自己都不清楚。这份微妙的信任,让傅里安有点冲动,甚至觉得,他晚上就会给她一个报喜的电话:证言搞定。一切顺利!

就在这样一个轻松的、毫无防备,还有点愉快期盼的心境下,傅里安一路驱车,独自来到第一医院。他没有把车子直接开进住院楼,而是在医院大门口就把车子直接停到了地下车库。办案警察们是经常径直开到医院的内部停车后院的。他不想警车引人注目。从地库乘电梯上到门诊大楼外花园时,他发现自己手包忘车里了,手机、钱包、证件都在里面。他停步犹豫过,是不是再等电梯下去拿,但又想,曹大勇随后就到,探访时间估计也很短,算了。至于警官证,说起来现在他自己亮证件的机会很少。平时外出做事,身边也都有小的们招呼。傅里安就这么想着,一路进了医院大门,往肿瘤病房楼而去。说到底,他还是对自己的控制力自信惯了,也说到底,他骨子里那副多年刑警养成的不容怠慢的张狂底子,害了他。

当肿瘤科住院部一楼大楼铁门紧闭时,傅里安直截了当地招呼保安开门。两名值班保安淡漠地瞥了他一眼。傅里安拍门,让他们过来开门。一保安示意他出示探视卡。傅里安不明白,说,我来看个病人,一会就走。

保安说,非探视时间。无卡不得入内。

我是警察。问个事就走。

证件呢?

没带。我一下就走。

我们规定只认卡。

保安说,有探视卡你就进!

我认识你们李宏熙院长。

一个保安说,那你找他去。

另一个说,你打他电话呀,他来领你,我们就不管!

傅里安脸色已经非常难看了,他说,我的包落在车里,电话和证件都在包里——别耽误我正事。开门!

一保安藐视地挥手。

另一个显得很烦躁:没有探视卡,一律不得入内!这是规定!

什么鬼卡!我前段时间还来过这里!傅里安快要忍不住了。

前段是前段,现在是现在!你不是警察吗?你不知道为什么要探视卡?!这不是你们自己规定的吗?!

傅里安说,让你们保安负责人过来。

他来更不让你进!这是规定!这保安语气非常凶悍了。

另一个为了缓和,说,好啦,好啦,一边去吧。别烦我们!

但傅里安已经开始目露凶光:开门!我有急事!

谁没有急事呀?

好哇。证件呢?另一保安说。

不跟你说落在地下车库里了吗?

去取呀!谁拦着你了?一个说。

够了!另一个挥手驱赶,没卡没证,别在这妨碍医疗秩序!

傅里安的倔劲上来了，他非常恼火，他恼火至极。他一个堂堂公安分局局长，居然被一个医院小保安倨傲驱遣。别说地下车库远，就是车子就停在地面，举手可得，他也不乐意了。刑事警察骄纵的坏德行大爆发了，他偏不去取，声音里煞气十足：

开不开？！

两个保安干脆不看他。

傅里安怒吼：叫你们李院长来！

保安一个看天，一个远眺，身形状态很抒情。

傅里安脸上一阵白一阵红，太阳穴突突暴跳。

那个，你们治安科的王科长，给我叫来！

爱叫不叫。一保安十指交叉，翻掌擎天，做了个大力伸懒腰的动作，丝毫不理睬他的恶煞之气。事实上，治安科长姓张，他们根本懒得纠正傅里安，心里反而越发看轻这个陌生男人。

另一个保安抠着下巴上的痘子，看都不看傅里安，悠悠然很不屑地说，去，门诊楼那边有公用电话。去打吧。

伸懒腰的说，去找你认识的王科长吧。我们可怕他了……

正好一妇女提着一个保温壶要进病房送餐。她刷了一张IC卡一样的卡片，小铁门开了。傅里安强行跟随，两保安早就防着他的强闯，一起堵上，猛力冲撞间，差点把女人保温壶里的点心挤翻，女人跳脚大骂：神经病啊！傅里安怒气冲天，偏要进去。保安更是合力推搡，一个用大腿拼命关门，傅里安怒不可遏，使劲往里推，保安拼死护门。傅里安的手指被铁门所夹,痛得他大吼一声,一脚就踹倒了保安,保安"嗷——"地退跌在地。另一保安扑向傅里安,傅里安挥拳猛击,那保安顿时鼻血长流。已经进门的傅里安,就不想再在此停留,但那个流鼻血的保安异常顽悍,死死抱住他的腰,鼻血也擦在了傅里安胸口衣服上。一见血,傅里安感到头很大,他迟疑了一下,就是这个工夫,保安队长一个鱼跃扑过来,傅里安被白色的布带子当胸捆住。一时之间,他都没有看清布带子是从哪个方向过来的,就感到同时被几个人压在地上。七手八脚地,带子一下子将他捆了个结实。

傅里安反应不过来,一开始他以为是医院所有的保安过来了,这不要紧,不过是个可以解释的误会,但他看到的好像是穿白大褂的人,扑压他,捆绑他。极度的恼怒加愣怔,傅里安再度迟钝,他在掉转脑袋观察情况时,楼那边,小商店门口,杜晓光、丁雄的身影一闪而过,那一瞬间,他以为自己马上可以摆脱困境了,但是,他还不及呼叫,就被两个大块头扛抱而起。傅里安大喊:怎么回事?!小杜——

他看到了铁门外的一辆白色救护车——不,不是救护车,是康宁精神病院捉送病人的车。傅里安真正疯狂了,虽然被捆绑多处,但他像一条失控的电动鱼,在车门口力大无穷地挣扎,两只黑皮鞋全部踢飞,脱离绳索的一只手,死死钩住车下一个人的脖子,绝不能上车,这是他的意识。他最后的记忆是:有人在他臀部扎了一针,很快他感到肌肉无力,头脑发晕。他瘫软下来。

康宁精神病院的白色车子,颠簸着,驶离而去。

在肿瘤医院住院部的大门口,很多人追望着康宁精神病医院的车里看不见的背影,似乎久久回不过神来。曹支站在人群边。他抵达肿瘤科大门口的时间,正是傅里安挥拳把保安打得鼻血满脸的时刻,里面一片混乱。铁门关着。曹支大喊,使劲踢门,根本无人理睬。一切又都太快,他隔着铁栅栏,目瞪口呆地看着这一切。等他看清两个五大三粗、穿白大褂的强壮男子,把傅里安拖进白色的面包车时,他才意识到,那不是救护车,是康宁医院的车。同时,曹支看到鲍雪飞也一脸吃惊的表情。曹支本能地掉转目光,准备悄然离去。但鲍雪飞叫住了他,并向他招手。一个保安马上过来开门,曹支只好走了进去。

难以置信。鲍雪飞说,难道真是遗传?

曹支说,精神病院的人,怎么会来?

医院的人吧。鲍雪飞说,失常得太厉害了吧。没事,让他镇静放松一下,最近压力太大了。我已交代康宁,找几个专家,做个鉴定。该休息就休息一段。

一个保安负责人过来。刑警!他显得兴奋,幸好他没有枪。要不然,这里要倒下一大片……现在,警察得精神分裂症的很多啊!

曹大勇一把拧住他的前胸:谁告诉你的?!

保安边掰掉曹支的手,边叫唤:大家都在说,这么小的事,谁会这样发疯啊。限制探视时间就到四点半，等等不就到了，有必要打人吗？再说，你是警察，你给人家看证嘛，还说我姓王，这不是妄想症嘛……

鲍雪飞示意曹支松手。张科长毫无畏惧。曹支看鲍雪飞表情凝重，便甩手似的狠狠松手。鲍雪飞说，最近你们看他有什么异常吗？听说他老是睡不好，也吃不下。

曹支摇头，说，口腔总是溃疡。压力大吧。失眠是他经常性的毛病，但他精神一直很好。

杜晓光说，听说他在省政法委会议室，把高院一法官砸到医院里去了。还听说他母亲精神病又要复发了，傅局可能真的精神压力太大了……

鲍雪飞说，别瞎传！等康宁医院的鉴定吧。可能是一时失控。谁负责和医院保持联系的？

有人应声：丁副所长随医院去了。

鲍雪飞转向曹支：你怎么来了？

我来看看陈书伟。昨天，碰到他女儿——没想到，居然赶上这个，一下子我没认出是傅局。很……疯狂……

毕竟是二十多年的刑警骨头，曹支眼皮都不眨，就说出了他前一秒钟还没有想出的谎言。他本能地嗅出了鲍雪飞的警觉，以及对他的敌意，也本能地选择了自我保护。傅里安疯了，他绝对无法相信，但是，就他目击的这一瞬间，确实令人费解。二十多年来，不论是小兵还是分局长,傅里安实际上一直在做刑侦工作,即使提拔到闻里分局局长,也始终在刑侦第一线,狂风恶浪见得多了,什么压力没有承受过,也没发现他情绪失控过。虽然他的莫测的阴郁和爆炸性的狂笑,经常招来"疯子"的骂名,但他绝不可能患精神病。不过,曹支暗自也有点困惑:十几二十年来,面对各种嫌犯,傅里安一直像有洁癖似的,从不动手,今天怎么会对一个看门小保安大打出手?这不仅与他的分局长身份不符,更不像他平时的表达风格,他从来就不是推崇肉体暴力的人。如果说,是鲍雪飞暴打保安,把人家打得支离破碎,曹支完全相信,但是,傅里安这个人,这个举动太令人费解。可是,刚才这一切,就发生在自己的眼皮底下。那些围观群众,一听说是警察动粗,更是七嘴八舌地夸张非议,把傅里安的夺门强闯描绘得十分凶蛮不可理喻。这些曹支也可以毫不理会,人多势众往往就是盲目时刻。但他消化不了的是自己滋生暗长的困惑。他在困惑中谨慎,也在谨慎中困惑着。职业的本能,让他感到如履薄冰,因为——他知道傅里安是来干什么的。

曹大勇匆忙与鲍雪飞道别,进了住院大楼,他急步到电梯间,去了陈书伟的干部病房层。寻到陈书伟的病房,无人。护士说,去化疗室了。曹支就在病房给他女儿去了电话。

我不是跟你说过,爸爸不愿见任何人吗?陈书伟的女儿感激地小声惊呼。

曹支说,我就是想看他一眼。

谢谢曹叔叔！我会转告爸爸的。谢谢您！

曹支走出肿瘤科大楼，觉得给了自己完满交代。他心事重重，仿佛觉得这里到处都是鲍雪飞的眼睛。至于傅里安在电话里说的老赵，曹大勇感到此刻顾及不上了，但是，不论他在楼层过道里走，还是在电梯里等，都会想着那个叫老赵的人。看到花园里的指路牌，一号楼六层是普通消化科病房，他再次想到那个可能的证人。然而，他还是毫不迟疑地走出了医院大门。他对自己说，即使老赵是有效证人，现在，肯定不合时宜。

曹支快步离开了医院。他感到惶恐不安。

第十八章

天刚蒙蒙亮,骆楚和就站在自己家的阳台上。楼下,传来一阵阵确实不好听的笛子声。如果他往下探身多一点,就能看到傅里安的母亲在阳台上,面朝姬湖,有模有样地卖力吹笛子。笛声,就像夜晚山谷间汽车射出的灯光,尖厉而胡乱地切割着黎明前的黑暗。

骆楚和睡眠好,但是,他妻子神经衰弱,已经连续一周在抱怨每天半夜傅里安疯母的笛声。尖厉难听不算,还完全没有规律。十二点吹,两点吹,三点吹,五点吹。有时吹五六分钟,有时吹二十几分钟。有时你以为她终于停了,刚要入睡,笛子又撕裂了人的耳膜。骆楚和体验不到睡眠差的人的痛苦,听听也就过了,说你别和精神病计较。直到昨天晚上,傅家的保姆珍姐,居然找上门来。

她说,东家已经七八天没有回家了,以前出差比这个久过,可是,都有电话来。这次没有电话,走的时候,又什么都没交代。电话天天都打不通。我现在连买菜钱都没有。怎么过?老太太最近一直在发病,药量都加大了,没用。物业一直来批评,又不帮助我们。我知道,你是我们东家的领导,看看能不能帮个忙送医院去。再把这个月工资先给我,我儿媳妇也快生了,我回老家好了,省得物业天天上来骂我。

骆楚和让珍姐坐下,仔细问了傅里安母亲病情。说到傅里安,珍姐说,他在家基本不说话,有时接电话的时候,笑起来吓死人。离婚后,晚上好像经常不睡觉。如果他母亲不睡,他们两个就半夜聊天。这一两年,他经常半夜里一个人在书房,关着门,不知道是抽烟还是干什么,就是不睡觉。

珍姐说,他哪里还有亲人啊,老婆离了,儿子在新加坡读书,倒有个亲哥哥,长得比他还清楚,可是比他还要神经病,已经出家多年了。上次回来,一身和尚打扮,光着头,叫他母亲——"施主"。

骆楚和给了珍姐五百元钱,说,你先用着。再照顾老太太一段时间。等傅里安出差回来,我让他给你结算。

珍姐有点犹豫。

骆楚和说,老人家出院这些年来病情都很平稳,说明你照顾得非常好啊。你再坚持一下吧,算是帮忙,你不是说,东家虽然性格古怪,可是,人还不错不是?

我还是有点怕。那天,她拿笛子打我,说是小王让她打的。

谁是小王?

她能看到的、我看不到的人。小王经常在我们家,最近更是,和我们一起吃饭、一起睡觉。

女的男的?

不知道。上个月,小王要她学笛子,说她可以吹得全世界第一好。

傅里安知道吗?

知道。笛子是他爸爸的,好像他爸爸生前会很多乐器。我在他家的老照片上看到的。

他是不是被她母亲吵得无法睡觉?

不是。老太太好好的,他也不怎么睡觉,也不怎么吃东西。我也不知道他的力气从哪里来的。可能他们家,都是疯子吧。

骆楚和又加给了珍姐两百元,终于连哄带骗地把珍姐支走了。之后,骆楚和马上给市公安局局长宋元江打了电话。唉,宋元江说,我也将信将疑,但是,他们把康宁医院的鉴定报告传真过来了。省厅刑警总队他们也傻眼了。再观察一段吧,也许只是一时鬼迷心窍。用我老婆的话说,中邪了。要道士来解。

我不跟你开玩笑。骆楚和说,这事有点蹊跷。

所以,只有精神病才解释得通。屁大的事嘛,谁都不相信他会暴打保安。可是,住院部目击证人太多了,一说是警察,所有围观群众都一边倒地臭骂警察。他若不是疯病发作,连我们都不好向政府、向群众交代。现在,专家鉴定也摆在那。这总是严肃结论吧。省心了。

老骆觉得也是。

宋局再度叹气,说,这小子我确实烦他。那年追逃,他把人家市长亲弟弟逮住,从上海一路铐回来。谁都知道经济诈骗和经济犯罪很难分清的嘛,人家市长已经直接打电话给我,要我"明察秋毫、严格执法",他他妈还是认死理,咬着不放。最后人家只好活动到上海,上海警方说并案处理,把人给直接调走了,最终还不是无罪放人,却害得我三年无颜见领导。所以他妈的,这浑小子,根本就是疯子!就是祖传的精神病!你就没法当他是个正常人!我也只有当他是精神病,他才气不到我!

骆楚和咬牙叹气。对傅里安,谁的心里没有新仇旧恨?

宋元江说,前天,康宁医院的专家鉴定报告到的时候,我们党委会特意议了这事。他们说,有人亲眼看到他,在四下无人的时候,对着二轻招待所的公共镜子,舌头伸得很长,一直做鬼脸。

他去医院到底要干什么?老骆说。

有人说是看一个朋友,有人说是去找他前妻,也有人说是去看陈书伟死没死,反正天知道。他已经疯了。只知道,他行为反常,故意不出示证件,刁难顶撞保安,然后强闯暴打保安。有一个保安说是眼眶内侧壁骨折,轻伤,是鲍雪飞出面摆平,改成了"轻微伤"鉴定。不过既然是疯子,也就免责了。鲍雪飞在处理后事。

老骆讥讽地:他们警院出来的高才生,果然个个能打。

宋元江无语。

电话里,双方都沉静了一会儿,最后是老骆像自言自语地惋叹：可能，现在，他妈的就剩下疯子在狂干了……我还记得你们的年终总结里，无论打黑、追逃，还是案件侦破率，好像还都是这疯子的辖区成绩突出吧。

宋元江在电话那头点头，不吱声。良久，骆楚和听到对方抽泣似的深长叹息。局长也难。

骆楚和说，医院搞什么鬼名堂，突然不让探视？

鲍局查了，也不是故意的。探视卡实施一周多了。说是为了让病人好好休息，便于医生查房什么的，也防止人多带来的交叉感染，防止病人休息时财物和身体受到损害——不是半年多来，第一医院住院部一直发生拎包案嘛。

老骆又叹息了一声。

俩人没有道别语，各自挂了电话。

傅里安的"精神疾病鉴定意见"传真件，就在骆楚和的办公室桌子上：

> 被鉴定人，精神亢奋、易激惹、激动暴怒、思维奔逸、反应敏捷，自命不凡、意志行为活动增多，符合双相情感障碍，目前为不伴有精神病性症状的躁狂发作的诊断标准。有明确的住院指征，需入院治疗。
>
> 康宁医院主任医师　颜永辉　万木金

骆楚和把一个华东师范心理专业毕业的新人叫进办公室，问：什么叫双相情感障碍？

年轻人说，就是既有躁狂或轻躁狂发作，又有抑郁发作的一类精神疾病。一般是抑郁发作，躁狂发作，或者混合发作。

什么原因导致发病？和遗传有关吗？

年轻人想了一下，书生气地说，这个病因未明。一般说是生物、心理与社会环境诸多因素都参与发病。应激性生活事件，是重要的社会心理因素。但是，目前是比较强调遗传与环境与应激因素之间的交互作用——也就是包括您刚刚提到的"遗传"。

这病有什么症状吗？

呃……如果是轻度躁狂，达不到影响社会功能的程度，一般不会被人发现。事实上，很多优秀的人，都有点轻度躁狂——我们老师说的——这个病的主要表现是：自我感觉良好，做事随心所欲、不计后果，情绪不稳定，忽喜忽怒，思维敏捷，反应过人，非常自以为是，精神旺盛，不知疲倦。呃，还有，躁狂病人的眼睛，往往特别炯炯有神，入睡困难、早醒……性欲旺盛……

这病会反复发作吗？

年轻人迟疑了一下：如果我没有记错，急性期症状控制后，只要长程治疗跟得上，就能有效防止复发。很多病人会反复发作，不过，两次发作的间歇期，病人的精神状态完全正常。我同学的父亲，在上海是这方面的专家，他说有少数病人，一生只发作一次，过了，就永远过去了……

好。老骆挥手，让饱学的年轻人退出。

老骆反复看着来自康宁精神病院的鉴定报告，又逐字逐句地读了两遍。他想，如果年轻人说得对，傅里安绝对是疯子，而且，已经患病多年了。

老骆又拿起电话，打给宋元江。你是不是跟你们局工会说一声，傅里安的母亲最近也在发病，小区物业意见很大，家里的保姆很担心，也没有生活开支了。你们派人去关心一下，不行就帮助送康宁医院吧。我看那个保姆未必撑得住。

这一天晚上，老骆第一次失眠了，和妻子一样，他听到楼外的黑暗中，不断传来破碎绵延的竹笛声，很久之后，他和妻子才拼凑出傅里安母亲吹奏的是《在那桃花盛开的地方》。尤其是开头，她会不断地反复重来，也许，是那个小王，说她开头开得不好。老骆想起小王，结果，只轻描淡写说了几句，雄伟的胖妻就感到毛骨悚然，揪着老骆的汗衫不松手，老骆下床上洗手间她都不许，仿佛楼下傅家那位看不见的小王，会随时出现在他们家。老骆只好先为她开了灯，再去洗手间。

这一夜，两个人都没有睡好。

第十九章

汪欣原没有想到，范锦明会打这么多电话给他。他们后来交集并不多，汪欣原也越来越不喜欢这个人，觉得他整个是一个油腻混浊，还偏又自视不凡的人。但邱晓豆认为范大叔蛮帅的，就是喜欢摆点谱，随便一条小破稿子，经常要求传过去审稿，审稿本来是核对事实部分，他墨水不多，可居然还敢改记者的文采部分。邱晓豆只有这个时候，才会抱怨：不就是分局政治处小科长嘛。

汪欣原昨晚熬夜写内参。这篇文章，写了两夜一天，他觉得累得肺都要爆了。发稿后，十点钟的太阳正烈，他就把手机静音补睡了一大觉。其中两次醒来又再度沉溺睡去，直到天黑才彻底清醒。一开手机，发现范锦明竟然打了七个电话给他，这肯定有事了，但汪欣原觉得无非是"爱民月新举措"之类，他喝着自己泡的咖啡，对范锦明难抑一贯的蔑视：还有什么猛料，能超越他昨晚写的内参？

汪欣原昨晚写到半夜的时候，自己差点泪水盈眶。他第一次感到追求正义的澎湃快感，也为自己的总编、副总编、同事们感动。是的，这次，书生们都意气玩命了，豁出去了：写！报纸不行，就写内参！

激起报社同仇敌忾的初级原因是：甘文义案不诉"6·11"旧铁路哑女被杀案。哪有不透风的墙？甘文义案件不公开审理后，公检法内部人员抑或是别的知情人，有意无意地让多路记者得到消息。而邱晓豆的消息，最劲爆，它直接来源于甘文义专案组的测谎专家老何。邱晓豆和老何在一个偶然场合认识，特别投缘，成了忘年交。听了一肚子测谎故事的邱晓豆，仰慕性地做了一个人物通讯，写的就是老何这个来自公安厅的京城技术警官。虽然写的是京城警官，地域性差些，但汪欣原老师阅后激赏，极力推荐，编委们还是同意签发。果然，读者对老何一个个引人入胜的测谎辨伪的故事，五迷三道惊叹不已。然而，即使这样的深交，老何也还是恪守职业道德，拒绝透露任何关于甘文义的测谎情况，推说是案子还未审理。等到甘文义案开庭审理，完全忽略"6·11"案时，老何主动找小朋友喝咖啡，主动说到了甘文义案。邱晓豆说，老何说到测谎技术结论绝对确定甘文义没有撒谎时，老人家声音哽咽了，那个始终注重仪表、风度翩翩的测谎专家，像孩子一样，瞬间泪流满面，他哽咽地说，我们错了，真的错了，我们对不起那个冤死的顾小龙……

邱晓豆的陈述，当时让总编在座的要闻部会议室一片安静。

部主任站起来，突然地，他大吼一声：这是杀人灭口、死无对证啊！汪欣原抽了抽鼻子，说，我他妈也快哭了。再不出手，更待何时？！邱晓豆说，上次那个涉案证人在文化宫跳楼自杀，就被盖住了！

记者们七嘴八舌：该出手时就出手！什么叫社会良心、铁肩担道义啊！

老总一拍桌子：写！——先写！

那条特稿写得特别漂亮。多路记者的信息都汇入其中，角度多变、情绪稳重、内容翔实。但是，次日，那篇名为《刀下留人——！》的稿子还未及上大样，宣传部的电话就到了：关于甘文义案，一律不得炒作。未经部里审核，各媒体一律不得擅自见报！

报社没辙，只得乖乖撤稿。汪欣原们的愤懑、恼怒也只能憋屈着、压抑着，编辑部里咒骂声不断，领导假装没听到。直到前天晚上，曹大勇的内勤小孙，匆匆找到汪欣原，给了他一个封口信封，说，曹支给你的。

汪欣原问，什么？

小孙说，我也不知道。曹支出差了。

汪欣原打开看，是一张复印纸，来自"监狱记事本"的复印纸。手写的一段文字，有个标题：

偿命申请书

汪欣原只是扫了一眼，职业的本能，就让他顿时头皮发麻，麻溜溜的感觉从后脊梁骨一直蹿到尾骨。他连忙仔细阅读：

尊敬的高级人民检察院检察官：

你们好。

我是系列强奸杀人案罪犯甘文义，我案于二〇〇七年八月二十八日，已经开庭审理完毕。但是，其中，一九九六年六月十一日，发生在旧铁路住宅里的强奸杀人案，不知道何故，公诉机关在审理时，只字未提！此案确实系我所为，而且，被害人确已死亡！

我在被捕之后，经政府教育，在生命的尽头，找回了做人的良知，复苏了人性。本着自己做事自己负责的态度，我一直积极配合政府彻查自己的罪行。现特向贵院申请，派专人重新落实彻查此案！还死者以公道！还冤者以清白！还法律以公正！还世人以明白！让我没有遗憾地面对自己生命的结局。

综上所述，希望此事能得到贵院领导的关注并给予批准和大力支持！

特此申请！

谢谢！

罪人　甘文义

汪欣原立刻拨打曹支电话。对方挂掉了。汪欣原再打，对方还是挂掉。汪欣原急得搓手心，又拿本子大扇风。这东西肯定是真的，曹支派专人送来，肯定希望他能报道。但是详情呢，不管能不能报道,汪欣原都想知道究竟。

曹支在半小时后,打回来了。他在江西。他说,是甘文义那混蛋自己写的。什么动机不清楚,但是,这的确是他自己要求纸笔写的。曹支说,是看守所里的兄弟们偷偷复印了,偷偷送出来的,就怕原件在文件旅途中丢失。作为当事的职能部门,我们努力的空间已经很小了,而且,局势比较复杂,傅里安已经进康宁医院了。只能拜托你们这些无冕之王了。

你说什么?傅局?他怎么了?!

你真不知道?曹支说,几天前,他在第一医院住院部门口暴打保安,被当作精神病突发,被康宁医院捆走的。

不会吧?——不会吧?汪欣原喊,不会吧?我脑子全乱了!

我的脑子现在还是乱的。好了,这东西就拜托你了。我尽快回来,有什么情况打我电话。如果我按掉,就是不太方便。

曹支挂了电话,一会儿又打进来,叮嘱:《偿命申请书》切切关闭来源!否则你会害死兄弟们的!此外,关于傅里安,你自己去查,别说是我说的!今天给你的所有信息,我都不会承认。

他去医院干吗?

找个证人——别问!你也别瞎查!这个我会努力!你别给我添乱!打草惊蛇!做你媒体能做的事吧!谢谢!

汪欣原感到了事情的复杂,也感到了道义的冲动。

那天晚饭,他是在朱老总家吃的。很快,住附近的编委、要闻部主任都会过来。如果不是"6·11"冤情太重，如果不是甘文义坚决认罪，如果不是媒体人被欺压太深，也许，这些书呆子还能沉默着忍辱负重，但是，这近两年的沉默，让媒体积累得太沉重了，随便一根针尖，都会引诱高压气球的爆炸欲。就在那个激情燃烧的夜晚，这群品尝无数次失败的、窝囊渺小的媒体人，终于决定铤而走险。就像西西弗斯一样，再次把石头推向山顶：撰写内参！联络网络同行！

至于汪欣原、邱晓豆提出的联手网络新媒体等建议，老总、副总就当作没听见。邱晓豆青春激昂：愿以生命赌正义！

这个内参，授意汪欣原起草。他写了一天两夜。汪欣原特意做了两种版本。一个是"提要版"，就是为了防止日理万机的领导们，没有大块时间细看而半途而废。而"详情版"的每个段落，他又精心做了关键词，方便人一目了然地阅读。汪欣原称得上是呕心沥血了，他对自己很满意，之后，稿子还需要通过主任、总编的审阅，最后才能定稿，才能发出。发给谁，编委们也还在斟酌讨论中。

汪欣原为自己写好的内参而激越而满足。内参中的精彩段落，有力量的句子，时不时在脑海回旋。汪欣原真是忍不住得意。冲了个澡，然后，到厨房为自己弄了份可以叫早餐或午饭的简单晚餐——两包方便面。市肉联厂办公室主任，送了他一箱新品火腿肠试吃，味道还真不错，汪欣原一口气吃了三根。晚饭吃得太多了，不方便健身。即使觉得自己吃得太多了，但他还想吃个新疆贡梨。

应该是火腿肠太咸了,下次见面,要给他们提个意见。汪欣原就这样洗着贡梨,吹着口哨。盘算着今天就不健身,忙了两天两夜(他自我表彰时,夸张了一夜),吃了两包方便面就撑死了,我啊,真是,吃的是草,挤的是奶呀——好奶!辛苦啦,也太饱啦。算了,不去健身馆了,就看两个碟片休息休息吧。这么想着,啃着水滋滋的贡梨,忽然地,他想起了范锦明,他摸手机。怎么地,也该回那鸟人一个电话吧。看时间,上午十点范锦明就开始打他电话了。一连打了七个,这个前倨后恭、人模狗样的马屁精,凭什么忽然就不再打了,害得老子差点忘了。你就不能再打一个提醒吗?

电话回铃音,在汪欣原嚼梨的响声里穿插。不断地响,范锦明没接。汪欣原扔下电话,开始找片子,上次刚买回一小摞盗版片,放哪了呢?是个白色的小塑料袋。翻找间,汪欣原又拿起电话打了范锦明电话一次,还是没人接。他骂了一句粗话。生气了?我还生气呢!你的爱民、便民新举措之类粉扑子新闻,我们报道得还少吗?妈的。你拽,拽去吧!老子看片子啦!

汪欣原骂骂咧咧兴高采烈地找到了盗版碟,又给自己搞了一杯茶,在懒人沙发上,舒舒服服地坐下。大概在放了一半的时候,电话响了,他还以为是范锦明,却是徒弟邱晓豆的。汪欣原说,稿子写好啦!我们合署名。回头我发你邮箱——好好学着点!好好领会,什么叫师傅!

邱晓豆没有说话。

汪欣原把碟片声音关闭，说，喂，邱晓豆？！

……车……翻了……我和范锦……了……

在哪？！你们在哪？

在……等救援……吴坂……不……

汪欣原从懒人沙发上跳起来。

什么位置！你在哪？——在哪？！

……尸检……报……单……顾小龙……

顾小龙什么？

没声音了，有呼呼的类似风声的声音，肯定是户外。

——邱晓豆！

——晓豆！

——说话！

——说话啊！邱晓豆！你在哪、在哪？！

第二十章

强制病房里，傅里安耷拉着脑袋，坐在地上。嘴角里，口水也耷拉地下垂、回缩着，再度下垂滴落。查房的颜永辉主任特别看了他的枕头，枕头上的一角，湿漉漉的，令人恶心。

坐床上去！

傅里安呆滞迟缓地站起来，因为四肢僵硬，起身时，他往前栽倒，被护士和颜主任的实习生一把架住，推到床上。

傅里安坐稳床沿后，护士把一颗类似维生素B的小药片拿出：张嘴！傅里安慢慢张大嘴巴，忽然想起什么似的，紧紧闭上。颜主任用两根食指指了指自己的太阳穴，傅里安立刻把嘴巴张大到极限。护士把浅黄色的药片放进他口中，随即给他一杯水。傅里安接过水杯的时候，手一直在抖。

颜主任厉声说，喝掉！

傅里安一仰脖子，一饮而尽。

啊——他主动张嘴发"啊"的音，又翘起舌头让护士看舌下。

很好。颜主任拍了拍傅里安的头，转头对两名实习生说，一匹野马，终于臣服了。这个人，我知道，迟早他都要进来的。

实习生专注而崇敬地看着自己老师。颜主任说，这种人，混迹在人群中，往往有两把刷子，他也觉得自己就像神，能量无限、肆无忌惮，动辄众人聚焦，人际关系一塌糊涂却依然自我感觉有口皆碑，一副天降大任的样子。典型的躁狂发作，典型的偏执型人格障碍。据我国卫生部疾控中心统计，10%的警察有心理障碍，其中2.11%达到严重心理障碍程度。如果，我没有记错——43%的警察承认自己有焦虑状态，12%的警察性格执拗，0.5%的警察行为失控。长期目睹凶杀恶死的残暴场面，对他们的精神冲击很大。所以，这个病人，你们可以多加关注。非常典型。

他的小手指怎么了，感染了？一实习生小心翼翼地问。

护士说，自己带进来的。可能是被什么夹伤了，可能是打架打的。裘医生摸过，骨头裂了。刚进来的时候，他太躁狂，大家也懒得管这个小问题了。

颜主任说，给他消消炎吧。不然他们单位来人看了，还以为我们打的。

傅里安目光空洞，看起来是神散飘忽的样子。嘴角上，有口水亮晶晶地又要出来。颜主任说，这情况，换是一般病人，可以转普通病房了。但是，这个人，还是小心点。警方也要求专人看护，可我们哪有这个人手？他们又派不出警力。所以，还是放强制隔离房吧。药量不变，一天两次，25毫克剂量，一次一片氯氮平。如果情况依然稳定，氯氮平就改为一天一片。

一行人走了出去。咣当，铁门锁死了。

确定走廊里的脚步声走远，傅里安起身，把嘴里的一兜泛黄的口水，吐在厕所里。然后用力漱口，把顶藏在左上大牙蛀牙洞内的小药片激荡出来。

他当然知道氯氮平的厉害，更知道氟奋乃静的厉害。当年母亲入院用药，因为担心副作用，他都请教过张主任医生（现在他出国进修了）。但是，即使知道，他还是控制不住自己，当然，这个傲岸张狂的警察，也低估了对自己的不利形势，以为一切都是误会，是可以辩白解释的。在医院门口，被两个穿白制服的彪形大汉捆绑时，他的愤怒盖过了理智。他也知道有人在他臀部强行扎针，就在他感到大事不好，在他脑子发晕、浑身开始松软无力的最后一刹那，他看到了大门口的小叶桉林下，鲍雪飞的白色凌志车，乾O007。傅里安的脑子完全被愤怒蒙蔽，自然也就无法选择趋利避害。几个小时后，他再次为自己的不冷静行为，付出了惨重代价。

康宁精神疾病治疗中心在西郊水库边，紧挨着锤子山麓。不知是巧合还是讽刺性的规划，那里一片桃林和李子林，一到春天，桃花似海，病人喧腾，李子花也如漫天飞雪助兴，看起来真是闹猛的人间。可能为了保持对桃花的警惕，整个医院，都退缩在桃花林外沿蜿蜒起伏的围墙内。一条煤渣砖路在百亩李子林中穿过，连接着松林夹道的水库西路和医院破旧的洋铁皮大门。大门口，是两根抹着水泥的砖砌方门柱，门柱一边，挂着一个长条牌子，白底红字：康宁精神疾病治疗中心。

白色的面包车和随后的一辆吉普车，驶进康宁医院大门。傅里安昏昏沉沉地被人扛下车，直接送往四区的强制性隔离病房。早已接到警方通知的颜永辉主任，已经在四区值班室等待。丁雄和另一名警员，代表公安，到医院办理了移送病人手续。丁雄看上去心事重重，脸上有一种孩子气的恐惧和好奇。但是，这两种表情，他都在尽力掩饰。他使劲地吞口水，抽烟、吐痰。他看着傅里安被昏昏沉沉地拖拽下车，半昏死地被拖往精神病住院部六楼。进四区铁门后，丁雄就看他被灌了什么药。碳酸锂？没听清。一个化学名字。之后，丁雄一路跟随医护人员，看他们半抬半拖地将傅里安弄进了单独的一间小房间，说是强制隔离室。丁雄站在门边，看着两名彪形大汉把傅里安用龙头布一样的长带子，牢牢捆绑在床上。这样的捆绑法，丁雄想，即使傅里安完全清醒，也威胁不到任何人了。颜医生不知是解释还是宽慰丁雄他们，说，具有危险性的病人都会在单独的病房里被观察。你们就放心吧。今晚我值班，我知道他，只是他可能不认识我了。

丁雄说，为了安全起见，局领导再三交代：禁止任何人探视！

颜主任很权威地挥手，示意放心走吧。

手续办完，丁雄和搭档就走了。

傅里安醒来的时候，大约是晚上九点。头很重，浑身绵软无力。他感到自己的双手在颤抖，腹部不适，阵阵恶心想吐。但是，被第一医院铁门夹的左小指，比刚刚夹伤时还要痛入心扉。全身却无法动弹，他才发现自己被死死固定在床上，傅里安顿时怒发冲冠，开始大嚷大喊，最后是拼命吼叫。值班室，就在走廊头，其实他一喊，秦黎护士就看着时间说，那人醒了。说话间，她站起来，招呼另一护士，准备一起过去帮助松绑一下。

此人高危。颜医生说，让他精力再消耗一下。

秦护士说，不是规定每四个小时，保护带就要松开一下？

不差这一会儿。

傅里安开始大喊口渴，又喊要上厕所。

依然无人回应。

这样又过了十来分钟，秦黎护士实在难以忍受傅里安刺耳的号叫，还是拉起颜医生等过去了。傅里安像一条愤怒的咸鱼干，看起来他的精力并没有消耗掉，只是嗓子有点充血性的嘶哑。一见到几个人进去，他迫不及待地盯着颜永辉：

你赶紧放了我！我是警察！正在办案的警察！

没有人搭理他。两名护士在给他小心松绑。

我不是疯子！我是正常人！

颜医生笑：进来的，个个都说自己是正常人。有人还说自己是政协代表，正在写提案呢，说我们抓他就是祸国殃民呢。

傅里安急：你给110打电话！说我在这！傅里安，闻里分局……

闭嘴吧！颜永辉说，就是警察送你来的。

你电话给我！傅里安喊。

颜医生不睬，目光悠然地走到窗边，顺便看了看窗户。强制隔离室没有窗帘，窗口外包的不锈钢栅栏护窗，也非常结实。安全性肯定没有问题。

快点！——我要上厕所！

护士们正在松开腿部约束带。

颜医生说，看来他对药物的耐受性不错……

颜永辉医生没有说完，就看见傅里安刚刚松开的一条腿，猛地一蹬，护士一下子后坐地上，傅里安的另一条腿也挣脱出来，颜永辉闪避不及，被傅里安一脚蹬在肚子上，颜医生一个趔趄，差点摔倒。秦黎护士尖叫起来，她感到整张铁床都移动起来，手臂还被约束带捆住的傅里安，看起来要把小铁床背起来。

两护士厉声尖叫，此起彼伏，医院保安闻声赶到。

精神科常用的电休克治疗（简称ECT），傅里安母亲实施过一次，傅里安亲眼看到母亲浑身颤抖，大小便失禁，就坚决不让用这种治疗办法了。母亲是个"文病人"，加上现在在美国进修的张镇江医生，本来也是傅里安的熟人。傅里安不同意，也就放弃了。现在，傅里安开始亲身体验ECT的死亡魔法了。这是针对躁狂症成本最低、最有效的治疗手段，也是对反抗的病人最强悍的规制方法。在惩罚和矫正病人冲动行为的时候，电流剂量和通电时间都会调整加大。五条坚韧的约束带，让傅里安的身体手脚被彻底固定。电流从腿部激起，顿时，浑身内外，痛入骨髓。犹如烈焰炙烤、高温油烹，尖锐的、无可抵挡的疼痛，犹如无数的刀子在内外切割，傅里安的号叫就像电击碾轧出的音频，抽搐痉挛中，他觉得自己的肉体，就像轮胎翻出了内外胎，他已经死亡，被电击轰赶而出的灵魂，紧贴着肮脏天花板，惊惧地看着自己像木乃伊一样，战栗而无可奈何。

傅里安变形的号叫，简直要撕裂人的耳朵。虽然约束带死死固定了他的身体，但是，身体恐怖的抽搐还是让两名见识少的实习生，下意识地后退着。

这是脉冲电，颜医生对实习生说，一般电流在40毫安，通电时间掌握在一到两秒。最多是四秒。

一个声音说，现在是……五秒。

他耐受得了。注意他瞳孔，肯定散大了。痉挛抽搐可以持续一两分钟。ECT，实际是人为诱发的癫痫。而适度的行为矫正，适度的身心磨难，对治疗很有帮助。尤其，像这种病人，一定要给他个规矩的开始。ECT一般六到十二次为一疗程，初期每日保持一次。行为矫正性、惩罚性的不在疗程数据内。治疗前必须禁食禁水，并肌注0.3毫克阿托品。你们看吧，用不了几次，这类目中无人的狂傲家伙，就会乖得像小兔子，乖得你都不习惯。

电击终于让傅里安清楚地明白了自己的处境。

肉体分崩离析、撕裂般的疼痛，轰然而来轰然而逝，让他不再把铁门夹裂的左小指的锥心疼痛当一回事了，更重要的是，他在迅速恢复理智、回归冷静，开始思考自己的糟糕处境。他终于明白了他早就该明白的事态发展逻辑：这当然不是误会，是有人刻意要摆脱他。确实，出手漂亮。没有比精神病更好的让他出局的办法了。能想到这个点子，他不得不佩服师姐的厉害。这完全不是胳肢窝夹死老鼠的骇人听闻的匹夫之勇，这比谋杀更具惊人的胆略和开拓性。我操，傅里安想，这真比杀了我还高明。

怎么证明自己是正常人？看这几天的情况，绝对是很难自证正常了。尤其是，这一科的主任医生颜医生，对他好像有点天然敌意，不太友善。也许是职业病？这种情形，越辩白只会越激怒他，也就是越挨揍。看来只能先顺着药效，先让他满足，进而放松敌意。

鲍雪飞出此毒招，一定是形势紧急了。可以更加肯定，那个重病的证人嘴里，一定有她不允许说的东西。所以，再拖下去，即使证人发誓不做证，鲍雪飞也可能促进他死亡。而她之前之所以没有下手，应该是投鼠忌器，毕竟当年此人去报警做证，就有多人知悉。如果，在顾小龙冤情如此受人关注的情形下，他死得不正常，鲍雪飞岂不更是引火烧身？而此人现在反正已经是重症病人，每一个明天，都可能是终结的日子。只是，也许超出鲍雪飞的预估，这个家伙，这条风烛残命，实在活得太顽强了。

第二次电疗后的数日,市局工会负责人和鲍雪飞一行来到病房,关心傅里安。他们隔着铁栅栏门往里看。这一眼,把所有的人都震撼到了。鲍雪飞看到傅里安的第一眼,暗吃一惊,心里瞬间泛起疼惜难过的细微波光。只见六七平方米的肮脏空间里,一身皱巴巴病服,包裹着一具僵硬的躯体,一个猿人样人体,扭结在床上。他的两条胳膊反方向扭动,斜扭的脖颈发硬如塑,全身扭曲僵直得就像一个油炸过的熟物,最惊骇人的是他的眼睛,眼珠死死上翻,死死地盯着天花板的一角。他似乎对外界毫无反应。

怎么变成这样?鲍雪飞说。

没事,锥体外系反应。颜主任说。有的病人木僵得更厉害,走路都是跳着的,甚至连脖子都是扭曲僵直的,三天睡觉脖子都是悬空的,不挨枕头。就那么睡。

这是药物的副作用吧?局工会负责人问。

怎么说呢,颜主任说,是药三分毒啊。

智力肯定受损。鲍雪飞说。

颜主任摇头:未必。你别看他们疯疯癫癫的,这些人的智商其实都高得很。药物只会导致他们的肝脏、肾脏有些损害,还有记忆力,行动也会变得迟缓些,但是,对智力,绝对无害。

刚才,他能听到我们说话吗?走远的时候,鲍雪飞在走廊里悄悄问。

应该能,只是他控制不了自己。实际他现在非常难受,心也不在此，来谁他都不走心了。你不要拿一个正在治疗中的人当正常人看就对了。要记住，你们又不是到普通医院去看望一个正常的同事。我电话里就说过，其实，在疾病发作期，你们根本不用来看，也没什么可慰问的，慰问也白慰问。

白慰问也要慰问啊。毕竟是我们的同志，一个很优秀能干的同事。工会负责人说。

鲍雪飞说，还是那个请求：一、严守秘密，不要对外界说；二、禁止任何人探视，除非有我们的介绍信；三、进出院事由，由市公安局联系办理。

一行人去楼下又看望了傅里安母亲。工会准备了馅饼、巧克力之类，鲍雪飞又亲自买了一大提兜进口水果，去孝敬老人。

听到鲍雪飞一行人走远的脚步声，傅里安松弛下来。有药物反应，但没有他表现得那么严重。对他来说，氯氮平药片他可以摆脱，电疗，再难熬，也就是几分钟的折磨，他最恐惧的是，打针。针剂，是最要命的，他没有任何反抗、抵御伎俩。如果他没有判断错，应该就是氟奋乃静。氟奋乃静的锥体外系反应会很直接，无比强烈。这是令人发指的药物，要避免这个针剂的伤害，只有顺服装乖，必须顺着主任医生颜永辉的意志来。秦黎护士当时就忠告过他，可是，没有经验的傅里安，偏偏还心狂气傲。当时，傅里安拒服药，后来，他自以为手快地将药片滑入病号服袖笼，但是，这些套路，早就被久经沙场的医护人员识破。傅里安被惩罚性注射时，秦护士推着针筒,就像对正常人那样关切地嘀咕了一句:藏药拒药,只能打针了。不过,话说回来,傅里安很感谢这次恰逢其时的注射用药,这个药效,一定是鲍雪飞最愿意看到的:傅里安废了。

氟奋乃静生不如死的注射,一次就教训到位,一次就足以驯服桀骜不驯的魂魄。此后的傅里安,看起来木讷呆滞,他乖乖吃药。他的逃药创意,终于突破了医护的监控套路。

傅里安很清醒:一定要趁早出去。多待一天,无论对他的体能、智力,还是那个如风中残烛的目击证人,都是极度危险的。这两样都是濒危的,随时可以被全面摧毁。现在,必须找到最快最稳妥的出逃办法,拯救自己、拯救证据。

那么,怎么才能逃出去?怎样才能万无一失地安全脱身?

傅里安住的病房是六楼,顶楼。这间七平方米多的强制病房,虽然臭气冲天,但毕竟是独住,行动起来倒也方便。他一眼就看明白,穿越金属栅栏包窗,肯定不是问题。问题是,刚入院,医院防守很紧,尤其是鲍雪飞来慰问后,医院加强了防范,一个彪形保安,老是把椅子放在他门口休息。还有,他对周边情况不了解,如果贸然翻越出去后,地形判断有误,可能前功尽弃。逃生的机会,就会彻底失去。如果从六楼直接爬下去,路过太多楼下病房,疯子们估计会起哄疯叫,惊扰一个疯子,事情也就等于全部完蛋了。

最稳妥的是走天台。根据过去对医院的了解,他们绝对不会把天台对病人开放,也就是说,天台的出入口,一定是锁死的。如果没有改造，住院楼的侧面，是个简陋的羽毛球场，球场边有个废弃的小池塘，池塘再过去，就是围墙了。前几年，母亲在这住院治疗，哥哥在普陀山，妻子又忙又爱抱怨，所以，都是他在这出入多。他对康宁医院比一般人了解多一些。但是，毕竟当时无心，现在又可能时过境迁，这事务必缜密周全。傅里安很清楚，他只有一次逃跑机会，只能成功。

幸运的是，台风"小碧"正在菲律宾以东洋面形成。傅里安非常注意电视台、电台的"小碧"信息。他竖起的耳朵，像雷达一样在实时捕捉台风"小碧"的动态信息。在他看来，他成功逃生的机会正在菲律宾以东洋面出现，他的福神，正在向他走来。

第二十一章

范锦明和邱晓豆失事的地段,叫吴坂沟。那地方比较偏,直到几年前,城里人兴起"农家乐"旅游后,大家才呼朋引友、成群结队,自驾前往吴坂沟后面的阳台山或紫竹湖、观音岛游玩。媒体也反复宣传,将此处美景描绘成"我们的美丽后花园"。但可悲的是,自从旅游线热起来后,就在吴坂沟地段,自驾游的车辆,平均每月都会有一辆车在此发生交通意外。这个事故点,邱晓豆来报社之前,交警带汪欣原特意来采访过,写过专稿,呼吁道路改善。吴坂沟地段弯道属于连续陡坡急弯,弯道径小、坡度大,一般的弯道应该是外高里低,而吴坂沟的路面,正好相反,里高外低。所以,车辆经过此处,往往离心力大于向心力,很容易造成侧翻,稍一疏忽,就翻下山冈。所以,连续多年,吴坂沟被评为本地十大交通危险地段榜首。

范锦明和邱晓豆被救出来时,范锦明已经当场死亡,邱晓豆也没能坚持到医院，她甚至没有力量看师傅汪欣原一眼。汪欣原在现场，特别留意，寻找到录音笔。这是他给她的，金色的三星录音笔。

录音笔开始的时间，是十七点四十四分，应该是一上车，邱晓豆就使用了录音笔。

……为什么要去那么远呢，万一汪老师回你电话，他赶过来也要开老半天呀。

（范锦明的声音）让他耍大牌去。我都打了十几个电话了（此处翻倍夸张），他妈的一个都不回。哼哼，他要知道我有这样的震撼猛料，我看即使在深山老林，他都会像饿狗扑屎一样扑过来。信不信？所以，不理他！等他自己回电话！

到底多震撼？非得要这么神秘？

不是神秘，是安全措施！如果有人知道我要干什么，估计，连你都要挨黑枪。

嗐，还黑枪！（邱晓豆笑）别神神秘秘啦。到底是什么？

虽然你年轻，也许经验不如你师傅。但是，我们都看好你。你比他更懂人心，更有记者才华。

呵呵，哪里啊。汪老师厉害——我不喜欢去吴家渡，我也不喜欢吃渡口鱼。

那不早说！我早就想请你吃点特别的。渡口鱼，你吃了就会感谢我！虽然远一点，但是，好吃！绝对好吃！而且安全。

我们可以专心聊天。

到底什么猛料？别吊人胃口啦。

边吃边说，急什么啊，好不容易和你有个单独聊天的机会。

为什么不等汪老师回电呢，他处理猛料比我老到多了。

时间紧，说不定我今晚就死于非命。我必须把事情托付给最可信任的人。告诉你啊，晓豆，如果我突然死于非命，绝对！绝对是死于谋杀！

真刺激！（邱晓豆大笑）范主任若死于非命，原因是什么呢？

坐下聊。你注意到没有，一路上，有辆车好像一直在跟踪我们。

你神经病……（邱晓豆的笑声很响。显然她不屑于细究。）

我是干什么吃的？——你要相信一个资深警察！那辆车没有车牌。

新车啰。还来不及挂牌。——警察都这样疑神疑鬼吗？

唉……我也希望是多心——到了。看到茂密的竹子林没有？就这石桥拐下去。——好像跟踪车没跟下来？

别回头啦，（邱晓豆还是笑）他正在用瞄准器看你的眉心。

去去！——你看，竹林深处，仙境吧？这里的车子，都是他妈的好车。这偏僻茂密的紫竹林，不知遮盖了多少人间秘密——你先下车，进去直接进"黑桃尖"包间。不要问任何人。

黑桃尖！我随后进去。

搞得像间谍活动……

防人之心不可无。你下车吧。

（录音停了。）

（录音再次开始，有点突兀。）

……当然是最信任你。你看不出，全城所有的记者里，我对你最好？你汪老师带你来的第一天，我就送你们电影票了。忘了？

那是你和汪老师有交情。

那小子太滑头了。你比他正派、有能力。

那快说猛料吧！

急什么呀，你这丫头！

跑得这么远，骗我也太没意思了，还不如请我看场电影——快说啦！

哎，我怎么舍得骗你？骗谁我也不会骗你，一个这么清纯漂亮的女孩。（范锦明的语气还真他娘的郑重，汪欣原听到这里忍不住发笑，他想男人都是这样哄骗女人的，也许他汪某哄女人的话让外人听了，也是这么庄严滑稽。）

（范锦明说）事关顾小龙冤案。

"6·11"案？！

——嘘，坐下坐下！

（这段是上菜的动静……先上的是渡口鱼头煲。）

（杂乱的声音消失了。房间又剩他们两人。）

那说呀！我都好奇死了——不要鱼头！不要鱼头！我不爱吃！

渡口鱼，最好吃的就是鱼软腭这个位置。你尝尝，再来一口酒。绝配！

嗯……还行。什么猛料？

你知道我来分局政治部以前，是干什么的？

不知道。

我是搞刑侦技术的！现场勘验、痕迹取证、尸体解剖……

法医？！

差不多，但范围更大。我可是刑侦技术专业高才生哦——你先好好吃鱼，这么远，二十多公里过来，不吃鱼你就太亏了！

嗯，我吃。先干了这杯吧。谢谢你信任我。

不行，慢一点。我已经连干三杯了。你干了，我随意，不要欺负老哥。

叔叔要像个男人啊。

别叔叔、叔叔的，叫哥！

噢，范哥！

对了嘛。这才像一家人。这事是为民除害，操作好了，也许我还能立功。到那时，我绝对罩着你。公安的新闻，全归你！来，一起干了。——你多喝点，我要开车。

都别喝了,回去还要写你的独家呢。酒可以先存在这。下次来喝。

绝对独家!惊爆天下!但不是今晚写哦……呃,刚才你说,社会上的人骂我们鲍局无恶不作?那你们为什么经常歌颂她?

我跟她没什么接触。听说而已啦。她的名声太传奇。我在电视台实习时的一个老师说,前几年"禁毒日"集中宣传采访的时候,一个吸毒女控诉毒品,说她再也不吸了。你们鲍局当着所有新闻媒体的面,上去啪啪就是两大巴掌,打得那个女人满嘴血,她又一把撸起吸毒女的胳膊,让所有记者拍她胳膊上的密集针眼,骂道,你他妈能改,狗都能当市长了!还有,我们日报社"编读往来"的编辑老师说——十年前,日报还没有开通"读者热线"电话——有个出租车司机寄发票投诉,说有个外地客人,坐他的车去堵追赖债的人。没想到,对方一个电话叫来一个骑摩托的女警察,是分局什么副队长之类。她一来,就把出租车钥匙一把拔走。的哥挨了一顿训,说看你以后还敢不敢乱来。训完后她让的哥次日去找她取车。的哥按约过去,她不给,说买两件什么名牌的衬衫再来。的哥只好买了衬衫去见她,她这才把钥匙扔桌上,说,以后再瞎管闲事,以扰乱经济秩序论处。

后来呢?

后来就名牌衬衫换车啊!第一次听,我简直快惊死啦!

太正常了——那"编读往来"栏目怎不曝光呢？

衬衫发票有什么用，又没有留下索贿证据。再说，媒体不从来都护着你们吗？

哈哈，警察就是这样被宠坏了的。谢谢你们的爱！

少来！好警官也很多啊。今年春，报社配合你们"爱民月"宣传，我参加做过小调查，老百姓夸奖警察的事迹很多还是挺感人的。比如，有几个年轻警察，在休息时，常去隔壁的养老院帮老人剪指甲，还帮他们的小菜地浇菜；噢，有伙警察在扫荡殿前工业区勒索沿街店面要保护费的小黑帮，两个打黑警察在便衣追查时，竟然反被胆小店主出卖，被打得半死。最后，那帮恼火透顶的窝囊警察，绝地反击，狠狠铲平了黑恶势力。"猪一样的队友"——那些小店主们，后来非常愧疚，一起给警察送花疗伤；对了，你认识你们闸里分局的傅里安吗？今年大年三十的时候，他值班，手下抓了十几个偷了工地几车预制板的民工，人赃俱获。签字审批的时候，他问明是工地老板没发工资，农民工无法过年才偷的。他马上让放人，同时勒令手下当夜找出工地老板，否则大年初一，谁也别他妈过好年。结果那帮警察，大年三十疲于奔命，分头死找赖薪老板。后来，终于拿到钱的民工们，男男女女，在闸里分局门口跪了两排，磕头感谢所有的警察……

哈，傅某爽了。

他不在场。据说他在陪他母亲打麻将。

你跟他很熟啊,邱记?

不熟。见过他一两次。很醒目,大家穿着毛衣、皮夹克,唯独他穿着短袖黑T恤,一点也不怕冷。

嘿,不这样,你怎么看得到他的胸肌?(范锦明声音转低,有点猥琐感。)——你没听说,当年他也是性贿赂升迁的?

他?傅局?!不会吧?汪老师总骂他太拽,目中无人。

是啊,(范锦明笑)谁给他目中无人的胆量?!此人外号叫傅疯子。嘿,他现在终于提拔转正了,正牌精神病,住进康宁医院了。

——不、会、吧?!

……

(没有回答声,听到"咿呀"的木门声。紧跟着,"咣当"一声,还有一声短促惊叫。)

干什么吃的!(范锦明呵斥的怒声)眼睛长哪了!!(一个怯怯的声音)地上有菜皮,踩滑了,我……

我个屁呀!叫你们老板来!把小姐烫伤了知道吗!

……我……没注意……

我没事啊,回去洗洗就好了。没事没事!(邱晓豆的声音。)

叫你们老板来!给我免单!

我没烫到,真的……

不给点教训，这些人下次还这么蠢头蠢脑……

真的没事啊！勾芡汁能洗掉。——你去吧，下次小心点。我哥喝多了。

（对话停止了一会儿，只有碎瓷片叠加的声音，应该是收拾的动静。他俩都不出声。之后，有个含糊的声音：对不起了。之后，木门"咿呀"关闭的声音。）

（对话重新开始。）

你刚说什么？傅局精神病？住院?！

你去医院调查吧。别说是我说的！

怎么回事？为什么呢?！

（范锦明嘲弄的笑声。）

因为他搞不清楚对手的厉害。他笨！——来，喝一口！

谁是他的对手？对手为什么要害他？你没有喝醉吧，范科长，哎，锦明哥，我怎么越听越糊涂呢。

约你来这么偏僻的地方，我也是怕一不小心，被人扭送进康宁医院啊。不过我一直温和礼貌、聪明过人。嘿嘿，想害我，还是有点难度的。

对手是谁？

告诉你吧，此人，一手遮天，能力过人，贪婪无度。我有个兄弟，在此人手下侦办过一起案件，案子由某职能部门一高层人员自杀引发。侦办中，此人一下就闻到腥味，发现该部门领导收受了大量不义之财,其中,得了一块非常昂贵精美的羊脂玉。此人暗示了自己爱玉藏玉的爱好,但那负责人太自负,故意听不懂,居然还向上级报告,称办案人员久驻单位碍手碍脚,想轰赶他们。所以,此人立刻公事公办,深入追查,直接把那小气愚蠢的硕鼠,投进了监狱。

冤案吗?

冤个屁。是黑吃黑!

天啊。

再告诉你一真段子。我有个同学负责一个项目。每年两会,他们这一拨人都得进京,处理本地的上访人员。此人领队,出门前他们去请款,一共批了十万经费。此人直接拿走四万。我同学说,不能啊,这么多人马在京的吃喝拉撒,不够用啊!此人说,你们用钱!难道还比我用钱多?!

——不、会、吧?

听傻了是吧?下次我叫我同学亲口跟你说!故事多着呢。你知道,小刑警很辛苦的,天南地北到处跑。出差回来,他们要去报销,此人这个不让报、那个不符合规定,板着臭脸摔单子不签字。聪明人就点拨小警察,你要带点礼物啊,哎,果然,礼物和报销单一起去,此人马上就笑眯眯地签字了。

这人怎么还能当领导呢?

这种人最上进!当不上领导就没有权力,没有权力,哪来权利？知道吗，当年，此人，最喜欢抓卖淫嫖娼和走私车，人赃俱获后，赃物卷宗全部放到此人办公室。那些嫖娼的有钱人、名人，赶紧托人找关系，一一求到此人面前。只要不处理，钱财没了，换出体面名声，就感恩戴德不尽了。至于走私车打击处理，也一样，只要有关系、罚款到位，车钥匙就还你了。

不可能吧？怎么可能这么乱？你们不是有赃物档案专门管理室，我看过的。挺吓人的房间。

你说的是规范做法。但此人，一手遮天惯了。

我不相信。

所以，你天真啊。这点，汪欣原比你看得明白。

我就觉得……你是说此人是……鲍局？

我可没这么说。

我又不会出卖哥哥，更不会报道这样口说无凭的东西。无非是彼此信任的朋友，在一起坦率八卦一下啦。

我还真是信任你。看吧，很快就会邪不压正！你也就会发现，我和你是最掏心掏肺的！

……老师们总说鲍局威武。说你们局长宋元江都怵她，因为她部里有人。听说她开党委会的时候，经常说，最近部里某某某某给我短信，夸我们局什么，对我们局有什么建议……

她绝对是五百年出一个的人物。年轻时，某副部长送她的毛笔字，就裱在她办公室墙上，老领导一退休，她的办公室又换上更大官的字了。说是化名，内行人都知道是谁。她儿子非常帅，在大学就被某省长的女儿看上，那个驸马婚宴，传说是两省政治人物的盛宴。说是有没有请柬，你就知道自己的地位了。

我还听说一个八卦，说你们单位的帅警，她都睡过。哈哈，范哥哥被宠幸过吗？

呸！瞎扯什么！我是那种人吗？

你很帅啊。不知你是女神哪个阶段的宠儿？据说分有水蜜桃期、果冻期、稀奶油期。（邱晓豆在奸笑，笑得挺邪门。汪欣原听得不由叹息，面貌单纯的小徒弟，还真他妈见多识广、攻心有术啊。好记者果然人生早熟，不简单。）

（两人莫名其妙一直笑，虽然邱晓豆已经死了，但汪欣原听着还是很不舒服。仿佛被人侵了权。在他的耳朵里，范锦明的笑声，特别淫荡。）小豆子，哥当年也是玉树临风啊，至少享有果冻前期。稀奶油，我可不想碰。（邱晓豆的笑声也很鼓荡人心。）

（范锦明说）哥我现在也是豆腐渣了。不像你，正是人见人爱的水蜜桃啊。

哈哈，那谁动过哥哥的嫩豆腐？

不说啦！再说这话题，我不给你猛料了！

——哎，哎！换话题！改说猛料！是你一直拖，一直捂，我知道你还是不太相信我，想暗地里等汪老师啊？

当然不是！是事关重大，关系一个人的命。我要酝酿好一点啊——嘿！喂！——你在干什么？——你在录音？！——你录音？！给我看看！你疯啦！！！

那么凶！抢什么呀，哥哥，你不是要说猛料了吗？我看看有没有电，准备录了猛料给汪老师听。我的笔，记不过来呀。

——给我！别录！绝对不许！录了没有？！

没呀——这不正要开始录猛料——哎，你别抢啊……（这个段落停止了。）

（最后一个段落的录音出现了，相隔上个录音，有四十七分钟的间距。应该也是偷录的，而且是户外，有风声和嘈杂的声音。）

……冷不冷？（范锦明的声音很含糊。）

不用牵，我看得见。不冷。夏天这个风挺好。你看，那么圆的月亮！在竹梢边。

我有点喝多了。你敢坐我的车吗？

你没喝多。我知道你的酒量。对了，锦明哥，你给我的是复印件。原件你还有吗？

你傻呀丫头！你范哥什么人呀！

（声音忽然清晰了，风声消失了。从动静上看，两人上了汽车。有汽车发动的声音、邱晓豆的声音。）锦明哥，你肚子里到底还有多少惊人的秘密呀？

呵呵，以后都给你了，小豆子。但你一定要严守秘密，等我电话！千万记着！我说曝光才能曝光。否则，时机一错过，可能打虎不成反被伤。看看傅疯子的下场。务必谨慎！我们这是在玩命赌正义呀！

带劲！哥，你真是一腔英雄情怀呀。还有一个问题，这张尸检报告，真的能证明顾小龙不是凶手？

原来不能绝对排他。但是，甘文义认罪后，我偷偷查问过了，他的血型和检验精液血型一致，加上他自己的供述，那就绝对证明顾小龙是冤死鬼了。

你后悔吗？这样为虎作伥，帮助给你下指令的人。

别这么说！当时死者完全有可能在被害前，和他人发生过性关系，导致了阴道中有精液什么的，所以，不是顾小龙的也很正常。当时那个局面，顾小龙自己都招了，媒体都报道庆功了，我们再出现这个尸检报告，确实会乱。

如果你当年相信顾小龙是真凶，那你为什么又一直保留它呢？

从业良心吧。也许有这一天需要。我只是没想到，这一天真的来了，而权力面前，人竟会变得那么丧心病狂——嗯——这车好像有点不对劲……

丧心病狂？说得这么严重。那原件你藏哪了？

如果我出事，你去找汪欣原那混蛋。我们以前关系好的时候，我跟他说过我可能把贵重物品托付的人。你就按我原话说，他一定明白——豆子！系上安全带！

（范锦明的声音，忽然震耳欲聋。）

怎么啦？

——系上安全带！！

我不喜欢系……

——系上！！快系上！

（范锦明的大喊声）——刹车不灵了！

啊，能靠边停下吗？

下坡！已经刹不住！

天啊，太快啦！我抽不动安全带——！

——混蛋！——混蛋！——混蛋啊，姓鲍的！我绝不放过你——

天啊！这边！打过来！范主任——天啊——

闭嘴！——

啊——啊——

邱晓豆的声音，忽然高了七个音，凄惨而凄厉的尖叫，把汪欣原耳膜刮得沙沙响，他觉得他的耳膜就像要被撕裂的笛子膜。

巨大的动静，翻车了。一下子安静下来，只有均匀的风声。

第二十二章

交通事故鉴定结果，三天后就出现在市局党办。事故当天，整个系统都知道了这件事：范锦明擅用公车、死于醉驾。

当时，汪欣原连夜赶往事故现场。邱晓豆应该是用最后一点神智和力气，给师傅打了电话。汪欣原马上打电话到110，证实了邱晓豆的报警地，就是该死的吴坂沟。汪欣原比辖区交警到达得早，一路狂驰，到吴坂沟看到路边"事故多发地段"的黄色警示牌，他就谨慎地慢了下来。第一个坡上去，就看到路边连续几个撞毁的隔离反光矮柱。他停好车，打着强光手电从缺损的反光矮柱口爬下路基，车辆一直翻停在石砾辽阔的河滩上。范锦明也算是车技不错了，等于是在最后一段拐弯才失手，所以，坡度不高，但车辆连续积累的重力加速度，太迅猛了，坡边的碗口粗的杂树、灌木林成片轧倒。邱晓豆应该是翻滚中被甩出，滚在山脚河滩交界处，汪欣原赶到时，她还有微弱脉搏。范锦明固定在座位上，头部奇怪地挂在脖子上，下巴朝天。后来救援人员说，是颈椎断了。

宽展的河水，在明亮的月光下，波光粼粼。

汪欣原在车里找到了邱晓豆挂着绒毛玩具流氓兔的包。包的拉链基本拉拢，打开里面的采访本，没有新记录，没有什么尸检单。按采访习惯，相关单张资料会夹在采访本里，以防丢失。汪欣原推断她包里有关于顾小龙案的尸检报告单，但是，包里没有，车里也没有。汪欣原又到邱晓豆甩出地，用电筒仔细寻找，还是没有。汪欣原再次回到车里，一寸一寸地找，依然没有任何纸片，但是，他在脚垫的覆盖下，意外发现了录音笔。这很眼熟，是汪欣原用旧后送她用的。金色，两指长宽。他随手按了按，没电了。

汪欣原还是想找到纸片状物，这个东西一定存在，邱晓豆的电话，说的重点就是它，否则她没必要打那个电话。她可以打电话给男友，给家人，而她把昏迷前的最后时间，留给了汪欣原，留给了这张报告单。汪欣原明白，这是训练有素的同行基本反应，也算是职业操守吧。所以，他必须找到它。但是，没有，就是没有。能找的地方都没有。

不久，坡顶上，灯光交错，救护车、消防救援队和交警人员陆续抵达。

汪欣原陪邱晓豆到医院。当夜，邱晓豆停止呼吸。她没有睁开眼睛一次，应该是昏迷中走向了死亡。汪欣原有点不适应徒弟的死亡。这个严酷事实，让他回不过神，他茫然惝恍。而在医院，他还没有意识到恐惧感。但模模糊糊地，他直觉到有人比他更早到了现场，拿走了那份东西。

邱晓豆从业一年多，已经单飞，虽然她的发稿量不是同批进来的新人中最多的，但是，她的独家新闻发掘数，总是非一即二。只是，一遇到大稿，她自然就回头找师傅，而顾小龙一案，已经是师徒合作的习惯。所以，汪欣原绝不相信，邱晓豆在昏迷之前给他的电话是随口胡说。对一个称职敬业者而言，职业精神是沁入骨髓的。那个最后的电话，她打给师傅，就是要他关注尸检报告单、关注"顾小龙"。这就是说，邱晓豆和范锦明的约会，不是什么简单的男女幽会，不是什么外界乱传的男警察泡女记者，就是事关"6·11"案，而事情的关键点就是"尸检单"。

汪欣原离开医院回到家里听邱晓豆录音时，才强烈震惊了。

以死亡为前提的强烈震撼，令他心律不齐，心脏节奏凌乱，几乎跳出胸腔。我的天啊，汪欣原后来想：幸好比他早一步到达现场的那个人，不知道邱晓豆有录音，这个连范锦明都不清楚的录音，明确传递出一份信息：车祸是人为的；尸检报告被藏匿。如果此人知道有录音，或者正好在车里看见滚落的录音笔，那么，关于范锦明、邱晓豆，这一夜的一切真相，就被彻底藏匿了。

那么，谁要制造这起车祸？

谁要藏匿尸检报告单？

谁要置范锦明于死地？

结论太明显了。

推论一出，汪欣原忽然后背沁出一层冷汗，全身汗毛倒竖：范锦明是先打的他的电话，如果他去了，死在吴坂沟河滩上的，就是他本人。

电话响了。汪欣原一看来电名字，再次全身寒战。

嗨。他说。

鲍雪飞说，你没事吧？这事令人吃惊，我也很难过。

嗯，是，大家都回不过神了。汪欣原说。

鲍雪飞叹了一口气，说，记者的职业风险排名，比警察高。我看你和范锦明关系不错，一听他和一个记者翻下山去，我第一反应还以为是你。

我们一度关系不错，后来道不同就淡了。

恭喜你，没有和小人做伴。虽然他死了，我这么说不好，但我真是为你庆幸，近墨者黑啊。噢，那个女孩，回头你代我送个大花圈。你自己呢，千万小心！闲事少管，我虽然视你为兄弟，愿意时刻罩着你，但是，你知道，意外总是突如其来的，总是防不胜防。

嗯，谢谢鲍姐。

别管闲事！记住了？保重第一！——保重！

放下电话，汪欣原看到自己手心的冷汗，滴掌而下。整个后背，因为汗出如浆而冰凉如刀贴。"叮"的一声，短信又响了。汪欣原一看，还是鲍雪飞的：别管闲事，注意安全！

鲍雪飞又逼近了一步。

汪欣原既愤怒又害怕。在鲍雪飞眼里，他是不是知情者？关于神秘的尸检报告，作为邱晓豆的老师，他是不是已经知情？按正常，警察需要，就可以上技侦手段，监听谁的电话，都不是问题。如果真的这样，范锦明如果被监听，那么，是不是他汪欣原反而是安全的？因为，范锦明的邀约电话，他始终没有接。不过，邱晓豆在现场，在吴坂沟，会打电话给师傅说情况吗？完全有可能。如果这样，他还是会被怀疑吧？鲍雪飞这个来电，就是来试探他的知情状况，也可以视为警告威胁。不过，他确实没赴约，那张致命报告他也没有看到，即使徒弟在现场打过电话，口说无凭，媒体又能怎样？而且，那张复印单子已经被她抢先拿走，那么，按发生概率最大可能性计算，他汪欣原，没在现场，不知情的可能性还是相当大的。鲍雪飞只是敲山震虎。汪欣原努力这么自我宽慰着，但是，无论怎么自我宽慰，他都感到脊背上寒气如刀。也许我的电话也被监听了？这么一想，他的掌心因为暴汗，瞬间冰凉透心。"别管闲事，注意安全！"警告抑或是威胁，都已经赤裸裸的。他难以否认自身所处的危险。十多年的交往，他太了解鲍雪飞的为人了，即使他现在全面投诚，鲍雪飞也会拿他当毒药防着。

最可怕的事，接踵而来。

范锦明遗体告别的当日，范家居然遭遇了入室盗窃。

这个消息，把汪欣原吓坏了。

范锦明再婚后，住的是颐湖西边的如春湖畔。小区比较高档，物业管理也比较规范。但是，他的家被人抄得底朝天，值钱的小件物品，尤其是细软，被洗劫一空。110指挥中心的警察，第一时间告诉了汪欣原，汪欣原被这个"八卦"消息吓得差点小便失禁。警察说，范锦明老婆闹得很厉害，要求派出所立刻破案，不然要去局领导那里告状。接处警点评说，即使他丈夫还没死，这种没头没脑的流动性作案，也不是想破就能破的。

汪欣原打电话给曹支。他想获得更多的信息。但曹大勇轻描淡写：听说了。详情不知。这种小案子，到不了支队。你要问湖边大队，有孙大电话吧？曹大勇又说，你报道这个，也太无聊了！

不，不，不是采访！孙大电话我也有！我就是想听你聊聊，怎么人前脚死，后脚就进贼？

曹支说，嘿，贼又不是慈善会。

你不觉得奇怪？小偷进去，发现这户人家有警用物品，衣服帽子皮带什么的，还敢继续？

那可不，有人弄了假警帽，放车后窗，不就是想警察、群众一块吓唬吗？管用吗？！曹支反问。最后他说，去问孙杰，他有详情！

这事我觉得不那么简单。

记者就爱大惊小怪。全市一天发生多少起入盗，你知道吗！

我们什么时候聊聊吧，曹支，好久没见了。

马上开会呢。不出差不开会，我都在办公室。

与曹支的通话，让汪欣原更加不安。他没有获得更多的信息与丝毫的依靠感。作为一个业务能力高强的资深刑警，曹支对范锦明家的入盗，根本无动于衷，完全视为自然，那么，对于范锦明的车祸，这些专业猎犬，自然也就更没有意愿去追问死亡的背后有什么秘密。汪欣原心里还是敬重曹支的，虽然，他长得像一个地瓜，鼓胖、结实的脸颊，土气又蛮力，一点也不符合人们想象中的刑事警察形象，要不是刑侦见识与破案成功滋养出的犀利与霸道气质，整个人实在乏善可陈，案件交给他，你可能都会信心打折。但是，他又确实侦破了许多案件。应验了那句老话：人不可貌相。汪欣原记着他托内勤交付的甘文义《偿命申请书》，记着他的暗中支持，所以，有心试探着和他深度交换意见，甚至可能忍不住会触及"尸检报告"和"录音笔"，但是显然，曹支不和他的弦。一个土头土脑的家伙，一旦态度高深莫测，你都不知道他到底是傻还是世故。

在关键时期，谁是真正的敌人，谁是真正的盟友，成为一个性命交关、不可出错的判断。说起来，汪欣原也开始变得胆小如鼠、谨慎过度。

在范锦明对着邱晓豆，在吴坂沟的吴家渡渡口诉衷肠的时候，在汪欣原在家里的懒人沙发上，犒赏自己连看欧洲电影的时候，那份紧急呼吁刀下留人的内参，已经由报社内网，一一通过了《华夏都市报》编委们的法眼。全体编委形成的意见是，发中政委、省政法委，以及省委书记、市委书记。邱晓豆一出事，新闻人本能地警惕了。他们隐约感到了不同程度的不安，他们不约而同地嗅出了不祥气息。汪欣原的情绪又异常晦暗低落，要求内参一缓再缓，说他在补材料。老总决定开个碰头会。会上，汪欣原没有说出录音笔的事，尽管，在这帮老记者升级的编委面前，在他们精明过人的暗示性极强的推断氛围里，他几次想说录音笔，但是，还是咬牙忍住了。他不知道看不见的敌人在哪里守候着他，他没有把握消息不走漏。现在，他只信任他自己。但编委们要汪欣原给一个合理阐述。是的，大家想触摸一个真实的脉动。

汪欣原也没有什么更多的说法，表情依然沉闷沮丧。他坚持说，稍等一下，也许会有更好的猛料。

等多久？

我不知道……

朱老总果然猴精，散会时宣布：性命交关，按兵不动。关于内参，绝不能走漏信息！我不希望看到第二个意外事件发生！

平时和汪欣原关系很近的马副总在散会后，单独叫住汪欣原。

马副总目光灼灼：脸色像僵尸。到底为什么？

如果现在发了，我们赢的把握不大。而我的确可能变成邱晓豆。

你有证据证明小邱死于阴谋？

看你说的。电视剧啊！等我理清头绪了告诉你。——你那事，怎么样了？挽留不住？汪欣原说。

留不住。那家伙是她的高中初恋。准备拟协议,她要求孩子归她,之外她净身出户。

嘿,你当然搞不过初恋。

屁!是卖报纸的搞不过卖房子的!

这几个月,你他妈老把家仇、家恨都撒小编小记头上,上上周你还把邱晓豆骂哭了——现在你悔青肠子了吧?

我前天一夜没合眼,脑子里都是她鬼灵精的傻样。

所以,不要再随便骂干活的人啦,随时一个转身,都可能是永别。

汪欣原把自己关在屋子里,反反复复地听录音。他捕捉到了范锦明的一句话,当邱晓豆问他原件在哪时,他说的是——如果我出事,你去找汪欣原那混蛋。我跟他说过我可能把贵重物品托付的人。你就按我原话说,他一定明白。

汪欣原苦苦搜索了一下记忆,感觉并没有经历过这般郑重托付的时刻。和范锦明关系走得比较近的应该是一九九七、一九九八年,十多年前,至少七八年前,谁还记得你那么多破事?当时,范锦明才提拔进了分局政治处负责宣传口,经常拉着汪欣原和几家媒体同道。茶余酒后,也帮他策划了不少博人眼球的新闻,分局见报率挺高。两人那时经常一起喝喝酒、打打保龄球什么的,反正汪欣原跟着他,享受了不少免单福利。后来,汪欣原觉得此人内心油腻,太热衷向上爬，虚张声势，弄了两次假新闻，又推卸责任，过河拆桥，如此，也就渐渐疏远了。

那东西藏的地方我知道？该不是泡妞的胡说八道伎俩吧，显示自己有很多过命朋友？汪欣原怎么也猜不出：警官俱乐部的树洞？他家保险柜？妻子的鞋盒？小区中庭的老榕树下？家里的鱼缸？银行保管箱？好又多超市寄存柜？他父母家中……

想不出来。都没有特别的记忆划痕。但是，肯定有这份东西。而显然，那个对手，也在找这份原件，而动作比他凶猛迅疾。范锦明遗体还在告别进行中，他的老窝就被人抄了，东西被人找到了吗？得手了吗？如果真的得手了，是不是他就比较安全了？汪欣原突然跳起来，马上问那个最早通气的接处警，范锦明家入盗时间。再看鲍雪飞给自己的电话时间，汪欣原不由寒战暴起。入盗在先，电话在后。如果他的判断无误，范锦明的东西没有被人翻到，它还下落不明。正是这样，鲍雪飞威胁他：别管闲事！意外总是突如其来的，总是防不胜防——有道理啊！

是这样吗？我处于极度危险之中吗？！

那个晚上，汪欣原非常可笑地反复检查屋子里的门窗，他还把火车站派出所所长当年送他的一把没收的雕花柄短刀，放在了自己枕头底下。后来他又觉得，他这样百无一用的书生，有刀也未必能保卫自己，搞不好，他就死于自己这把刀下。人家甚至不用刀，灌他点高度酒，然后直接把他从阳台上扔下去，是不是更容易？这么想着，他忍不住到阳台看了看楼下，想象自己栽下去的位置。想的时候，还有点眩晕。七楼，肯定活不了。下面是个小药店和铁观音茶叶店，这样血肉模糊的，要害他们几天不能做生意了。汪欣原马上呸了自己一口，反对了这样的黑暗思绪。尸检单找不到，杀我也没有多大意思吧？他咕哝着，反锁好阳台，回到自己床上。枕着自己的短刀，他又想起录音笔里，范锦明对邱晓豆一字一句地说：如果我出事了，一定死于谋杀。思来想去，辗转难眠，汪欣原还是起来吃安眠药。汪欣原在吃安眠药的时候，忽然想，也许我也该留个言。于是，他趁着安定的药力没上，在手机和采访本上各留了一句：如果我遭遇意外，和范锦明、邱晓豆一样，肯定是鲍雪飞所为。他想了想，怕后人看不懂，又补了一句：因为顾小龙案件，隐藏了一份真实的《尸体检验报告》。范锦明藏的。我现在也没找到。写完一看，他觉得自己很悲壮呢。

在火葬场送别范锦明的时候，汪欣原没去。电台、电视台的同行几个还问他要不要一起去送送。他借故采访，推辞了，只让他们带了礼数去。他本来也不想去。范锦明爱死就死吧，他和他早已没有什么交情。他绝不可能为了这种寡淡关系，主动去招惹鲍雪飞及其手下注意，这不是自己往人家瞄准镜上靠吗？没必要。但是，即使他如此小心，人家还是盯住他了。

现在，可以信任的人，还有谁？汪欣原脑子里出现了好多个名字，包括刑警支队曹支，鼓楼分局的局长阿段，甚至包括市局局长宋元江。但是，他到底无法分辨是敌是友，鲍雪飞的能量场太大了，到底有多少人在她的能量场中，悠游生存；又有多少人受到她的荫蔽，利益与共？汪欣原实在不敢轻举妄动。

在听第三遍录音的时候，汪欣原终于把目标锁定为傅里安。

汪欣原同样不喜欢傅里安，但是，这个不喜欢，和对范锦明有不同。范锦明在他心目中，可恶如狗屎；傅里安在他心目中，可恶如疯子。对范锦明这类人，厌恶里面有蔑视；对于傅里安这种人，厌恶中的敬重你还过滤不掉，因为过滤不掉，他就更惹人生气。这个人的自我感觉好是骨子里透出来的，不像范锦明那么虚张声势。这种人一定认为，他感觉到的自己，就是外界应该呈现的、接受的。所以，面对外界，他毫不妥协、从不解释，非常执拗嚣张地活在愚蠢的自我坚持里。他被弄进疯人院，不管是否是阴谋，好像也是蛮顺民心、得民意的。

汪欣原在傅里安那里，吃瘪过两次。

一次是他买"世纪家园"的房子。这家房地产是外资背景。前一年的春天，他们董事长儿子被绑架，傅里安四天之内破案，成功解救了人质。而汪欣原为傅里安专案组做了个长篇通讯，极尽讴歌，还通过内勤弄到了他的帅照，傅里安获悉，火冒三丈地要汪欣原撤照片，说不只他，所有的刑警照片，都一律不许上！直接在大样上撤照片，等于报纸要开天窗，编辑部措手不及，怒发冲冠，一再退让，而傅里安竟然连侧面照都不给，寸步不让。就是要撤，稿子全他妈撤，老子不稀罕你的报道！汪欣原苦求傅里安给一张侧照，傅里安拒绝，最后他哄汪欣原说，以后我补偿你。好，一年后，汪欣原要买这个被绑架事主家开发的房产，听说"世纪家园"那董事长，就认傅里安警官。汪欣原也觉得有特别缘分，暗想傅里安出面，弄个优惠价毫无悬念。但是，他还没有说完请求，傅里安就说，我跟他没有私交！你找其他人！汪欣原瞠目结舌，咬牙切齿。后来还是通过其他人，但只申请了丁点小折扣。汪欣原大骂那个董事长人味淡，心里憋屈的还是来自傅里安的无情无义对他自尊心的伤害。

这之后，又有一个傅里安可以补偿汪欣原的机会，那就是他丈母娘的舅妈的什么拐弯亲戚，说是被误会为拐卖儿童团伙成员，给弄进去了。丈母娘发誓赌咒说是冤枉的，说那家老老小小都是老实本分人，非得让做记者的女婿去解释解释，把人弄出来。因为她经常向外人吹嘘自己的女婿是无冕之王，能力大得不得了，所以，丈母娘那情形也是箭在弦上。吹牛总是要付代价的。汪欣原百般不愿，迫于老婆压力，而且，孩子也确实都是岳父母在带，所以，他硬着头皮，打电话给了傅里安，语气非常客气，说是问问情况。没想到傅里安一听就吼：最他妈讨厌人贩子！卖淫嫖娼、小偷小摸都比这强！别跟我说这个！汪欣原无比难堪。合作多年，傅疯子一点兄弟情面都不讲。

汪欣原很清楚，很多人脉资源，就是因为采访而相遇，被采访人因为登了报纸、扩大了影响而感动、感激你，双方往往开始友好深刻的来往。但是,傅里安从来不尿这一壶。就像夜行兽,他讨厌抛头露面,也只有他,敢给媒体人没有修饰的臭脸,仿佛你挡了他的道。他甚至连报纸都不看,爱登不登。鲍雪飞就是另一种典型,无论个人宣传还是集体新闻,她都让办公室把它们一一剪贴下来,专门建档管理。有时还会在会议中,使用媒体报道材料,复印一下,人手一份,一起学习交流。汪欣原曾应她请求,送了她两大本报社记者专用的大"剪报本",供她贴报存档用。人贩子那事,最后,还是鲍雪飞出面解决了。冤倒不是很冤,但的确涉案不深,那拐弯舅舅,就是看人家拐卖儿童赚了不少,眼红着蠢蠢欲动了。说起来,也他妈是个马上要变坏的混账东西。

傅里安和鲍雪飞是旗帜分明的两个世界的人,但是,他疯了。

他在最关键的时候,居然废了。

汪欣原感到,既孤单又害怕。有天晚上,他居然梦到自己单刀赴会,主动找鲍雪飞聊天。他就是想看看,她对他到底怎么想的,在梦里他大喊大叫说,我也没有那份尸检报告单——穿着黑色皮裤的鲍雪飞,一脸蔑视,就像吹灭打火机火苗一样,她吹着手中的枪管。而窗口上,傅里安的身影在远去,他听不到汪欣原的哭喊。汪欣原觉得自己已经被杀……惊醒后,全身汗透,他不明白自己怎么会做这么荒唐的梦。天色大亮之后,他再度睡去。等彻底睡醒,梦境依然清晰可触。

他终于明白了自己深度的恐惧。

第二十三章

　　一个女人牵着一个七八岁的孩子，走在铸造铝厂小高炉的后门围墙外。这里堆满了工业垃圾，但工厂周围，贪图近道去农贸市场的人们，靠共同的懒惰意志，硬是在垃圾废料中，走出了一条土皮结实的小路。九月的烈日下，小路两边的工业垃圾，被炙烤出各种怪异的化工气息。

　　女人撑着暗青色遮阳伞，时不时呵斥奔出伞荫下的孩子，孩子一直反对母亲牵制着他的手，时不时扭身挣脱，似乎为各种工业废料所吸引。两个人就这样一路打打拽拽，穿过垃圾区、穿过停车场、穿过小邮局报刊亭，走进了顾小龙父母家所在的小区后门。

　　一进小区，孩子变得很安静，和母亲乖乖地走着。母亲像是要为孩子遮阳，一路都把遮阳伞打得很低，即使不是午睡时间，小区居民的眼睛，要看清这个女人的脸，也很难。顾家的门，敲了很久，才有人出来开门。年轻女人为自己拍门的声音而害怕，但是，她又鼓励自己说，午休时间，也许他们睡着了，再坚持一下。开门出来的是顾小石，顾小龙最小的弟弟。这个中学就辍学的孩子，目光僵硬，他不问找谁，也没有让客进屋的意思。就那么不出声地盯着来人，堵着门。女人说，你妈在吗？我有急事。

里屋有人声，颤悠悠的：谁来了？马上是一阵剧烈的咳嗽，那种咳得要喘不上气、听得要憋死人的声音。这声音就像一张破渔网，来访的小男孩眼睛立刻睁圆了，他紧紧握住母亲的手。因为是一楼，里面的光线昏暗，看不见咳嗽的人在哪个方位。母子俩磕磕绊绊小心翼翼地往里走。身后，顾小石"咣当"一声把门踢上，声音之重，让往屋里走的女人和小孩，都惊吓回头。屋子里弥漫着浓重的中药味，还有一种不知道是什么的酸溜溜的怪味，混在中药味里。小男孩打起了响亮的喷嚏。年轻的女人，把他揽进怀里。

顾小龙的母亲蜷在床上，那个姿势，可能是胃部还是腹部疼痛。这么热的天，她身上还盖着厚绒毯。

女人说，你病了？

顾母只问，什么事？完了又一阵咳喘，她似乎说不了更多话。

女人说，你以前到过我们家小店。求我们家作证……我丈夫病了，很……严重。

顾母把自己的眼睛闭上，她不让对方看到自己生气和不屑的眼光。那女人轻轻说，如果，他真的要死，他说，他一定要告诉你真话。

顾母猛然张大眼睛。

女人被她的灼灼目光所逼,回避着,低头看孩子。女人说,以前别人都不让他说,我们的店,后来也经常被小流氓骚扰,警察说……只要我们不瞎说,店——我们后来变成小超市了——就可以平安地开下去……你知道,那么大的投入,店又搬不走……我们也要过日子的……

……前天,我小姑子带一个大法师去看我丈夫。昨天,我们去替他放生了很多鱼、蛇,还有很多鸟。法师说,多做善事消业障。所以,我丈夫托我和孩子过来,跟你们说声:他没有办法。那天晚上,他看到的人,确实是个很矮的、一米六多个头的人。如果,那个时间里,那个屋子有人被杀,可能真的不是你家一米八的儿子。但是这个,到底怎么回事,他也不懂,总之,他是一个部队转业军人,这个目测,绝对不会错。可是,他们不让我们说,怕我们扰乱办案,我们也不知道……

顾母坐了起来,未语先来一阵爆咳。女人不敢去拍她的背,也怕脏,她无助地看着顾小石。顾小石无动于衷地盯着窗外,似乎根本没听到这一切。

……你不要告诉我!你们去告诉警察、法官呀……顾母又咳,她为自己的咳嗽恼怒,有气无力地使劲拍床,说,你告诉我们有什么用啊……顾母泪流满面,有什么用啊!女人嗫嚅说,警察不是不让我们说嘛,我今天来,也是冒了很大风险的,为了他爸的身体,为了我们家……我们孩子还这么小……

顾母抬起了头，皱巴巴的老脸中，射出的目光很尖锐：这样有什么用？你们要是跟警察说，这才是真正做了消灾的善事……这小孩的爸爸才会好起来……

男孩紧紧抱着母亲，这个阵势是有点少儿不宜。女人垂着脑袋，紧紧搂着男孩，低声说，怎么敢啊，他们说抓人就抓了。我们哪里敢。这一年多，我父亲身体也垮了，吓垮的，警察经常到我们店里去，提醒着好好过日子。我弟弟吓得已经跑南方打工去了。现在，孩子他爸已经非常虚弱了，他没有力气找警察说了，我更不敢去找那些人。今天来你这，我也很害怕，不知道有没有人跟着我，我还带着孩子，我丈夫说，要不你带着儿子，人家就会以为你去玩，不会怀疑你的……

那你想干什么啊！顾母问。

就是来说一句良心话……

有什么用啊，良心话！你说了，你好过了，我家还不是更难过了……顾母老泪横流，你这样没有帮到我儿子呀！走吧，走吧，你快走……你不帮小龙，你就走吧……

医生说，孩子他爸，也许就在这一个月……

顾母叹气着，又惹出呛咳，她拼命地拍床板，示意她滚。

那……女人说，我们走了，千万别说我来过啊……

顾母咳喘中，身体却像投掷标枪，她挣扎出声：……你们这样,再放生,有什么用……

女人前脚走,顾母后脚就让儿子打今红玉电话。

今红玉一接到顾小河的电话,马上就打傅里安的电话。怎么打,都是关机。今红玉咒骂着,赌气地要打通,但是,一整天,她都没有打通,一肚子倒攒满了丧心病狂的骂人话。其实那天机场一分手,她一度以为傅里安隔天,最多两三天后,一定会打她电话,告诉喜讯。那天,在机场咖啡座上,她不只感到傅里安对该案强悍的"射门"意识,她还感到一种男女交往彼此愉快的踏实。这种踏实,是衍生信赖、希望和美好的微妙土壤,她的女人直觉,也一度让自己对未来有了信心。她有把握地认为,傅里安看她的眼光里,开始闪烁着男人的包容和耐心。但是,令她挫败的是,傅里安没有一个电话!快两周了,他杳无音信,基本就是过河拆桥的态势。但拆就拆了,事情能做成也算是有了个交代,所以,一接到顾小河的电话,今红玉简直要喷鼻血。她太愤怒了:火急火燎追到机场的傅里安,居然这么久没有采取行动,完全是兴之所至的流氓做派。而老赵家的主动求原谅,是不是说明好消息的信号来了?人之将死,其言也善,果然。顾小河说,我妈说,还是你会办事,能不能我们一起再去病房一次?让他把良心话再亲口说一遍,我们再去告诉法官听。这样行不行?

今红玉说,他的证词要变成证据才有用。他愿意做证吗?

怎么也打不通傅里安电话的今红玉，万般无奈，打了汪欣原的电话。这一通电话，让今红玉如五雷轰顶，她呆若木鸡傻了很久，等她问明傅里安是在医院住院部被扭送精神病院的，她一下就明白怎么回事了。

今红玉连夜飞回老家。

是她害了傅里安。在飞机上，她一路沮丧，傅里安被她害惨了。不是汪欣原，她永远也想不到，傅里安的母亲本来就是精神病患者。傅里安本来就是不通人情的万人嫌，这个局面真是太匪夷所思、太被动了。今红玉又愁苦又冲动又悲愤，她觉得自己再不出手，顾小龙洗冤一事就彻底黄了，傅里安可能真的要在精神病院和他母亲一起终老了。电话里，她没有和汪欣原争论傅里安的正常与否。她从来就不信任汪欣原。她很清醒，傅里安绝对是因为她的线索，被人陷害的。她再笨、再外行，也感到了黑暗中对抗势力的可怕。但是，今红玉偏是个贱骨头，压力越大，她的反弹性就越好。有些人天生就该提防自己鱼死网破、同归于尽的冲动的。今红玉的犟劲爆发了，她豁出去了，回去！马上回去！刻不容缓！她甚至想，只要救出傅里安，她一定能在傅里安的帮助下，获得垂危老赵的完整证词。拿到证言，就能证明顾小龙不是真凶。

她充满行动力的想法，天真又简单。

买机票时，她就想到，有个高中同学好像在康宁做医生。当年，他考进中南大学湘雅医学院，还是有很多同学羡慕的，但听说毕业回来在康宁当了精神病医生,当时,很多同学一说起他,好像就是在说一个准神经病,大家有那么点恐惧和排斥之感。今红玉一下飞机就开始查找他,证实那个叫郝少贤的同学,果然还在康宁医院上班。今红玉一下飞机,就约他见面。

郝少贤看到今红玉显得有点腼腆,他干巴巴地微笑着,一口漂亮晃眼的白牙。眼睛因为不敢直视今红玉而一直斜视左右,看得出,他仍然和高中时期一样不善言辞,但同样看得出,对同学今红玉的友善与见面的喜悦掩饰不了。不过,今红玉一说傅里安,他就急速摇头了。他说知道那个发疯的警察,但他没有参与精神鉴定。他说他不是精神科住院医师,他只是负责青少年心理危机干预的,包括守护自杀热线那一块。他说,听说警察发疯那事比较麻烦,来龙去脉有点怪异。搞不清楚警方是不是为了逃避舆论谴责,保护警察,保护公安形象,而故意把人暂时弄进来的。因为,那警察已经把医院保安打成轻伤,已经够入刑了。不管怎样,反正,警方严令,不许任何人探视他。

你们专业人员,难道看不出正常人和非正常人的区别?

病人突发疾病,和正常人被视为精神病,那一瞬间没什么区别。甚至正常人更像疯子。情绪炸裂更加失控。

那你就能分辨了呀。

哎,这么说说而已了,哪有那么多假疯子送进来?郝少贤笑,不过其实,精神病人往往有特殊面部表情,他的眼神运动轨迹也和正常人不一样。国外这方面有很多研究文章……

带我去看看那人吧。求你！少贤。

绝对不行！而且他是颜主任的病人。

颜主任怎么了？

郝少贤像女人说闲话一样，捂盖着嘴巴，但是表情有些玩笑的意思，可见他自己也不相信。他说，有人说，颜自己就像个病人……

今红玉哈哈大笑。郝少贤受到鼓励，又悄声八卦了一句：那天鉴定完，听说他很得意地告诉护士，说，这个人，发疯是迟早的事！

为什么这么说？他认识那警察？

……我也不是太清楚，唉，反正挺复杂的。

好吧，不管怎样，你一定要带我去见他。我飞回来就是为了见他一眼，如果真是疯了，我马上飞走，不给你添任何麻烦。

他是你朋友？

是我朋友的最好朋友。

明天等我电话吧。

隔天上午，郝少贤带来了坏消息，说，非常难。那人是警方交送的特殊病人，单独隔离在强制病房，谁也不许见。公安强调，没有警方介绍信，任何人一律不得探视。不过，郝少贤也带来了好消息，说可以带她先去看望傅里安的母亲。他母亲的病房，就在傅里安的病房下一层。如果，她想见她朋友的母亲，他倒可以帮上一点忙。

今红玉隔天就提了一大兜水果，去康宁医院看望傅里安母亲。

穿着白大褂的郝少贤,陪她到住院部五楼。两人从住院大楼内部的中央楼梯拾级而上,每上去一层,楼梯口两边都是铁栅栏封死,要按电铃才有护士出来开小铁门。护士一见他们,笑了一下说郝医生啊,便开了门。傅里安的母亲在六人病房里,在窗户边专心致志地看自己的手掌。看到今红玉和郝少贤,脸上自然毫无表情,反正生病的人,一切反应都属于自然。护士把郝少贤手上的水果接了过去。郝少贤解释说,病人水果都是统一管理,他们想吃的话,护士会帮他们拿。今红玉看到傅里安的母亲,觉得她真是一个清秀整洁的老年女人,温温和和的,看上去像个幼儿园退休老师。今红玉把手轻轻放在她的肩头,老太太"咦"了一声,说,我的笛子呢?

随行的护士说,等联欢活动的时候,给你哈。

郝少贤低声对今红玉说,因为这种病人的特殊性,所以任何可能危害他们自身或伤害他人的物品,比如,刀、剪、绳子、皮带、玻璃杯、筷子等,都不得带入病房。

一个躺在床上的女人,突然跳起,扑到护士身边,手势激烈夸张,操着今红玉陌生的方言,看上去她好像在指责傅里安的母亲和另外一个女病人。女护士立刻把她拉到一边。今红玉趁乱对着郝少贤的耳朵:带我到楼上病区看一眼。就是参观一下,不说是看我朋友。

郝少贤后退一步,很为难。

求你。

不是……那医生……真的很难说话。

今红玉挨着老同学，用身子摇晃他的手臂。

郝少贤说，真的很突兀的，平时我和颜，没有往来。

我是你同学，顺道参观，每层都看。

郝少贤叹着气，往楼道外走。六层的结构和五层一样，中央楼梯上去，两边都是顶触天花板的铁栅栏门。秦护士一看郝少贤，直接就开了铁门，说，找颜主任？郝少贤说，他在吗？秦护士说，在办公室。来了新病人，被一大堆家属围在那。郝少贤说，那就不吵他了。这我同学，她父亲状况有点不太好，想过来看看环境。要不，我陪她走走吧。

好的。我也在忙。超级台风要来了，上面通知要加固玻璃窗。

郝少贤说，你忙，我带她转一圈就走。

强制隔离病房，门口并没有特殊标志。今红玉看见一个一米九的黑肤保安，在一个小铁栅栏门病房的门口，用两个硬币在无聊地夹拔胡子。看到郝少贤，他立刻站起来，笑得像个孩子：郝医生！谢谢你。我大舅子说，他女儿，吃了你的药，睡觉和心情，都变好很多很多了！

哦，那可能是她适应这种药。家里人不要给她压力啊。

她的忧郁病，不严重吧？

不严重，很多人产后都有不同程度的抑郁。

今红玉看到了铁门里的傅里安，她大吃一惊。

穿着病号服的傅里安，瘫坐在水泥地上，人瘦毛长，嘴角流涎。蓝灰色条纹的病号服前襟上，湿了一大块，看上去又皱又肮脏。

今红玉双眼圆睁，她没有想到傅里安真的是一副疯癫痴呆的模样。她差点就要崩溃了，傅里安突然对她眨了下单边眼睛，就像是瞄准射击的瞬间。这一瞬间太快了，今红玉有点怀疑自己眼花。她瞪着眼睛，把事先准备的字条团子，迟疑地试探性地丢了进去。傅里安立刻拿起，而且飞快地看了，随即把纸团揉进口袋。今红玉释然了，转而注意他看了字条的反应。字条上她写：证人老赵垂危！想说真话！我求助无门！今红玉紧张得咽干舌燥，她看着傅里安起身，晃到门边，声音很低：大后天。七日晚八点。鱼塘边围墙外。帮我备套便服。

那是台风"小碧"预计登陆日。今红玉呼吸急促、心跳如鼓，听到保安和郝少贤走近身后时，她慌忙跳步离开了强制病房门口。保安叉着腰，威猛地笑着：别怕，疯子出不来。

郝少贤一路送今红玉下楼，两人一起走出住院大楼。

也许轻松了，郝少贤的话多起来，他说很理解病人家属对自己亲友"精神病"的普遍性的否认态度。要他们承认自己的亲友的确是精神病病人，往往需要一段时间。很多家庭，已经弄到不可收拾，还是不愿接受事实。郝少贤说，对于我们专业人员而言，这种病，遗传率确实是比较高的。四楼高医生那有个病人，他们家三个孩子都是精神病，母亲跳楼，截瘫；两个孩子跳楼，又两个截瘫；现在住院的这个，也天天寻死。这一家人，实在太可怕太悲惨了。

郝少贤还说，出了个疯子，公安那边可能也不能接受。那保安刚刚就说，他们感到很丢脸，所以，一再要求严防死守，不许记者来，不许出任何差错。他们本来要派人专门看守的，实在没有人手，所以，要求保安重点防守，这是有额外津贴的，虽然只有一点点。

你说我朋友得罪过颜医生？

也是听说的，别当真。

怎么得罪的？

好像是……多年以前的事吧，那时，我和颜都在见习期。前段鉴定之后，听高主任他们几个又开始议论。

怎么得罪的？

颜的父亲，下海前，本来也是鼓楼分局的地段老警察，好像是你朋友执意开除的。公职没了。

这么狠？！为什么呀？

是啊。听说当时，颜求我们主任，主任——就是现在去美国深造的张主任——亲自去求情的。一个实习生，算面子很大，主任为他父亲求情，而那时，你朋友的母亲还在康宁住院。主任去求情的时候，说颜家子女多，妻子常年生病，就以家庭条件困难为理由，但是，没用。

会不会是单位的决定？

听说分局长已经同意从轻处理了，但是，你朋友虽是副职却很强势,说这败类一定要清掉,否则队伍没法带。

那肯定是事情严重。

大家听了都难以相信。好像是那个老警察,经常拿人家排骨、猪肚不付钱,一个新小贩子告了他。还有就是,他和另一个警察,下班后还穿着警服去抓赌、私分。嘘——颜不喜欢大家提这事。

呃……太可笑了,那个医生的父亲,也太恶劣了!活该!

可能家庭特别困难吧,自己又没有本事,混在底层,年纪也大了,只好做下作的捞钱勾当。

后来呢?

说是下海了,后来是脑出血还是中风,好像是死了吧。颜主任很努力,我们这一批,他是最早转主任医师的。只是这人不太合群。所以,接触比较少。

啊,明白了,我朋友惨了!

别这样想,毕竟是医生。医者,仁也。

他会死在这里。

第二十四章

汪欣原还是进了骆楚和的家。之前,他犹豫再三,踟蹰不定。目前,是非态度最明朗的人,无论公开还是私下,始终坚持顾小龙案是冤案的官员,就是骆楚和。骆楚和态度鲜明得都有点冒犯官规了。汪欣原不止一次,听到法官在私下嘲笑老骆:他一个重要部门、也算身居要职的官员,面对一个生效十多年的案子,他说冤案就冤案的?还讲不讲点法治了?再审程序还没有走,这样说话也太轻率了吧。

现在,汪欣原觉得,正是这样,老骆才是明显的同盟军。而骆楚和七年前在当中级人民法院副院长时,汪欣原写了很多关于法院系统队伍建设、执政为民的创新举措,很多报道还被《人民法院报》全国转发,两人一度关系不错。

位高权重的老骆,现在对汪欣原却不感兴趣。汪欣原说,一份内参,想先听听您的意见。

老骆在电话里一口回绝：该说的，我不是都说过了吗？不用看了！

汪欣原说，有些东西，现在，还不能体现在内参上，但我想跟您汇报。

两人关在老骆的书房。老骆的书橱没有多少书，看上去都是党政杂志。书桌上都是宣纸，写的是"难得糊涂""难得糊涂""难得糊涂""难得糊涂"。在桌上、单人沙发上、地上，东一张西一张，到处都是难看而气魄恢宏的"难得糊涂"的练字笔墨。两人隔着铺了书画毡子的练字书桌在聊。

空调温度开得很低，老骆抱怨说，这几天闷热得一丝风也没有！空调之外，到处就像烘干炉，简直要烘死人！

台风要来了嘛。双眼"小碧"已经在菲律宾以东洋面生成了，汪欣原说，再过几天，应该就凉快了。

老骆臭着一张脸，生着天气的闷气。

汪欣原用词谨慎地谈到了范锦明、邱晓豆的蹊跷车祸。看骆楚和不为所动，又更加谨慎地措辞，谈到了不翼而飞的《尸体检验报告》。一听这个，骆楚和把才咬了一口的西瓜，放下。

他说，谋杀？

汪欣原摇头：没有证据。

那你凭什么说……谋杀？

老大，我也不是这个意思……

那你什么意思？！

听说，事故鉴定警察在传，事故车刹车螺丝油管松脱。汪欣原还是没有说出录音笔。

什么意思？！

听懂行的人说，持扳手，只要五分钟，在轮胎内侧，就可以让刹车螺丝油管松脱。刹车失控，翻车。

那十多年前的那份尸检报告单呢？

还没找到。有人比我先动手，去抄了范的家。就在他火化那天。

抄家？

报案是入室盗窃。但我知道，是找那东西。

你有证据？

汪欣原摇头。

老骆说，这也没证据，那也找不到，你说这些个废话，有什么用？你一个字也不能写进内参里！

但它们都在，只是需要时间。需要能够推进操作的人。可是，现在，我根本分不清谁是敌人，谁是战友。你不知道谁是暗地里使绊子的人，你能分辨，并展开调查吗？

老骆拿起西瓜，重新吃起来。汪欣原看着他吼吼地吃。

吃瓜，吃瓜。老骆说。

汪欣原不吃，定睛盯着他吃。

老骆放下瓜皮，想说什么，还是又拿起一块瓜，又勾头吼吼地吃。

汪欣原有点沮丧，他想走了。老骆看穿他的失望，很不耐烦地说，吃嘛！

汪欣原还是站了起来。老骆抬起头，狠狠地一抹嘴巴：猜测有屁用，猜测不是证据！

汪欣原长长地叹了一口气。

这声叹气似乎激怒了老骆：小子！我告诉你，事情没有你们媒体鬼想象得那么凶险复杂，也没人真的敢杀你。这么说吧，不论是最高法院，还是公安部里、省厅，包括高院、高检有关人员，都在积极关注此案。市委书记洪峰，也不是你说的，想捂着家丑不外扬，好平安一任升迁。我们私下已经交换过几次意见，每一次的复查小组意见，他都亲自过问。前一段公安宋局也在，说顾母病了没钱住院。洪当场给了五千元，匿名给老人应急。当时，我们三人就凑了一万整数，也不敢说谁给的，一直辜负着顾家人，也是自感丢脸吧。你也别声张。反正，洪峰一直在努力推动再审启动。不过，反对的势力确实存在，包括省外，有些人还权高言重。这也正常，各人站位不同，法律认识不同，还有些人也许在维持原判中，能获得利益。但不管怎样，你要看人心中正的力量趋势。反正这事情，我有数。玩邪门的，赢不了！

你说谁？谁玩邪门？

老骆说，昨天，陈书伟突然打了我的电话，气息微弱。他说，也许那案子,他真的办错了。

汪欣原坐下。

他什么意思?

不知道。他没有多说。

是不是他也听说,你要调任高院院长的事,来和你示好?

扯淡。刚才就跟你说了,这是没影子的传说。我真要过去,他也没必要跟我示好。

可是,他在媒体面前都公开批评你,说你在顾小龙案上没有回避。

对,因为,我也多次骂他,该回避的不回避。

他倒是真应该回避的,他是主办法官,是利害关系人啊。

不说这个了。我告诉你,他的病情很糟,拖不了多久了。他很清楚,不管我在哪里,他都不必向我示好。过去他不这样,现在他更没必要这样。凭良心说,这个混蛋,不仅业务强,心气也高,有点臭骨气。

前年,鲍雪飞的儿子,被某省省长选为"驸马",那场跨省婚宴,听说就只有你和傅里安拒绝参加?

哪里轮得到他?老骆狠狠地擤了下鼻涕,一个小小分局长。

他们师姐师弟,私交很好。

屁。对她来说,有用的才好!

那你为什么不去?

懒得凑那个趣！我当时正好心脏不舒服，血糖也很糟。

傅局到底是怎么回事？

神经病有什么可说的。

真是精神病吗？

遗传病。鉴定报告，白纸黑字。他母亲最近也疯得厉害，住院前天天半夜吹笛子，尖溜溜的笛声，搞得我们整个楼都无法睡觉，所有的人，上班上学都头昏脑涨。她还到小区幼儿园门口吹，老师和家长联名要求把她送治，避免吓着孩子。说还有几个小学生，和她很熟，她还教他们吹笛子。结果，那几个孩子的父母，听说后都快吓疯了。

哈，把笛子藏起来嘛。

藏起来更疯。所以，公安那边工会只好把她送进去了。

有人说傅局是被人害进去的……有这可能吗？

哼，我不知道！但依我看，这家伙，基本就是神经病！

真是遗传啊？

疑神疑鬼的，你自己去看看他咯。记者嘛，没有禁区。

我们跑热线的记者，当天就过去了，一律不让见。不过，我后来听熟悉的医生说，傅局偏执人格肯定是跑不了的，有奇怪的精神洁癖——他用的词我忘了，反正就是异于常人的那种。

汪欣原开始吃西瓜，一块又一块。

老骆说，你吃干净点好不好，那么多红瓤你就扔了！

汪欣原说，这块吃了我就走了。

你们先把那个内参递上。我觉得思路很好，可以给洪峰一个推进的抓手。

唔，如果我死了，你会不会给我搞个见义勇为奖什么的？

给你弄个烈士当当吧。

那邱晓豆是先烈啊。我们结伴加入，算有个伴。

死了再说吧。

我死完了，你又高就到省高院，谁给我颁奖？

呸，政法委什么时候缺过颁奖人？

哎，见义勇为的奖金太少了！我上次报道过，省见义勇为奖金多少年没提高过了。你在位也不赶紧批示批示，让他们提高一些嘛，不然我死了都不放心，我妈、我老婆、我儿子……

滚！赶紧滚吧！——擦干净你的乌鸦嘴！

第二十五章

陈书伟不是平白无故地打了对手老骆的示弱电话。这和曹大勇有关。

不知什么时候开始，曹大勇发现，自己已经不能在文件和报纸上看到"鲍雪飞"三个字，一看到这三个字，烧灼感就扑心而来，又有点像少年时看电影紧张的微战栗。这是旁边人看不出来的身不由己的战栗。在市局，凡是要和她相遇的可能，他都会尽力回避或取消。同为迷雾的清扫者，不论是科班训练还是职业浸淫，透视现象，剥攫本质，彼此都有接近本能的超人反应。正如，曹支可以在没有明确证据支持的情况下，接收到鲍雪飞对他的试探与不信任，反过来，鲍雪飞也一样，在没有明确证据的前提下，直觉到曹支散发出的威胁感，或者说不安全感。鲍雪飞是个敢不按牌理出牌的人，无论做人做事，她的想象力和决断力同样迅猛。被她盯上的人或事，通常很难摆脱她的控制和缠绕。那天，在肿瘤医院住院部，曹支的突然出现,她一眼就肯定他和傅里安是一伙的,但是,曹支地瓜一样的憨厚笨拙的脸,成功地粉饰了他临时急就的谎言。来看望陈书伟?鲍雪飞一听之后,也感到顺耳,但之后,她很快就抽丝出不信任感。就像哪痛偏要揉,因为不踏实,她又差人招了曹大勇一次饭局。在系统内,能进鲍雪飞的饭局,是令很多同行炫耀的事。但曹支说和外地来的同学已约在渡口吃鱼。鲍雪飞亲自打电话,说,连你同学一起叫上!曹说,不方便啊,还有同学父母。鲍雪飞说,那你饭后就直接到"才子佳人"来唱歌。曹支说,好,没问题!但临了,曹支打来电话说,同学海鲜过敏,正在医院紧急脱敏处理,过不去了。

哪个医院?

西郊二院。

打电话前,曹支就想好了这个对话。

他还预备了鲍雪飞的继续追问:哪个医生?

陈鑫。

也许他太对答如流了。鲍雪飞没再追打,骂了一句:死远点!就挂了电话。

曹支再次来到医院陈书伟的病房,是距离超级双眼台风"小碧"登陆的五六天前。他早就想和陈书伟聊一聊,可是,一想到陈书伟的病,立刻去意寡淡,但还是想和他聊。终于在双眼台风"小碧"来的前几天,他打了陈书伟家里的电话。陈书伟的手机已经关机很久了。他女儿接起电话，知道是曹支，便低声说，我爸在医院，情况不太好，转移到了肝脏、淋巴，开始腹水了……

难怪陈书伟痛恨探视。一见到陈书伟，曹大勇的后背，刀锋划过似的猛然一凛，他被惊骇到了：陈书伟已经完全脱形，那面容简直就像是骷髅蒙了层皮，凹陷的两腮，放进两颗鹌鹑蛋都未必能平复。这样的探视太残酷，伤人自尊。五个月前，在复核小组协调会上，他虽然瘦，但还基本有形，现在这个枯萎模样，若半夜惊见，无异于与厉鬼邂逅。这样的感觉，简直让曹大勇觉得，就是傅里安的一话筒把陈书伟砸成了骷髅。据说上次住院的时候，虽然胃痛着，他还招过两次与他有关的、具体承办案子的同事，到医院去讨论案件；而这次入院，他女儿说，连一本书都没有带。他不再过问工作、案件的任何事，脾气和疼痛一样暴涨。止疼药能够缓解疼痛，却没有缓解他日益阴郁的神情。陈书伟基本是沉默的，他阴沉地、孤寂地准备迎接死亡。他女儿原本以为父亲会拒绝曹叔叔探视，但是，很意外地，陈书伟说，请他来。

曹大勇比陈书伟小两岁。二十世纪八十年代中期，他们算是同学。当时，政法系统向社会招考一大批干部，简称"招干"。考进去后，有过一个为期四个月的培训班，当时曹大勇和陈书伟同住。虽然都是高中毕业生，但是，陈书伟书不离手，言谈举止间很有点鹤立鸡群的遗世感。曹大勇也能感到陈书伟的不屑众人的倨傲，甚至对他本人的轻视，但是，来自普通工人家庭的曹大勇，尽管自尊心强,但因为自己怕读书,反而特别敬畏亲近书本的人,所以对室友的眼界、知识面和骄傲姿态,统统有钦佩心,凡事也就比较照顾陈书伟。这一批"招干"进来的人,十几年后,在公检法司各自有了大小地盘,都有了自己搜入社会大小权力之后带来的关系与人脉,在政法界,也算有了点中流砥柱的意思。但是,陈书伟和大家一直来往不多,一张脸永远不热不冷的。有点芝麻绿豆大的事拜托他,那张不冷不热的脸,常常还变得死样怪气,所以,各种范围的聚会,不一定有陈书伟。因为不一定有人想到他,想到了,他也未必给人家面子。但是,曹大勇和陈书伟,这么多年里,基本还算是维持着"黄埔军校"的同室之情。根本的原因,应该是谁也没有麻烦过谁,算是"无用"的纯洁友情。

曹大勇进去时,陈书伟的太太正在套间病房的厅口和医生讨论肝腹水的放液量问题。他们声音很轻。

在第一医院肿瘤病房里,在那个厅级干部的单身病房里,曹大勇终于说了自己全部想说的东西。其间,陈书伟再次要求医生使用了止疼药。

曹大勇说,十多年前夏天的那个傍晚,一个女人在自己家被人掐死。有人目击,一个小个子的男人,从凶杀屋出来,时间点正好是《新闻联播》开始时。目击者正是因为《新闻联播》要开始而告辞主人的,在他去公共厕所的路上,看到了有人从凶杀屋出来,骑车离去。十多年后,一个系列强奸杀人案犯,主动供述,他在那个地点，强奸杀人。离去时，听到了《新闻联播》的电视声。这个人，身高一米六五。目击者和自供真凶，至少在"时间""地点""身高"上形成一致。

曹大勇说完，看着陈书伟。

陈书伟的骷髅脸没有转向曹支，他闭着眼睛。从他的反应上看，曹大勇认为他不是第一次接触这个信息。曹大勇接着说，据我了解，这个目击者，在当年报纸披露警方神速破案后，曾主动积极地找到警方，述说自己的目击线索。但是，他被告知闭嘴，随后遭遇不同程度的威胁。

甘文义身高是一米六多？陈书伟像是问曹支，也像是问自己的记忆。

曹大勇点头：时间点也是吻合的。

不过，即使这样，这也不是直接证据。可能正好有个小个子在那个时间点因故出现在那。甘文义自供的强奸，包括他说射精完成，可是，当年在被害人的阴道里，并没有检出精斑。陈书伟目光忽然倔强起来，我记得很清楚，当时，我阅卷发现，主卷副卷都没有附上关于被害人阴道的《尸体检验报告》，我让书记员催讨，你们那边回复说，什么也没有检出。我非常生气，说，什么也没有也是报告结果！你们必须出具报告！

曹大勇没有跟着陈书伟的思路走，他说，那个目击者是个退伍军人，视力正常偏优。当年，他被警方以扰乱侦办工作赶出，并要求闭嘴；现在，在甘文义自认真凶后，这家人的电话，被监听了。

陈书伟睁大眼睛。曹大勇点头。

确定？

曹大勇闭了下眼睛，再点头。

陈书伟一阵狂咳，惊动了外厅里的妻子。妻子进来熟练而紧急地递上纸巾，曹大勇看到，陈书伟吐出来的痰，带着血，红色透过了纸巾。曹大勇有点难受，正好看到陈书伟妻子略含责怪的目光。曹有点不安，陈书伟却恢复了若无其事的状态，说：

……监听？！

曹大勇看了陈妻一眼，迟疑着。陈书伟示意妻子出去。

曹支也连忙表态：我马上就走！妻子出去后，陈书伟示意曹大勇快说。

偷偷上了技侦手段。对有些人而言，此信息高危，必须监控屏蔽。

这……难以置信……

前一阵子，一个警察和一个记者在吴坂沟翻车，双双死亡。我让交警事故科的兄弟悄悄彻查了那辆车，那车的刹车螺丝是松动的——也就是说，死因可能不是酒驾，而是刹车制动失灵，是人为破坏。这个警察，你也认识，范锦明，十多年前，他就是这个案子的法医——被你追讨尸检报告的人。

陈书伟坐直了。

曹大勇说，傅里安被关进康宁医院的那天，就是在你们肿瘤医院门口发疯的。有人给了他线索，他是过来找那个目击者的。我们约好，我会后即到，但是，我来得太晚了。

陈书伟又一阵干咳，说，你为什么不直接上报，公开查证？！

曹大勇摇头：现在，分不清谁是敌人，谁是朋友。轻举妄动，怕适得其反。最关键的是，我们没有拿到有力的证据，而我们一直在别人的枪眼注视下，他们在暗处。都在传，她的势力通天，"厚积薄发"根本不是市里省厅能阻挡的。

窗外，暴雨如注。因为病房里都开着日光灯条，没有人发现外面已经天昏地暗，风狂雨骤。

陈书伟说，那个目击者，你刚才说——他又住院了？

对。直肠癌肝转移，四期。

病房在哪？

隔壁楼，普通病房，三〇八。曹大勇说，自从他住院化疗，说是常有人关心他、监守他。其实，即使医院到家宅都无人监控，那一家人也非常精明，非常胆小。他们拒绝说真话。所有的外围接触，都失败了。

陈书伟缓缓从床上起身，他下了床。曹大勇以为他要去洗手间，伸手扶他，他却去拿外套。曹大勇迟疑地帮着他把鞋套好。陈书伟说，走吧，下去看看。那个人。

书伟……你这样行吗？！

越不行就越要抓紧。此时此刻，天时地利，趁止疼药还顶得住。

……不会吧，兄弟？万一打草惊蛇，你还治不治病了？

总不至于把我也弄进精神病院吧。我这个样子，谁还奈何得了我？陈书伟居然笑了一下，笑容凄惨却透着莫名的从容。赶紧吧，他和我一样，都他妈是朝不保夕了。

普通病房是个六层楼高的石砌大楼。法官的妻子、医生的阻挡，都是对的，尽管从连廊走，淋不到雨，可是，对一个四肢乏力的垂危病人，在风雨飘摇中，步行上三楼，确实是一个艰难之旅。陈书伟不许妻子跟随，说十分钟就回。妻子心疼着，又在丈夫的固执行为中，仿佛看到生命的复苏与希望。当然是自欺欺人，但她还是放行了。

穿过黑雨飘淋的连廊，曹大勇搀扶着陈书伟慢慢行至普通病房楼前。可能是雨夜，整个一楼寂静无人地散发出消毒药水的味道，一楼中央，一个拿着红色塑料头梳的女人，站在楼梯口，自己和自己进行着绘声绘色的激烈对话。警官和法官互看一眼，他们都想到了傅里安，但都没有说。从中央楼梯上去，二楼，陈书伟示意休息。曹大勇不无担忧地看着他。陈书伟靠着墙，咧了咧嘴，用手指了一下医务人员的墙上照片。他指的是一个面容姣好的女医生，由此，曹大勇推断他刚才的咧嘴，是表示微笑。他是在告诉他，不用担心，我还有领略生活美好的能力。但是，这个笑容，在一张骷髅般的脸上，古怪而狰狞。曹大勇觉得陈书伟可能会倒下，陈书伟却示意继续上楼，忽然地，他膝盖一软，曹大勇连忙托住他枯瘦的身子，但曹大勇听到的急促惨叫，却是陈书伟已经抓住不锈钢扶栏而发出的。他触电般地缩手，随之瘫在曹大勇怀里。曹看着陈书伟闭目了好一会儿，一头雾水，他有点怀疑不锈钢扶栏漏电。陈书伟无力地摇头，说，针扎一样，化疗的人，碰不了冰的、金属的东西。

窗外的大雨，又黑又沉。头发掉光的老赵，靠躺在窗边的位置，紧紧皱着眉头。他的脸部同样枯萎性地瘦削，腿部却肿胀如桶，皮肤又薄又亮。他皱着眉头，是烦躁隔壁床的一个卖水产的病人，反复纠缠医生，追问他的化疗为什么没有反应。病房里四个人，每个都在呕吐难受，为什么唯独他没有反应，是不是给他用的是假药？！

医生根本不理他，该干吗就干吗，然后转身就走。肿瘤科的医生，脾气都是这么大，看他们那一张张脸，好像是病人抱病合伙打劫了他们，每个医生的脸上，总是不高兴。所以，凡是有力气、有住房的病人，都是化疗点滴完，就赶紧溜出医院，奔回家去，或者去其他什么安乐些的地方。老赵本来也是这样，但是，在第四次化疗后发现肝转移，他知道，他明显地感受到，不单单他自己的信心坍塌了，他的家人，他的妻子、岳母，尤其是老岳丈，对他的康复信念，也统统垮掉了。老岳丈甚至公开抱怨，抱怨他多管闲事，惹得一家不得安宁，这是指，十多年前他狗拿耗子踊跃做证留下的祸根。老岳丈不止一次指桑骂槐地批评所有爱出风头的人——没有好下场!

老赵就不爱回家了。妻子、儿子，因为小舅子远走他乡，便一直住在岳父岳母家，帮助打点超市。老赵不回家，一是感到自己被嫌弃。他不好意思住岳父母的家，自己的家又空无一人，他照顾不了自己。二是，明显的体力日益不支。妻子能给他送饭，或者让超市小弟轮流来送饭，已经是洪福齐天了。

从第二次化疗开始，老赵就感到自己的脚趾、指端、舌尖开始发麻，后来麻到喉咙，他告诉妻子他不能吃带刺的鱼，因为，他喉咙没有了感觉。妻子皱起的眉头里，既愁苦又厌恶：你不吃鱼，吃什么?!岳母也指责他娇气，自己惯自己，浪费了那么贵的鱼。妻子显然也看腻了他的呕吐。这样的结果，就是什么鱼也不给做了。鳖也有骨头。

现在是鼻尖、大腿根都在发麻。老赵还发现，如果他太激动、太愤怒，喉咙的麻感就会突然强烈，引发剧烈呕吐。那天，慈宁寺癌友会成员到达病房，慰问病人、拥抱癌友们时，老赵一下没控制住自己，在广普法师的拥抱中，失声痛哭，后果就是，他吐了广普法师和旁边一位抗癌奶奶一身。

所以，他必须尽量控制好自己的情绪。也所以，他选择住医院是对的。即使有时彻夜难眠，想儿子，想妻子，他也会马上控制自己的思绪。老赵求生的欲望很强，陈书伟和曹大勇摸进他病房的时候，他正在小心翼翼地跟护士提意见：

这些药不是都要避光保存吗？既然连滴管上都包着黑色胶布，那你要包完整啊，现在你看，起码漏光了三厘米。

护士没有搭理他，兀自专注地弹出滴管中的空气，然后把它固定在计时器盒子中。老赵尽量平静友好地说，这一滴，可是比茅台酒还贵啊！透光了我不是白滴了？你还是包严密嘛，不然影响疗效啊。

护士狠狠白了他一眼：——不影响！

护士转身出去了。

陈书伟和曹大勇进去的时候，看到的正是光头老赵想哭而隐忍的艰难表情。

老赵一看到曹大勇的警官证，眼泪就挂下来了：消业障了！消业障了！你们是来消我业障的！是来救我的！当年我要是勇敢一点、狠一点，坚持说真话，老天爷肯定不会让我生这场病吧！它怎么还能让我这样胆小糊涂的人，娶妻生子、一路发财、事事顺利？一条命啊！一定是老天爷看不过去了啊，可我还不知道啊，还执迷不悟啊。你不知道，本来，不管是本地医生还是上海医生、北京医生，他们本来都说我的病并不严重，不过是轻度嘛，为什么还会这样越来越糟糕，我吃了多少进口药啊……我是业障太重了……

老赵呜呜地哭。很快，他捂住自己的嘴巴。

老赵的业障哭诉，让恶疾在身的陈书伟也心有戚戚，百味杂陈。

曹大勇警惕地转头四顾，有两次还到病房门口左顾右看。

呜咽的老赵，从枕头芯里抖抖索索地掏出了一张纸，递给了曹大勇。知道吗，我把这事一写出来的第二天，好消息就来了。隔壁床病人的探视亲友，说，电台里有个好消息：我这种直肠癌肝转移四期，有救了！你知道，全世界，所有的癌症四期都是没救的，但是，北京大学肿瘤医院肝胆胰外一科，已经救活了好几百个我这样的病人，他们都活过了五年！老赵突然把自己的嘴紧紧捂住，惨白的头皮上，青筋暴起。陈书伟一看就明白，他是想吐，他在克制呕吐感。

曹大勇拿着那张纸，看了一眼，马上给了陈书伟。陈书伟看到上面的字不多，但是，写得很清楚：

一九九六年六月十一日那天傍晚，在铸造铝厂门口的旧铁路矮平房里，有一个小个子（目测有我肩膀高）出来，骑上自行车走了。那时，《新闻联播》刚开始不久。

赵利民

签名旁边，还有墨水涂黑按下的两个大拇指手印。

情绪的波动，让陈书伟感到也有点反胃感，他咬紧牙关，大气不出。他闭紧眼睛，不看老赵对抗自己的呕吐潮。曹大勇看出了两个人的异常，他也不敢造次。他静默地看着陈书伟缓过劲后，碰触着老赵的肩膀，问，你说的都是真话吗？

老赵凄凉一笑：都到了这个时候了，说假话干屁呀！现在，我一想到我儿子就忍不住掉眼泪，我又想他又不敢看到他……你说，我也没干过多大的坏事，是你们不让我说啊，又不是我不肯说。我不是爱出风头，更不是故意要破坏你们办案。我只知道，当时我看到的人，就那样啊。所以，老天把杀错人的坏结果，让我一个人承担，这个，对我，实在太严重了……呜呜……

嗯……别哭了。陈书伟又说，谁不让你说真话呢？

……我也不清楚，都说是办案人员，都是便衣，都有证件——像他一样。个个在威胁我，让我不要胡说八道、扰乱案件侦办。他们到我家，到这个病房，说是问候我、关心我，送水果、点心，临走，总是叫我保重身体，保重家人身体，保护好儿子。他们的意思我懂啊。他们一走，我心里就发毛，晚上老做噩梦，我儿子死了，被人丢井里了，在铁轨上捡到他剩一半的身子了，被人放澡盆里淹死了……我岳父岳母家的客厅沙发下，那天，我儿子捡玩具球，突然发现一个奇怪东西，我岳父拿到电器城问，人家说，这是监听器啊……怎么会这样呢……怎么可以这样呢？我一个小百姓……我岳父很生气，怪我不死，全家不得安宁……

第二十六章

似乎是老天提前的歉意，每一次台风暴虐前，基本都会让备受蹂躏的土地与人们，享受一两个惊世旷美的夕阳天，仿佛想稍微安抚一下即将受刑的心，所以，那两天也很像刑前的美丽饕餮。

整个天空，从双眼台风"小碧"来的前两三天，就开始在落日前，尽情铺展惊艳的"反暮光"。地平线上，无数的放射状的光芒，流光溢彩竞泻长天：绛蓝色、绛紫色、香槟色、橙色、白金色，一直反射到天顶再收敛于东方，而且，往往还会层次组合：低层悬停的是灰白水墨画；水墨画之后，套着瑰丽的油画，浓墨重彩，绚丽魔幻；灰白水墨画和彩色画之间，多维立体，层次分明。这就是要在台风暴虐前，一展最后的美丽与温柔。准备好了吗？之后，黑云暴雨恶风，天地倒转万物颠沛。

在摄影记者往编辑部狂发台风"反暮光"旷世盛颜时，汪欣原一直寡言消沉。范锦明死后，他几乎每天夜里都接到莫名其妙的电话,尤其是下半夜。电话响了几声,接起,就没有声音;查那号,是公用IC卡电话打出的。记者电话是二十四小时不关机的,而这电话一接,汪欣原心头就发紧。他苦苦找不出破局的办法。很显然,只有找到那张尸检报告单——没有这张好牌,他怎么也打不过鲍雪飞。内参也许能够促进顾小龙冤案的平反,但绝对打不死鲍雪飞。反过来,内参只会让鲍雪飞知道对手的决绝,刺激她更急着下毒手。

尽管汪欣原心虚,但内参还是发出了。报社就像在海面放出了一艘纸船,满载信息,驶向未来。对不可知的海面而言,这艘纸船确实显得勇敢决绝。这是编委会最后的讨论决定,有编委事后说,是鲍雪飞本人触发了这个发射装置,居然给老总下马威了,偏偏《华夏都市报》朱老总不吃这一套。据说那日,鲍雪飞恭请朱总吃"蔡公公宫廷私房菜",完了还配套督脉梳理及足部保健(朱总特别好足浴那一口)。酒席间氛围都保持着云淡风柔,在各色段子中,众人夹叙夹议着国事家事单位事,谈笑风生中人人充满对生活的热爱。其间,有个分局治安还是政治部门的什么警察,八卦起全国记者被捕的事非常生动有趣,某某地记者嫖娼案发,某地新闻勒索记者铁窗痛悔啊。那个八卦警察说得眉飞色舞,朱老总也笑呵呵地听,即使鲍雪飞转问朱总:作为无冕之王的王,你怎么看啊?朱老总还是没有生气,悠悠然地调侃了一句:是啊,螳螂捕蝉,黄雀在后。事毕,夜深,鲍雪飞执意送老朱回家,没想到刚进北城门,鲍雪飞突然来了一句:老朱,告诉汪记——再瞎写,我把他弄进去!

什么?！朱总说。

告诉他！再瞎干，我让他进去！

停车！朱总说。鲍雪飞不知道老朱已恼，靠边停车。老朱一开车门就跨了出去，再一个转身，气焰嚣张：

——你抓汪记！抓汪记的那天，就是你进去的那天！

老朱重摔车门，扬长而去。

车门摔得狠，就像酒后暴徒，摔得鲍雪飞脸上肌肉横跳。怪只怪她不自量力，虎口捻须。老朱什么人?！除了上级（惹得起的还不算），其他人只有顺毛摸的分。老朱心情好了，什么都祥和。他这辈子，最听不得的就是那些屁也不是的人，对他一个名震东南的媒体大拿，指手画脚威胁利诱。鲍雪飞算是什么东西?！一个小小的公安局副局长，一个口碑狼藉的母老虎，吃了你几口饭，你他妈就跟我敲山震虎？抓我的人?！耍流氓不看对象，竟敢耍到我头上？

——试试?！

老朱回家就决定发出内参。谁都看得出，汪欣原心思满腹，还有隐约闪烁的后缩感，可是谁也猜不透究竟，只知道这小子近来有点窝囊相。而汪欣原为求自保，对谁也不敢透露录音笔的秘密。他只信任他自己。不过，内参发出后，老朱似乎也有点懊悔，隔天叫住汪欣原说，时机不太好哦。现在，省里、市里都不会那么快有反应，因为，上上下下都在部署抗击超级台风"小碧"。我们要有耐心。但你要随时准备更深入的材料。

汪欣原说，早知这样，为什么不让我再改改，至少等"小碧"之后再发？

老总说，大雪压青松，青松挺且直。

汪欣原说，屁啦。

老总骂：创伤性综合征。我看你台风过后，应该去康宁医院开点药。

——给假！我真去！

汪欣原知道自己在纠结什么。内参发出，发酵生效期一到，他就会处于更危险的境地，而能使他摆脱危险境地的，肯定是范锦明的那份《尸体检验报告》。他必须找出那份该死的东西，否则，哪怕邱晓豆的录音永远秘不示人，他都在对手的瞄准镜内。

可是，那份东西，到底在哪？

预报说，"小碧"凌晨三四点在围殿口、环青礁一带登陆。虽然每次都说台风可能正面袭击本地，但每次台风过境后，都知道每次都基本防卫过当了，可是，谁也没有勇气用大题小做来替代小题大做。眼下，这个双眼"小碧"也早被气象记者描绘得三十年一遇，凶悍异常，还恰逢天文大潮。在台风登陆前一天，超市、街头小菜市、农贸市场里的青菜被人们洗劫式地抢购，蜡烛、手电筒、收音机、储水用具，再度旺销。不坐班的职业特性，让汪欣原被老婆指挥了两次超市购物。就是在超市，提着一大把蜡烛的汪欣原，突然接到了缉毒支队内勤娟子的电话：

来不来？今晚有猛料！

今晚台风登陆啊！你们要干吗？

绝对劲爆！曹支客串，亲自坐镇。

透露点？

想害死我啊！你要害怕，我通知别家。

嗜，别！哪家写得过我？别气我了。

对嘛！我们梁副说，你来了，其他媒体就可以不用请了。台风天，记者来多了，也危险。

汪欣原带了新徒弟小马，去了缉毒支队梁副支队长的临时办公室——就是村委会的一个洋得土气的村委会会议室。都是便衣，梁副和曹大勇在小声嘀咕什么，看上去，曹支的地瓜大脸，依然是一脸不高兴。曹支，是鲍雪飞从重案支队临时调配过来支持缉毒支队的，缉毒队周支队长在北京学习。缉毒大队升级为支队前，曹大勇确实指挥缉毒大队侦破了多起贩毒大案要案，经验丰富。眼下，曹支被调用，这个案件的重要性，可见一斑。临时征用的曹大勇，就成了"9·12"贩毒案专案组组长。汪欣原进去时，曹大勇不过是斜睨了一眼，表示打了招呼。汪欣原也不在意。实际上，他也知道，很多警察，都认为汪欣原是鲍雪飞的好朋友。甚至有基层小警察，在进步机会来临时，打来亲热电话，又要请饭，又要泡脚，最后就是要求汪欣原帮他们到鲍局面前说点好话。曹大勇应该慧眼过人，但是，他冒险给了汪欣原《偿命申请书》，至今，也没有看见汪欣原出了什么大稿。所以，曹支不信任汪欣原，也是有依据的。

这个时候，汪欣原还是一如正常采访状态。

梁副看上去因为志在必得而踌躇满志。毒枭孙猴子，今晚要玩完了。孙猴子一直是让警方头痛的毒贩子。起码四次，他在缉毒警察的眼皮底下，安然脱身。此人毕业于北京名校，一度和台湾人走得很近。在台湾人制造冰毒的玫瑰园别墅里，因为尝试成品时，出现幻觉，台湾人彼此开枪，一死一伤。伤者供述孙猴子也在场，他也是合伙人。但是，那天晚上，孙猴子就是不见影踪。警方调取小区监控，看到有疑似孙猴子的人进出，但他穿着连帽冲锋衣，识别度很差。而孙猴子本人矢口否认，而且有不在场的证据。

后来，孙猴子开始在隔省的丙西州活动，那里是老区，不少人在偷偷种植罂粟，种植、买卖、贩运也日渐活跃。尽管多次线人来报，孙猴子在交易。但是，警察屡屡扑空。因为，孙猴子每次交易，都是人货分离，他只负责谈判和收款，整个过程绝对不接触货物，来来去去一身清白。一旦谈妥，他的"小弟"们会根据指示，将货物放置在安全地点或交给下家。所以，孙猴子一个电话，手下"小弟"就可能昼夜驰骋千里之外，完成交易的最后环节。

孙猴子也是聪明反被聪明误，他把一桩年度最大的买卖，选在了台风登陆天。他算准的就是狂风暴雨中的天下大乱，警方将捉襟见肘，顾此失彼。台风前两天，线报孙猴子已经频繁活动。汪欣原随警采访的时候，缉毒警察已经布控在孙猴子住地、会所，守候了两天一夜。按情报分析，今天夜里，这起近百万的交易就要完成。因为孙猴子太狡诈了，鲍雪飞才建议曹支亲自坐镇指挥。令他们困惑的是，他们布控的"小弟"根本没出窝，孙猴子似乎也一直按兵不动，一切都很平静。谁能料到，当孙猴子的信号再度出现时，他已经在五六百里之外的丙西州返泷的路上。这就是曹大勇臭着地瓜脸的原因。负责蹲守的两名警察，被曹支差点骂哭。但好在，其他环节没有变形，一切依然在控制之中，现在，就等着台风天亲自押货的孙猴子，进入法网了。

这个时候，天空已铺展出台风前夕最磅礴壮丽的"反暮光"，而此时，汪欣原还是没有被灵感光顾。一个便衣，提进了两大袋子的肉包和矿泉水，吆喝大家快吃饱，台风登陆了，可能啥也买不到了。

梁副大口吃着包子，呜咽似的说，这次，再让孙猴子跑了，我他妈去市局大会议室狗爬三圈！

就在这时，汪欣原的脑子突然亮了，比西天最耀眼的白金色还亮，他一下子站了起来——沙僧！沙僧！范锦明的"沙僧"！

范锦明这辈子，最对不住的人，就是他前妻沙美丽，"沙僧"就是范锦明给老婆起的外号。沙美丽的父母，给了女儿一个戏谑性的名字，长相普通的女孩，比比皆是，但"沙僧"不知为何，却遗传了老沙的络腮胡子，光线合适的时候，范锦明说他简直想给老婆送剃须刀。但是，"沙僧"是好女人，死心塌地地爱护他。老沙家一家人都好，家境贫苦的范锦明，实际是靠老沙家的猪肉，完成大学学业的,而且,"沙僧"勤快,烧一手好菜,从来视范锦明为皇上,虽然奴婢"沙僧"脾气不好,但是,一内疚就很淫荡,范锦明是享受过美好人生的。当年订婚时,范锦明说,大家都说,他是一朵鲜花插牛粪上了,从来"好汉娶丑妻,赖汉娶花枝"。而大学归来的范锦明,没有变成陈世美,还是娶了沙美丽,亲朋好友都觉得范锦明这人忠义,人品可靠,对得住沙家的付出。没想到,范锦明的关卡来自鲍雪飞。那时候的小范,青春结实,姿容俊逸。离婚的时候,据说,"沙僧"提刀要杀小范。这一节,是范锦明亲口告诉汪欣原的:我跪在她面前,帮她把刀往我身上捅,鲜血染红了衬衫,我用力要帮她杀了我。她狠狠踢开我,丢下刀,抱住我痛哭。那个时候,范锦明把自己的离婚描绘得悲壮无奈。他抱怨说,"沙僧"脾气太凶悍、性欲太强悍。汪欣原记得说到这里的时候,两人都轻浮地哈哈大笑。但范锦明最后说,现在我身边这个女人,虽然比"沙僧"年轻漂亮,但是,我不信任她。说真的,如果"沙僧"病重,缺钱,我可能也会给她。但如果我病了,她绝对会屁颠屁颠来照顾我,你不信?我只要勾一下小指头,绝对!她就像狗一样地扑过来。之后,范锦明说了一句:不管我之后有多少女人,只有她,是我最安心的人。老弟,将来,我有什么需要托付的,只有"沙僧"。只有这个女人!

曹大勇看到了汪欣原突然呆若木鸡的神态。

两人对望着。汪欣原借了一个警察的电话,走出屋子。"反暮光"的花样天空,已经开始褪色,斑斓锦绣的彩画,正在加入水墨画大军，并渐次沉沦于乌云布控的苍穹，随之崛起的是劲风，越来越遒劲的大风，正在成为天地间的悍然主角。根据监控，孙猴子正风驰电掣自西部扑来。预计孙猴子在"小碧"登陆前三小时，也就是四小时后，能够抵达，抵达狂风深处苦苦守候他的缉毒警察身边。

天基本黑了。汪欣原终于辗转拿到了"沙僧"的电话。但是，她的电话一直转短信。这期间，阵风越来越猛，塑料袋、纸皮、泡沫箱等轻物品，早已满空长飞，略重的、无根的物品，比如窗台上的拖把、花钵、外墙贴片，也开始横空飞落，甚至扎在地下的广告箱、灯柱、电话亭、树木，也开始摇晃，甚至楼房都越来越显得招架吃力。全市公安已经把休假警察、武警、消防、边防、辅警，全员投入，奔忙于全市的险路、险桥、易滑坡、易坍塌路段、隧道等。由于道路吃紧，曹大勇被迫把几个派出所调用的地段警察，都还给了派出所去抗击台风，留下的全是缉毒刑警。

"沙僧"终于回了电话，粗声大气地连吼：谁？！什么事？

借汪欣原电话的刑警，被她吼得莫名其妙，也恶狠狠地骂：神经病！鬼上身了？！汪欣原连忙抢过电话。幸而"沙僧"还认识他，但也没好气：快说快说！我家养猪场快被淹啦！赶着救猪！

移步到僻静处，汪欣原说，范锦明是不是有东西托付给你？

没有！找姓皮的那妖精去！我不知道！

沙姐，这非常重要！

……

沙姐?

……

他生前告诉过我,他这辈子最信任的人,只有你!

……

沙姐,你在听吗?

——呸!都是什么东西!

汪欣原明白了,这也是骂他。汪欣原尴尬地咳嗽了一声:

沙姐,范哥最后的留言,是让我来找你……他也许是被人害了。

……

似乎有抑制的低微饮泣声。

汪欣原试探地:沙姐?

……

沙美丽再开腔,声音已恢复了正常,沉郁有力:你想干什么?!

我想为他讨说法。

跟女记者混到死,有什么好说法?!

不!姐,那是我们报社派的工作。与他的死有关!本来那天死的可能是我!

"沙僧"沉默。

姐,找你,是范哥的最后留言……

沙美丽吸鼻子的动静之后,声音再度传来:

……去年年底,肯定是元旦前,他找我,我正好去汀云看我父亲，他随后也赶来了，带了很多礼物。临别，他在带来的进口水果的果篮里，抽出一个带锁的保险盒，一本杂志大小。他让我收好，说是重要文件，他是要我帮他保存的。我父亲以为是值钱物品，怕我进城路上丢失，要我放汀云老家，就是养殖场这里了，这里一直有我的房间……

我马上过来！

改天吧，人手太紧，天也黑了，雨又大，工人都跑了，这么多猪要往山上赶！

你家在汀云水库附近？

就汀云村啊，水库边。

赶紧搬家！汪欣原连声大喊，水库要开闸放水，汀云村低洼地，肯定要被淹！

……真放水？！"沙僧"破口大骂，果然是这样！光要我们搬迁，又不说具体原因。工人都差不多跑光了，现在才说！这两百多头猪要做泡菜啊！！

放不放水，还在讨论中，所以，你家先搬细软贵重物品吧！——我马上到！姐，你帮我赶紧确认那东西还在不在，会不会被淹到？！

一个破盒子！猪重要，还是那破盒子重要？！

都重要！那是范锦明的命！

姓范的在我眼里，还不如一头猪！

姐！我懂！猪命关天，人命也关天！我马上到！

第二十七章

台风前整整两天,康宁精神疾病治疗中心的工人和医务人员都在忙碌中。今天,根据"小碧"的移动风速、风向,康宁医院已经启动《防台防汛应急预案》和《紧急重大事故处理应急预案》。手电筒、安全帽、雨衣、高筒雨靴都被找出来;两个电工在火急火燎地调试自备的发电机;门诊大楼和住院部六层病房的所有玻璃,都被米字胶条加固了。这是八年前超大台风的血泪经验教训。当时,医院规模比现在小得多,但是,一间病房的窗玻璃被狂风撕破后,病人立刻在病房内,挥舞玻璃片,闻风起舞。有个把自己新命名为"台风"的家伙,把包括自己在内的同病房的所有病友,全部划伤,整个病房,鲜血飞溅,最后连医务人员与保安,也难敌英勇病人,彼此付出了血泪代价。

秦黎护士长最后一眼看到病人傅里安,是工人去他的强制病房贴固定胶条的时候。当时,她和工人是突然进去的,她再次看到傅里安的眼神。但是傅里安马上闭目，保持蜷缩在床的姿势。和每日一样，病床上，傅里安的枕头湿漉漉的一片恶心。这是氯氮平的正常流涎反应；傅里安迟滞倦怠、木讷，面容僵硬，和治疗中的病人，没有差别。但是，近二十年的职业生涯，让秦黎多次为傅里安的眼神感到困惑，尽管那种眼神转瞬即逝。它是不符合她书本与经验描绘的病人眼神的，它呈现的，或者说，它闪现的，不是凌乱或自成凌乱系统的内部世界，它连接着强大的正常感知。当然，你不能否认，不少病人面容也呈现出天降大任的、火炬般的灼灼理性之光华。这也正是六病区主任颜永辉对护士长疑惑的有力反驳。按颜主任的判断，傅里安不是没有病，恰恰是病得很重。

上午给药的时候，傅里安迟钝机械地张大嘴巴，秦黎眼珠不错地盯着他。傅里安闭眼，喝水后，他没有马上张嘴，秦黎在他肩头一击。傅里安立刻张大嘴巴，并主动翘舌供察。药吞下去了。他一直没有睁开眼睛。

下午两点，加固窗户的工人，不愿进入强制病房，不愿面对危险病人，非要保安陪同才行。当时，因为三楼病区女病人泼开水，伤及医生脖颈，颜永辉带着保安赶到三楼病区救场。一直说，不要给病房病人太烫的开水，但是台风前夕，兵荒马乱，一个新护工忘记叮嘱，把没有降温的开水，送进了病房。病人非常聪明，马上利用了这个天赐良机，向医生护士宣战。

在这种情况下，秦黎带着两个工人进入了傅里安的强制单独病房,这就是秦黎看到傅里安的最后一眼。他蜷缩在床板上,可能是太热,被单被他踢在地上,枕头像花卷那样皱在他脖子下,一口痰还是浓稠的口涎,在嘴边的枕头上亮着。工人很嫌厌地说,不然,还是先把他绑起来?

秦黎说,不要惹他。这人越绑越闹腾。你们加紧!动作快点!

秦黎看着咸鱼一样的傅里安,后退两步,呼吸着门边的新鲜空气,还是觉得傅里安酸臭难当。这两天备战台风,护工没时间组织病人轮批洗浴,病人汗臭胡须乱在所难免。工人也以粗鲁响亮的鼻息,表示对恶臭的嫌弃厌恨。六楼病房,已经能听到楼道狼嗥似的风声。这是台风"小碧"的先头部队,阵风已经达到六级。风声呼号中,傅里安突然蹬直了两脚。一个面对他贴米字护窗胶条的工人,立刻紧张地盯着傅里安。秦黎看到了地上,工人肮脏的帆布包里的工具刀。她过去捡了起来,示意工人收好。她就是感觉有点莫名的不安。窗外,尤其是阵风呼啸着揪耳而过,让她总是感觉台风是一座巨大的活物。普通的风,都是无机的,来去无心。台风就不一样,它是五脏俱全有头有脑的,只是它体量太庞大了,你看不全它的头尾,但是,它是有心机、有谋略的,它是活的。

床上,闭着眼睛的傅里安,脑子里比大海洋面上的台风移速还快。据早上电台的台风预报信息,双眼台风"小碧"已经合二为一,预计是翌日凌晨三四点登陆。气象部门科普,如果双眼台风,坚持大小眼,可能势力彼此削弱,但一眼吃了另一眼,台风强度则将大大增强。台风登陆,正常情况下,整个公安系统将非常忙乱。证人老赵所在的第一医院,也会启动抗台防涝应急机制,兵荒马乱,这是接触证人的最好机会,但他们也可能被医院像防御台风那样,堵在外面,尤其是台风临近的话。所以,今红玉不能来太晚。但傅里安心里没底,不知那个今红玉是否会如约而来。如果八点接上头,从这里到市区第一医院,正常是四十分钟的车程,台风天,可能会更慢,那么,第一医院的探视可能进行困难。今红玉会不会忘记约定?证人是不是愿意出证词?曹大勇的电话号码还是没有想起来,能向谁安全讨要?傅里安脑子里乱云横飞。天渐渐黑了,雨忽下忽停,虽然雨势不大,但乌云翻滚中,后劲强悍。傅里安不得不考虑自己单独出逃后,如何有效行动。到了医院地盘,万一不顺,护士长前妻,会不会助其一臂之力?

　　天黑得比平时早。大个子保安,不知道是不是到哪里应急,门外的椅子一直是空的,过道里的医护人员个个行色匆匆。两个估计从来没有见过台风的外地女实习生,嗷嗷叫地交流亢奋。傅里安是在《新闻联播》前开始行动的。一切都是计划好的。他把床单撕下一尺宽的条幅,像戴红领巾一样,把相邻的两根窗户护栏的不锈钢条围捆上,扎死。之后,他把木方凳的一条腿拆下,将木腿插入两根窗条之间的床单圈中,然后用扎入的木腿,使劲扭转捆绑着不锈钢条的床单,越绞越紧,转着、转着,钢条渐渐互相挨近,而旁边的不锈钢条距便拉开了。傅里安绞到够自己身子出去的宽度,越出了窗护栏。临行,他再次洒了些水在枕头上。他带上凳子腿,预计还要破除天台通往楼梯的铁门锁。爬出窗沿,他攀跃上顶楼。天台狂风劲猛,他在趔趄中,看到了人影。傅里安伏下身子。没想到,顶楼居然有好几个戴着安全帽的工人,三个在天台楼正面的医院大招牌下,忙着加固还是拆卸什么;另外一个,背对着傅里安,也就是侧对着天台中央、火柴盒似的楼梯间,他对着电话哇啦哇啦地跺脚喊叫什么。两支强光手电的余光,能照到躺在天台上的巨大的电话号码牌,不知是刚拆下,还是要再加固。看来,今天的楼梯间不会上锁,是通畅的。傅里安扔下凳子腿,脱去了病号条纹服,只穿短裤。他瞅准那对着电话猛烈吼叫的工人的一个转身,迅速蹿进了那个火柴盒的楼梯屋。在楼梯口,傅里安随手捡起一个黄色施工帽,又捡戴了一只肮脏的胶面手套,然后,他抱起楼梯口的一个大编织袋(装着尼龙绳和破毡布),经昏暗的楼梯,飞步下楼。在三楼的时候,主任医生颜永辉看到戴着黄色施工帽的傅里安,急步而下。一名实习生说了一句:师傅们简直要全裸着抗台风啦。颜永辉又抬眼看了傅里安赤裸的背影一眼,两名同样戴施工帽的工人,抬着氧气瓶上来。颜主任电话响了,他漠然地看着傅里安渐渐矮下楼梯的背影,对着电话在怒吼:不是手电筒!是应急灯!六病区的应急灯都坏了!光有电筒怎么行?!急诊科是要保障,但我们病区的安全要不要保障?!高危的强制病人,出了事,谁负责?!

傅里安一路顺溜下了六楼。一出大楼,迎面的豪雨疾风,几乎让他站不稳。那个黄色的施工帽，趔趄中转眼被吹飞。正是因为它无法扣死，才被工人弃用的。傅里安摸了摸自己的脑袋，不过，既然到了楼下，也不需要什么帽子了。暴雨中，傅里安直接往没有保安亭的西头狂奔。跑过羽毛球场，穿过寂静鱼塘，他直奔西头围墙。这里本来是一片露天停车场，现在只停着一辆破旧的救护车，看来医院已经把车辆都藏到地下车库了。围墙还是比傅里安想象的高，傅里安在暴雨中，终于找到了一棵歪向围墙的树。雨水湿透的树身，还真是不好爬，傅里安两次滑下来。等他终于通过大树爬上围墙时，才看到山下，已经暴雨连天，市中心一带，反射着藏红色的微弱的都市之光。"小碧"才是序幕刚起，一座城池，似乎已经奄奄一息、招架不住了。

围墙外，桃树林边，傅里安看到十米外一辆汽车在黑暗中打着双闪，心里一阵欣喜暖和。他小心用手臂吊着围墙，再稳稳跳下。被医院没收了鞋带的黑皮鞋，灌满了水，很难走，刚才爬树，也是因为这个皮鞋，很不得力。但他不敢丢弃，这个他有经验，台风天，到时会满地玻璃碴子，黑暗的地面，还有各种危险的锋利尖锐物，随时随地可伤及脚掌。

傅里安走向那双闪灯中的汽车。

第二十八章

今红玉为三天后的约定，紧张亢奋了至少两天。当然，她只知道去疯人院捞人的刺激，完全想不到，到锤子山麓桃园边接逃跑的疯子，只是艰难一夜的轻松开始。按照傅里安的叮嘱，她一回去就在柜子里翻到了哥哥丢在家中的无袖篮球服，大哥一米八多点，但是这运动服款长而松，短裤也是松松垮垮的大，看上去比大哥更高大一些的傅里安，应该能穿得下。她还准备了雨衣、手电筒、两个大面包，一纸桶快餐鸡块，四听啤酒。她自己觉得很完美。

七日，台风登陆日的上午到下午，今红玉守着电视，收看台风前站的各类信息。母亲和大哥跟左邻右舍一样，在慌忙抢购台风期蜡烛、收音机、方便面等急用品，以及灾后蔬菜、水果。窗外，阵阵呼啸狂风，如一列列无形的火车在横空飞撞。高处往下看，大树和小树一样猛烈扭转枝条，仿佛在和大地进行悲怆的、哭天抢地的诀别。今红玉感受着这台风前奏的紧促，心头阵阵鹿撞。傍晚，阳台上,漫天铺洒的"反暮光"红蓝相扯,发亮如丝缎。她能想到的都是美好与新奇。"反暮光"映衬着她情绪的闪亮与亢奋。饭前,二哥还陪她在阳台上,一起眺望了一眼西山射向苍穹的绸缎般的晚霞。二哥在数天空里折扇扇骨般的一条一条绛蓝色、桃红色、金白色的丝帛,说,起码七条!这就是台母——大台风的预兆。看到台母,不用听天气预报,都知道是超大台风。干脆你别去了。

今红玉沉浸在自己的世界里。末了,二哥又来了一句:路上小心点啊!可别让倒树砸坏我的车啊!

今红玉仰天呆望,没有理睬二哥的小气絮叨。

母亲在厨房里喊准备吃饭了。她还是想再看几眼漫天绸缎般的惊美丝光。大地阵风劲呼,在由西地平线射往东方的磅礴的光芒里,没来由地,她看到了白老板、傅里安、志祥哥的影子。她第一次感到在他们身影里,都有让她莫名心安的或类似心安的联想:礁石?一堵墙?泉眼?大柱子?老树桩……狂风刮不走。她理不出头绪,但知道这里弥漫着某种熟悉的感觉,她眷恋不舍地想象即将来临的黑暗与疯狂,没来由地,她忽然担心,这一切都是不真实的,也许,傅里安就是一个疯子,他不过是随便来了一句疯言疯语,她就很可笑地当真了。

银灰色丝缎正在悄悄替代绛蓝色与粉色的丝缎云霞。"反暮光"开始缓缓谢幕。

去不去?赴不赴约?一下子成了她彷徨不安的疑惑。这是前两天，兴致勃勃做行动准备中，从来没有出现的心理。二哥小气鬼的叮嘱，她根本不往心里去，不就一个破二手车嘛。事实上，关于行动的危险，她也根本没有想象力。也许是她太珍爱今晚的计划了，爱惜过头了，以致怀疑它不是真的。

饭后，惊人魂魄的"反暮光"，早已别去。滚滚乌云，在低垂的天空狼奔豕突，仿佛是天太矮了，远看战乱般的流云，爆破性地在冲撞高楼、碾压大桥。这样的天气去接人，母亲嘀嘀咕咕地一再反对，但没有用。四十分钟后，今红玉到达东郊锤子山麓的康宁精神病院大门外。行至半山，大雨已经开始下了。车辆一路蜿蜒，两边茂密的桃林，在狂风中汹涌如海、起伏连天，行驶在汹涌的桃林夹道中，今红玉觉得好像行走在大海的波涛深处。她一路曲折小心地开到医院大门口，然后绕着围墙开始寻找傅里安说的西头鱼塘。在围墙外，鬼知道鱼塘在里面的哪里。今红玉兜来转去，最后拦问了一个顶风赶路的摩托男。男人心不在焉地指了指西面所在，旋即消失在风中。今红玉只好把车停在男人所指的西边等候，打着双闪灯。

傅里安出现的时候，雨忽然大了。今红玉没有看到他跳下围墙，只看到一个几近赤裸的男人，在暴雨中，步伐怪异地往汽车而来。看出是傅里安，今红玉一下子泪水盈眶。她也不知道为什么。

傅里安直接走到驾座，一把拉开车门，说，我开。

亮灯的时候，傅里安一脸杂乱虬结的胡须和赤裸的上身，令今红玉瞠目，觉得三天前他脸上还没有这么葳蕤的胡须。今红玉从车内把自己挪到副驾座。傅里安说，到后排。衣服给我。

跨到后座，今红玉把塑料袋给他。傅里安把双闪灯关闭，他没有马上启动。开门车灯自然熄灭后，车子沦于死黑之中，今红玉听到前排塑料袋在"沙咔沙咔"响。她知道他在穿衣服，怕他摸黑穿不利索，抬手就为他按开了后门灯。傅里安一声大吼：喂？！

今红玉惊得看他：驾座上，全身赤裸的人，湿短裤正脱了一半。今红玉连忙按灯，慌乱中又按开了灯一次，再赶紧按掉。傅里安似乎比前次曝光镇静些了，只低声咒骂了一句：我操！窸窸窣窣响过，今红玉听到他摇下窗玻璃，又重重摇上。之后又一阵塑料袋"咔咔"响。今红玉讪讪地按着头上的棒球帽，咳嗽两声，说，突然的少儿不宜，但也没什么吓人啦，警察也不都是人傻枪多嘛。

迟钝的傅里安，开了好几米，才觉得她的话挺好笑的，不由咧嘴，但在伸手不见五指的黑暗中，谁也看不见。而随着汽车发动，车灯再次亮起，今红玉看出，他是丢出了自己的所有衣服，也就是那条湿短裤吧。即使这样，在封闭的车厢里，今红玉还是闻到了不太好闻的酸臭气味，难怪他要统统扔掉。回想到他骤然暴裸在车灯下的样子，今红玉忽然心跳如鼓，是要承认，那是一个有爆发力的好看身体。

傅里安打开电台：

……市气象台上午九时的红色四级台风警报,在今天下午三时已经升级为黑色五级台风警报。预计超强台风"小碧"将于八日凌晨三时许,正面登陆我市。今天上午八时,洪峰书记和四套班子齐聚市防汛防台指挥部,召开第三次台风紧急会议。他要求全市各级各部门,彻底丢掉侥幸心理,立足预防"小碧"正面登陆,以防强风、防强降雨、防天文大潮为要点,以不死人、少损失为总目标……会后,四套班子领导,兵分十二路……狂风猎猎,巨浪滔滔……

车子在新闻播报中,在密集的雨幕中穿行,即使是盘山下公路,傅里安的速度也非常快,仿佛后有追兵。直到山脚三岔路口,他才把车靠边,熄火。

你穿什么鞋?傅里安说。

啊?球鞋啊。

你把两根鞋带都拆下来,用刀或牙齿,分成四段,一人一半。傅里安把自己的皮鞋递给后座,接过皮鞋的今红玉,一下子没反应过来。傅里安说,先穿右鞋给我。炸鸡也给我吧,我闻到了。

到这个时候,今红玉已经完全确定,傅里安是个再正常不过的人。

傅里安啃着鸡腿,他在矿泉水和啤酒间,犹豫了一下,还是选择了啤酒。傅里安换了电台,警方传真:

……我市公安集结全市民警、武警、消防、边防、协警进入战时模式。民警们冒雨上路,加强了我市险路、险桥、易滑坡、易坍塌路段、隧道、涵洞、低洼地的再巡查。警方表示,将适时对五桥三隧实施交通严控或全面封闭……

今红玉开着后车灯,把自己的一根球鞋带,一分为二,小心穿进了傅里安的警用皮鞋鞋带孔中。傅里安试了试,扎紧。说,很结实、很好。谢谢你来救我。

我不是来救你的。我在救我朋友。

嗯,好。谢谢顾小龙。

你的鞋带呢?

被没收了。

啊?哦。今红玉说,和监狱一样,没收一切危险用品?

手别停。尽早灭灯!

今红玉直接按掉了灯:那我的不系了。

赶紧系!——想活命的话!

雨似乎小了,雨刮器缓慢下来,风却更猛了。傅里安速度依然很快。他说,你有没有那个记者汪欣原的电话?

嗯?我找找。

向他要市刑警支队长的电话。就说曹支的电话。

傅里安把电台声音调小:

据气象部门预测，今年第九号双眼台风"小碧"变为单眼台风后，风力更强。"小碧"登陆后，将正面袭击我市。今晚我市三千多民警、四千多辅治力量，将枕戈待旦……副市长、公安局局长宋元江在市局第一会议室，召开紧急专题会议，传达省委常委、市委书记洪峰书记关于……宋元江表示：险情就是命令！全警立即进入备战状态，启动公安机关应急预案，加强社会巡逻防控，严格落实领导值班带班制度……

今红玉一直打电话，都在占线。傅里安拧着眉头。很多警察的电话，尤其是刑警负责人的电话往往都是好记的号码。可是，有了手机通信录以后，呈现的都是名字，反而记不住原号码了。有几个人是记住的，比如闻里分局的张副局长、齐政委等，但是，傅里安不敢轻易打电话。像翠岗分局刑警大队队长施牧笛，他和傅里安不仅是同门师兄弟关系，还经常一起玩健身、户外运动，算是趣味相投，施牧笛人前人后，经常舌战群儒维护傅里安。但是，甘文义案发后，他和傅里安关系交恶。当时，专案组让翠岗分局送一份有关甘文义四年前在翠岗采石场强奸杀人搜集的作案人检材，他们居然送来了不是甘文义的检材，后来承认是原物丢了。傅里安当场大怒，说丢了已经罪不可赦，居然还胡乱凑数，胆大妄为至极！傅里安坚决建议严惩那现场勘验警察，处分施牧笛。据说，还是鲍雪飞为施牧笛说了好话。所以，还是那个问题，平时多行不善的傅里安，更分不清谁是敌人，谁是盟军，谁是鲍雪飞的人。

电话终于通了，今红玉脱口而出：傅局在我这！他不是疯子！

汪欣原大喊：在哪！你们在哪？快来！我的车被树干砸中了！我的腿抽不出！

傅里安一把夺过电话：曹支电话给我！

汪欣原喊：我在污水处理厂后山，去汀云水库的小路！

电话快发我！

傅里安把电话给今红玉。汪欣原在里面喊：傅局！我困在车里！快来救我！

今红玉按了扬声器，她不由也跟着汪欣原的音量大喊：我们要去医院！那病人要说真话！很急！

汪欣原喊：他死了！已经死啦！快来！我有猛料！

扬声器里，傅里安再次听到汪欣原的叫喊：先会合我！我有傅局要的猛料！快点！跟我去！非常紧急！

傅里安掉转车头，往污水处理厂方向疾驰而去。

汪欣原犯了致命的错误。

在他联系沙美丽的时候，还记得拿别人的手机，预防监听，可是，在大树压顶之际，他完全乱了。现在还只是台风的先遣部队，但人迹罕至的小路，已经有两棵老树在阵风中倒下。汪欣原从抗台防涝指挥部采访的同事那里获悉汀云水库放水的可能性极大时，决定从小路赶往汀云村。这将节省三分之一多的路程。没想到才走到半道，一棵近脸盆粗的枯树倒了下来。因为是下坡，汪欣原刹不住车，后来又猛踩油门，想加速通过倒树空间，结果，还是被砸个正着。引擎盖塌了一大半，他的右脚被压住了，若不是他下意识躲缩，脑袋肯定受伤。现在，汪欣原不是担心"尸检报告"被淹，他估摸这山洪欲发的气势，自己的小命可能先被淹没在这寂静偏僻的小路上：出师未捷身先死啊。汪欣原打了110求助电话，打了报社同事电话，直到手机电池告警，他依然没有等到援兵。全市，已经在狂风里乱象纷呈。救助力量在混乱中疲于奔命，只能顾此失彼了。汪欣原开始感到腿部发麻，疼痛感正在被麻胀感取代。今红玉的电话突入，简直就像救命稻草。汪欣原不知道，这一通电话，把他和傅里安都带入了巨大的麻烦中。

第二十九章

作为一个作风顽强、骁勇善战的女警察，鲍雪飞的直觉还是迟钝了。这么多年来，她早就该领悟，风，一直是她的警示性存在。顾小龙行刑时的莫名狂风，已经给了她最鲜明的态度，但是，鲍雪飞还是迟钝而自大，一意孤行。超强台风"小碧"，也同样不能及时唤醒鲍雪飞的不安与警惕。

七日，台风日一大早，鲍雪飞的儿子打来长途电话：

超强台风啊，妈你小心点啊。

鲍雪飞当时感到心头一阵温热，本来她一直觉得这儿子像他父亲，可以几个月没有一个电话，打他电话，第一句总是：有事吗？鲍雪飞说，没事就不能打了？！儿子就说，我很好啊！我没事！鲍雪飞怒骂：你他妈就不能问问我有没有事吗？！儿子便讪讪支吾。鲍雪飞认定儿子是个情感淡薄的人。没想到关键时候，这一句台风问候，还真是温暖人心。结了婚，到底有了更多感情表达磨炼。但没想到，儿子三句话后，她就开始明白，儿子的关心，只是个来电由头而已，他是来抱怨宣泄的：

高梦佳什么玩意！昨天又到桌球俱乐部发飙！一个和我打球的女孩，球杆都被她折断了！——这婚，我是离定了！

鲍雪飞气急攻心。宝贝独子受这个委屈，当妈的感同身受。但是，鲍雪飞不是简单的家庭妇女。她甚至笑了一声，她想用这个笑，把儿子媳妇的恶斗，定性成儿戏。鲍雪飞说，女孩子吃醋，是因为心里有你。而且，他们全家爱屋及乌，都把你当成珍宝，女婿半子，你别身在福中不知福……

呸！儿子呸得很轻柔，小幅荡秋千一样，他毕竟还是畏惧母亲的，妈，她不是心里有我，而是心里有我的大牢笼！他们全家都是我的大牢笼！一个女人，无才、无貌，又无德，凭什么天天欺负男人？！

呸！鲍雪飞呸声洪亮，凭你妈一人养你！无依无靠！凭人家位高权重！四处资源！凭你一个做事业的男人需要好风上青云！你他妈的又不是近亲结婚脑瘫儿！用点人脑子想事好不好？！他们家看上你，是你的福气，多少人做梦都想攀上这样的亲家，你知不知道？！

谁爱攀谁攀！就这样一个垃圾女人，别说一个破省长，就他妈是总统女儿，老子也不要！——妈，这次我真不能再听你的了！这是我自己的幸福人生！

混账东西！简直比你爹还蠢！一个男人，他的价值舞台，是大社会！所有的女人、家庭，不过是男人路过的加油站！你他妈靠着老娘给你一个好外表，混到了这么好的加油站，一个可以给飞机加油的地方！操他妈你不知道赶紧借枝高飞——飞高了，什么风景没有？！昂？！我告诉你，蒋励！再这样鼠目寸光，就别再跟老娘打电话！

我就是一辆破自行车！什么加油站我都不需要！

去死吧你！

鲍雪飞摔了手机。

她以为儿子会再打过来求和，和过去一样，但是，儿子没有。混蛋东西长大了、长横了。这个从小就没有脑子的家伙，最擅长的事，就是向妈妈认错求和。情绪风暴过去的鲍雪飞，往往在儿子求和的时候，也会柔肠万千，抱紧可怜的儿子，又摸又亲。但是，之后，一切又回到老模式。高中时就一米八多的男孩，依然不是被她捆掌、踢腿，就是泼水推打。直到大学回来，快一米九的儿子，站在门边已经可以使整个屋子变暗，鲍雪飞终于不再动武。

窗外，"小碧"尖厉的呼哨在楼道回旋。

这是台风登陆日第一个可恶电话。但是，真正令她疯狂的是晚上的电话信息。离"小碧"登陆前五六小时的那个电话。与此相比，儿子的问题，是完全可以掌控的儿戏。肉烂骨头出，今天，傅里安就像一根致命的毒刺，终于在各种淹没、覆盖、磨难、摧毁中，挺毒而出了。只要这幺蛾子一逃出疯人院，绝对有力量疯狂反扑。鲍雪飞彻底明白，这一两年，本城所有名医为她诊断的更年期综合征，都他妈的是狗屁，所有的易怒、潮热、盗汗、心烦、气躁、胸闷，就是因为这根毒刺难除。鲍雪飞懊恼自己的疏忽。按她一贯的缜密，在叮嘱分管诸方面的防风防雨防涝防贼工作时，完全应该给康宁医院去个电话。就算傅里安真的被治傻了、治残了，在这个天下大乱的时候，防他一手、避免万一，也是必须的。怎能忘了这样一个师出同门死而不僵的对手？

医院发现傅里安出逃，已经是晚上九点多了。公安专控的病人，居然搞丢了。医院慌了，找了很多台风天混乱导致的免责理由，甚至描绘说了一个工人在加固灯箱广告时，差点被一个病人踢下楼，以示局势凶险混乱危急。院方先打给市公安局政治处，但在抗台风一片兵荒马乱的氛围里，接电话的见习警察误听，耽误了好一会儿，还不明要害；最后是打给110指挥中心，台风前数小时，指挥中心大厅更是一片忙乱，求助电话不断，一个武疯子出逃疯人院的报告信息，瞬间被淹没。

按市公安"三防领导小组"的分工，市局领导都深入自己的挂钩蹲点单位。鲍雪飞是在低洼地的第二拘留所接到了丁雄的电话，说精神病院颜医生来电，傅里安跑了！鲍雪飞立刻要他调康宁医院门口的监控，医院说什么也没有，应该是翻墙而逃。只有一辆浅色的捷达汽车在院门口绕过圈子。鲍雪飞追问车牌号，医院办公室主任回复说看不清，又说抗台风紧急，安防工作一片忙碌中，实在没有精力再配合了，不能跑了一个疯子，再让所有的疯子都跑掉。

鲍雪飞一边给宋局汇报，一边赶回110指挥中心大厅。宋局正在市政府的抗台风防汛办紧急会议中，听到鲍雪飞急吼吼地说，傅里安从精神病院暴力脱逃，还把工人踢下高楼，便也急吼吼地骂道：都什么事！乱七八糟的！你安排人追找吧。挂断电话，宋局的电话又进来了，依然是急吼吼地：你自己蹲点的几个监所，安防工作给我务必抓落实！疯子跑了没大事！犯人跑了，我们都不要干了！

明白！放心。我马上就到三看（第三看守所）！

110指挥中心大厅，一片忙乱。满墙的大小监控屏幕，都是台风肆虐的镜头。鲍雪飞的小兄弟大古，为她调集康宁医院出来的三条路路口监控。车牌号尾数是54还是84的白色捷达，被圈定为重点嫌疑对象。但很快，白色的捷达就不知所终。街道监控点，还是太少，即使在关键点上，也是部署不多，有的镜头老化模糊不清。气得鲍雪飞拍桌怒骂：一直喊要向科技要警力，要警力，都他妈是屁话！一要掏钱就一毛不拔！这时，C2区席一接处警高叹了一声：——我的天啊！方程式赛车啊！

鲍雪飞和几名警察走了过去。监控回放显示，东郊山东林下穿隧道内，一辆捷达车，冲关而入，在行至隧道二分之一处，因山洪洪水猛然灌入，那车眼疾手快，唰的一个疯狂转身，抢在涌入隧道的洪水头浪之前一米,急速掉头,甩掉了紧咬的洪水追撵。捷达车闪电般飞驰,原路退出,再度冲关而出,洪涌瞬间追灌了整条隧道。捷达车在全过程中,高速精准的反应,利落漂亮,令人叹为观止。它跑赢了洪水!

指挥中心的警察们面面相觑。

东林下穿隧道,因为受制于地势,很像打钩图案的钩底,一有暴雨,往往就积涝,最高可以淹没小车半窗,所以,一到台风暴雨天,最早封闭的隧道就是它。鲍雪飞一言不发地看着监控,当然是他,绝对是他,不可能是普通人。只有警察才敢冲关,只有他,能在这样的情形下有如此神速反应。果然,有市局刑侦技术部门兄弟的支持,很快传递出被监听的汪欣原电话。汪欣原和傅里安双双浮出水面。鲍雪飞咬着牙,反复琢磨了监听电话的对话,很快梳理出思路。她避开各类报警求助、指令喧腾杂乱的110指挥大厅,出来按电梯进入她自己办公室,其实,还没有进门,她就急不可待地发出指令:监控曹大勇电话。所有电话,第一时间报我!对方似乎有点困惑,迟钝地问了一句:曹支……

鲍雪飞大怒:我口齿不清吗?!

呃,明白!

鲍雪飞的反应是及时精准的,果然,曹支的电话一进入鲍雪飞控制,傅里安的电话就出现了,是用一个陌生号码打过来的:汀云村四组。对,范锦明前妻!

果然……曹支骂了一句什么,被呼呼的风声吹掉了,就像有人对着电话猛呼扇子。呼哗呼哗的噪声,让鲍雪飞听不清他骂什么,曹一定是在户外。傅里安也听不清,鲍雪飞听到傅里安声嘶力竭的喊叫:

……随时要放水!他们家在低洼地!我们绕路了!……非常紧急!

一收网我就过去。随时保持联系!

鲍雪飞脸色陡青。

她狠狠咬住牙:范锦明这下流坯的幽灵,到底来了。

范锦明的前妻,那个不男不女的东西!鲍雪飞怒不可遏,却没有时间宣泄了。事情很明显,他们要会合,傅里安要赶在水库放水之前,一路向西,他要找到那个该死的东西。恶虎归山,傅疯子从来就是敢玩命的。姓汪的这有新闻便是娘的贱人,从来就不是好东西!曹大勇那孙子倒是能装啊,不监听,哪知道那二百五的地瓜脸,居然一肚子蛇蝎心肝!今天晚上,超强台风恐怕只能退居为生死之夜的配角了。

在赶往第三看守所的路上,鲍雪飞打出了一连串调兵遣将追捕武疯子的电话,傅里安被转述成极度高危的杀人武疯子。鲍雪飞一边布控截堵傅里安,一边指令交警支队的车管部门,迅速查明捷达车的使用人。但因为车号一直没有清晰的监控镜头显示,所以车管部门,迟迟没有确认回音。车管负责人被鲍雪飞骂得狗血喷头,鲍局已经骂到"你还想不想干"的分上了。但是，在这个全城欲摧的狂风暴雨夜，似乎所有的低效，都有了宏大正当的理由。

鲍雪飞拨打曹大勇电话。

行动怎样？

曹支的语气是一如既往的、迟钝似的平淡：稳定。一切都在计划控制中。

鲍雪飞咬牙切齿，说，风大，注意安全！尤其是随警记者——汪记在吗？

之前在。现在没看到。

鲍雪飞收了电话，骂了一句粗话。

关于汪欣原的第一沦陷地，污水处理厂的后山情况，辖区派出所的反馈倒很积极迅速。说两名协警赶往事故地，但在污水处理厂后山的现场，只发现一辆被大树砸坏的奇瑞弃车，事故人不知所终。鲍雪飞根据监听电话的时间和东林隧道洪涌监控时段推断，东林隧道里，汪欣原和傅里安就已经在那辆车上。隧道被堵，捷达车一定会绕回湖滨路，取道新解放大桥，再有二十多公里，才能到汀云水库。

鲍雪飞在傅里安的西行路线上，调度了自己所有的亲信和平日里向她表示过要求进步的人，层层拦截。但是，反馈来的情况相当不理想。超级台风"小碧"，让一切指令变形。西路防区两个相邻辖区派出所所长，约好似的，反馈复命来的都是无能消息：我实在没人追捕武疯子啦！我们辖区的险路、险桥、滑坡、洼地特别多啊！市长说的五桥两隧，一半在我们这！都说一条命都不能丢！所里连病休的都上路啦！巡逻警示、交通疏导、抢险救援、治安秩序，全部都要人手！！110救援指示不断下来：又有两个女人带着孩子，受困在东林隧道里，水已经淹过车窗，我们正赶去紧急救援……

另外一个所的教导员在狂风中哀号：我缺人哪！！！！五四路风口的两根灯杆倒了，压到了照明电线！供电局的人员在到处抢修，一直没赶过来，几个警员不得不盯在那里，怕群众触电；朝华小区停了电，一片漆黑，偏偏有孕妇临盆！医院的救护车居然全部外出，家里人急得哇哇叫！现在三个民警赶过去救人啦！豆蔻年华小区，电倒是有，但一户居民家，搞什么鬼啊，自己抗台风，窗户玻璃裂了，老父亲被大玻璃割伤了，说是割到了腿动脉，120已经没有救护车了，这不，又是三个民警赶去救人了……

鲍雪飞扣了电话。

特巡警支队也在鬼叫没人，说六十名巡警全部开到火车站，在给迫停滞留的旅客分发食品、安抚旅客，还要四处联系几十个临时住宿点，安置台风夜旅客入住；另有八十名特警，全部投入在机场，配合消防官兵在紧急捆绑飞机。那些来不及撤离的九架波音737、757的飞机，在每秒三十米的阵风中，像母鸡一样点头后退。风力还会加大，再不固定住，飞机恐怕全部受损……

鲍雪飞直接打汪欣原的电话。

你在哪？

汪欣原说，和曹支一起啊，追捕毒枭啊。

鲍雪飞说，叫曹大勇接电话！

汪欣原说，嘿，姐！这信号不好，风太大啦，你说什么？我快没电了！

汪欣原电话断了，再打根本打不通了。

停车！鲍雪飞把司机吓得连忙急刹。已经到第三看守所大门口了，司机困惑地看着鲍雪飞。鲍雪飞边拉车门边说，你先进去，告诉陈主任，我在救人。让他先听"三看"情况汇报，我随后就到。

司机反应慢了一点，鲍雪飞已经拉开驾座门，把他一把揪了出去。

道路上的倒树越来越多，鲍雪飞在脑子里思考路线。第三看守所已经在城西，通过榕树大道和水尾路，可以插到新解放大桥。按照傅里安在东林隧道受阻，退回湖滨路的走法，应该快不了，不止线路长，而且道路积水开始大面积出现，110指挥中心的监控数据显示，湖滨路靠近五一广场一带，已经有多地段积水没膝。鲍雪飞从肺腑深处吁出一口浊气：没错，在解放大桥上截住傅里安，很有时间上的优势，而且，只要水库如期放水泄洪，那么，也许一切都不是问题了。低洼地，低洼地，就让洪水淹没整个该死的汀云村吧！

第三十章

一直密切关注超级台风"小碧"的傅里安承认，还是低估了这位来自远洋的狂暴对手。十二年前，也有一次正面登陆的台风，当时预报是十一级的强台风，整个城市被摧毁扫荡得很狼狈，一个下午全城基本瘫痪了。但与其相比，这次"小碧"数倍凶猛于往昔所有台风，它仿佛是灭绝性的武林高手，只是序幕，只是小小前奏，只是衣袂轻扬，城池已经快散架了。通往湖滨大道的大学路、青松路、环湖路，不断遇到行道树倾斜倒伏，而这距离"小碧"登陆，至少还有四五个小时。也就是说，"小碧"的前驱势力，已经具备碾压性、摧毁性的力量了。

傅里安车速已经只剩三十迈。快不了了，狂风中，暴雨如石，雨刮器打到极限，依然看不清两米外路况，而空中，只要有微光，就能看到漫空飞舞的广告铁皮、树枝、塑料袋，还有树叶什么的，有些重物打得捷达车顶砰砰响，一个果粒橙空瓶子，飞镖似的，居然扎进捷达后窗。今红玉忍不住发出尖叫。紧跟着，前窗侧窗不断有异物打来，今红玉便尖叫阵阵，傅里安被她的尖叫，弄得心脏欲爆。

他扭头大吼：给我闭嘴！！

话音没落，今红玉又一声抱头惊叫，一根灯柱砸到车侧，后面玻璃全碎了。暴雨全部进来了。汪欣原倒是很镇定，刚离开污水处理厂后山时，他想去医院。傅里安一口回绝：腿，还是尸检报告，谁重要？！汪欣原说，你们去找沙美丽吧。我去救腿。傅里安说，我不认识她。也没去过那——你觉得我们还耽误得起吗？！

流氓！汪欣原哀鸣着，长叹了一口气。

傅里安说，我告诉你没断就没断，肌腱损伤而已。

汪欣原还是叹气。傅里安说，断了，我也陪你断！老子都精神病了，还怕再少条腿？！

汪欣原哈哈大笑。他知道自己上了贼船，他必须和疯子风雨同舟了。汪欣原觉得这一串大笑，很宣肺，好像腿不那么痛了。但他还是愤愤骂道：你在精神病院把脑子吃疯了！傅里安也爆发出狂笑，正是那种三级火箭似的狂笑，声浪直冲云霄。尽管暴雨淋头，今红玉不由也笑了。她觉得汽车就像开在一个猛烈激水的巨大洗衣机里，但在这两个男人的豪放笑声里，她感到了踏实与心安。

一个女人的黄伞被刮飞，看她踉踉跄跄的步态，简直要被黄伞拽上高空，幸亏身边的男人弯腰拖住了她；更多的行人，顶风而行之仓皇凌乱的步态,比入室小偷还贼头贼脑。今红玉忍不住哈哈大笑。

天空中,暗器横飞。光线足的地段,越看越怕。突然,今红玉再次鬼叫——大学路口,海湾大厦裙楼的整排铁皮广告牌,轰然倒了下来,从车里看出去,就像天塌了一样,仿佛天空被生生撕开了一大块。那巨大的广告铁皮,起码是三四十米长、七八米宽,基本把大学路口那一段全部覆盖了,幸亏停工、停产、停课、停市,本来学生涌动的地方,早已无人,但估计还是有停在路边的小汽车、摩托车被覆盖。人行道上的一些行人,当时都被定住了似的惊愕发呆。还是警察反应最快,多名穿反光背心的警察,在靠人行道的广告牌边缘奔走,可能是看有没有人被压住。暴雨中,又冲出几名交警,长臂猿似的,急速挥舞夸张猛烈的手势,命令车辆止步绕行。

傅里安猛打方向盘,一踩油门,右侧轮直接开上了广告牌。交警们呆望着一辆破旧而疯狂的捷达,在广告牌边缘"咣空咣空咣空"地疾驰而去。

侧车窗被灯柱打破后,今红玉全身都湿透了,她渐渐感到发冷,还觉得汽车装满了雨水,很快就要沉船了。行至湖滨大道,八车道上,倒是路宽人稀,水雾喧腾,完全是狂风暴雨在唱独角戏。但是,开了一小段,傅里安就知道不妙了,积水太深,他把车子挂低挡,随着目测的积水没膝,他熄火了。

汪记,你能控制方向盘吗?我下去推。

我也去。今红玉说。

汪欣原点头，傅里安也点头。傅里安便把汪欣原抱扶出后座，塞进驾驶座，他和今红玉在车后拼命推车。这样，捷达车，缓缓地被推出深水区，到浅水区傅里安又猛开一阵，车辆再度进入深水区。他再度熄火，再下来推车。这一次，就没有那么顺利了，才推了数米，今红玉一声尖叫。傅里安扭头看她的同时，也感到自己左脚底被什么扎了。前一次推车的时候，左脚的皮鞋在水流中，脱离了。他只剩下右脚有皮鞋。

今红玉把左脚缩起来，不肯再往下踩。

你鞋呢?!

我本来就系鞋带老松，刚才水太大了，都冲走了。

没鞋你下车干吗?!傅里安气得把今红玉狠狠抱回汽车。

好在这一段深积水区不长。但一个人推车，更加吃力。把今红玉塞回汽车一转身，不知道什么东西，类似广告铁皮，很锋利地划过他的脸，他抬手按了一下，旋即闻到了一阵铁锈腥味。这倒不算痛，痛的是他的左脚掌，每踩一步，都他妈的钻心痛，脚掌心里肯定有玻璃之类的异物，而推车又必须使蛮力。这痛，让他有点焦躁恼怒。但也没什么人可责骂泄恨的，他自己不也是从小就不会系鞋带?以致母亲疯了后，还惦记着要教他系紧鞋带。推到浅水区，傅里安让汪欣原用今红玉的电话联系曹支。

曹支一听，反应利索：桥东所辖区吧?好。十分钟后，湖滨大道和红砂路交叉口,我让人停一辆三菱吉普给你,打双闪。

曹大勇给的东西,比傅里安预期的还多,有防暴钢盔、警用强光手电、雨衣、火腿肠、矿泉水。看来是把桥东刑警中队的抗台风用品都复制配送了。越野车来得太及时了,如果没有这辆车,傅里安知道自己肯定无法冲过鲍雪飞加固的大桥封闭闸道。鲍雪飞已经在此等候多时了。

此时,一小时降雨量已经超过六十毫米,瞬时风速已达每秒四十米。整个新解放大桥,风雨迷离,两排一直向大桥深处延伸的青色桥头灯,完全是奄奄一息的飘摇模样。大桥头是一字排开的墙式水马,橙色、红色杂乱排放。因为电台、电视封桥信息的传播,这个时候,几乎没有车辆会出现在这里,但是,一辆三菱越野车在浊白的雨幕中,劈雨而来。鲍雪飞的车就停在水马右边,几个把反光背心穿在雨衣外的交警,也站在那。不用任何技术信息印证捷达已经换成三菱越野,甚至远远地,鲍雪飞就知道,那个如脱弦之箭、直扑桥头而来的兽形黑色物,必定是傅里安的车。

桥头路中,两名穿橙色反光背心的交警,在暴雨中,一起对着来车,打着禁止通行的手势,但由远而近的三菱越野车毫无减速的意思。两名交警正互相嘀咕着来车是否看不见,越野车已经呼啸扑来,两名交警连忙各自闪避,而此时,鲍雪飞已经转身上车。就在三菱越野车冲关而去之际,鲍雪飞的汽车也咆哮地追扑而上。狂风中,桥灯摇晃,暴雨如石,两辆汽车,如两骑绝尘,呼啸射进了浊白迷离的大桥深处,仿佛进入了不可知的死亡隧道。

从地上爬起来的两名交警,看着满目塑料水马碎片,面面相觑。

鲍雪飞打汪欣原的电话。

车里,汪欣原看着电话来显说,鲍雪飞。

接。后面就是她。傅里安说。

汪欣原按了电话,声音立刻轻浮又快活:鲍姐好啊!

少给老子演戏!停车吧,再走就是行洪区了!水库已经开始泄洪!

姐,你说什么呀?

把电话给里安!因为是免提,今红玉听起来就是,把电话给亮!

汪欣原说,信号不好,姐,你说什么?

鲍雪飞破口大骂:贱人!文妓!老子一向待你不薄!操你妈,就是你那支笔害了我!告诉里安,让洪水过去!我们可以一切都干干净净地重新开始!我鲍某绝不会亏待你们的!——让洪水过去!

电话里,爆出傅里安白痴一样、声浪逐高的嘎嘎狂笑声。汪欣原见已经哄不过,便发声说,姐,很多脏东西,不是洪水一过,就能漂白干净的。我真的没电啦,姐!

汪欣原这次没有骗鲍雪飞。手机全黑了。

因为一手开车,鲍雪飞和傅里安的越野车距离越拉越大。区间公路上,能见度极差。远看就是两团光雾在迷蒙中追逐,距离越来越大。傅里安开足马力,努力想按汪欣原事先说明的路口,折下,甩掉鲍雪飞。但是，鲍雪飞的刑警也不是白混的，她早已做好功课，把沙美丽老家的汀云四组，定位为目标。这一带她本来也熟悉，即使GPS导航磕巴，她也能准确扑击目标。

就在越野车冲进村子时，鲍雪飞的帕萨特也呼啸而入。

村里，正是一片混乱中。

第三十一章

汀云村地处汀云水库下游,一直算是水肥地美的富裕村。村民也勤劳吃苦,民风坚韧,所以,村里的水产养殖、畜牧养殖、菌类养殖,都曾在全市成为农村致富经验示范。防台风防汛工作,其实从五日下午就开始了,但是,村民们基本不当一回事。主要是台风年年有,年年说正面袭击,结果,年年没有正面来,政府的呼吁恐吓,就成了"狼来了"的童话与笑话。

但是,今年"小碧"真的不一样,镇里的、乡里的干部,急得拿着大喇叭、宣传单,挨家挨户求爷爷告奶奶地让他们看,宣传单上说,中国的、美国的、日本的卫星云图,都是如何显示超强台风"小碧"直指本市路径的。干部们走穿鞋底、磨破嘴巴的动员,还真的见效。村里的人,陆续把值钱家当往高处的村委大院和沙氏宗祠那里搬。手脚快的村民,一趟趟地连铁锅、被絮不甚值钱的零碎都搬上去了。但是,个别愚顽不化的村民,就是不动,还嘲笑那些慌张的村民简直像逃难一样可笑。比如，沙美丽的老爸老沙头，还有一帮水产养殖户。汀云派出所所长老钱，脸上有两条长长的指甲血痕，说是被一个四世同堂的一家之长奎元奶奶抓的。她家的位置，也在行洪区，比沙美丽家略高一点，因为从来都没有被水淹过，老人执意不离开祖屋。说，除非我死了，你们用棺材抬我走。

鲍雪飞还未进村，就打通了老钱的电话。钱所长没想到鲍雪飞会在这样的危急时刻亲自赶来，汀云水库防区，固然也是鲍雪飞的蹲点单位，但她亲自来，倒是让老钱等兄弟们意外又备受鼓舞。老钱还没有汇报完村里顽固村民拒不搬迁的艰难程度，鲍雪飞就打断他的话，粗暴指令：使用戒具！铐走几个，其他就老实了！

三菱越野车冲进村子，就按沙美丽的路线，碾过一片落果满地的龙眼树林，直奔沙家。那时，沙家两百多头猪的猪圈里，洪水已经没过猪蹄，而且水势上涨很快。沙美丽的母亲在猪圈里呜呜地哭，叔叔在猪圈栏上轮流抚摸扒上木护栏求安慰的猪鼻子们，欲哭无泪。距离猪圈五六十米的荔枝树下，有一栋村民楼。门口，聚集着七八个人，村干部们在强制老沙迅速撤离行洪区。老沙在和村干部谈条件：先救我的猪！有一百多头，马上要出栏了，不然这七八万块钱的损失！谁赔？！老沙的理由很充分，水库泄洪，凭什么不事先通知我们？你不给我转移好猪，我绝对不走。人在猪在，猪死人死！我就和猪死在一起好了！

一名女村干急得跳脚：你怎么这样固执啊！水火无情啊，政府现在是先保证村民的生命安全，你这座房子是行洪区，全村最低，马上就要被水淹掉了！赔什么也是以后再说的呀！你怎么能这样不明事理啊！女干部讲急了，扑通一下，给老沙跪下了。求求你！快撤吧！猪怎么也不如人要紧啊！救了你的猪，其他人家的鱼塘啊、鸡场啊，不都要闹了？！

我就知道你们是不会管我的猪的！

老沙突然冲向院子口的小四轮，这车本来是他进城去各类餐厅餐馆接运潲水用的。之前，他就用小四轮，三只五只地把猪运到村委高地。实际上，他已经运了二十多头猪，上面也没有那么多放猪的地方，还搞得其他养殖户攀比闹事。村干部、乡干部齐声喝令老沙赶紧停止救猪，先把自己家里的贵重物品搬上高地。老沙推开一个不让他上车的干部，大喊：让你们的鬼话骗鬼去吧！台风来不了，你们瞎放水库，还不许我救猪？！你们谁给我十万块！给我我就不救！几个村干部都扑到老沙的小四轮前，哀哀地竞相叫喊：泄洪不是闹着玩的！

暴雨中，傅里安直接把车掉好头，停在了路基上。他问今红玉能不能开？今红玉说右脚行。你别下车，坐驾驶座去。注意我手势，我一打手势，你就马上开走！吉普车灯雪亮，下面院子里，沙美丽一眼看到汪欣原和傅里安从车里下来，便离开人群奔了过来。汪欣原非常着急，说，姐，快把东西给我！

沙美丽气急败坏：全乱了！电话上就跟你说了，全乱了！东西不在原位！搞死人！我老爸光想救猪！

天！我九死一生赶过来，就是拿它啊！

怎不早来？！一下子我去哪里找？！这乱得要出人命！要救人又要救猪！水又涨得这么快！

东西给我。我帮你救猪！傅里安说。

汪欣原说，他是警察。

傅里安对沙美丽拱手：事关人命。拜托！

"沙僧"白了傅里安一眼：现在，这里全是人命关天的事！

几个村干部在狂风暴雨中死死围着老沙头的小四轮，一个村干部抓着车门，不让老沙走。就在这时，鲍雪飞的车从路口俯冲而下，雪亮的两柱车灯光，闪动照耀着狂风暴雨中僵持的人们。她的车灯也没有熄火。同车下来的还有老钱及两个警察。一下来，两名警察就直扑小四轮上的老沙，老沙见来者不善，抬脚猛踹，不让警察靠近。

老钱喊：对不住了，老乡！你过后会感谢我们！感谢政府的！

老沙咆哮着，还是被狠狠拖下小四轮，拖翻在泥水地上。一看到来人要给父亲上手铐，"沙僧"像母老虎一样扑了上去。傅里安明白了，鲍雪飞盘算的就是，铐走沙家人，让洪水冲毁证据。傅里安一把拧开要铐老沙的手。老钱一时没有认出是傅里安，连声喊：一起铐！傅里安大喝一声：钱保国！钱所长和两名警员一时呆怔，鲍雪飞一脚踢中了傅里安，沙美丽趁机把父亲拉着跑向屋内。跑不了的汪欣原喊：沙姐——范锦明——！汪欣原艰难跳步，一拐一顿，也往沙家屋子冲。

傅里安和鲍雪飞在暴雨中对打。

钱保国和警员，还有乡镇干部，一时看糊涂了。

鲍雪飞喊：这是武疯子！我来对付，你们赶紧破门救人！

下面，猪圈传来一声凄厉的、男女声莫辨的哀号。猪圈沦陷了。很多猪只剩下猪背和鼻孔翘在水面，越来越多的猪倒下了。这一声撕心裂肺的长号，让已经逃入家门的老沙，又重新杀出来，直奔猪圈。汪欣原趁机进屋，堵住沙美丽：姐！范哥不是车祸！那女人，就是杀害范哥的人。姐啊！你是范哥最信任的人，你还不明白吗?！

沙美丽焦躁中，终于在父母已经收拾好的一个编织袋中，翻到了范锦明当年给她的小盒子。汪欣原立刻找到一个塑料袋，把盒子塞入，夺门跳出，沙美丽也直奔猪圈而去。此时，乡镇干部和钱所长等全部随老沙追到下面的猪圈。猪圈中，老沙如丧考妣的哭声，像野兽一样刮骨骇人。

汪欣原往路基上面的越野车而去，跌跌撞撞、一路摔跤。鲍雪飞一看到汪欣原贼贼地跳跶，立刻甩开傅里安，直追。傅里安似乎完全忘记左脚掌里的玻璃，飞快地扑了上去，两人又摔打在一起。在龙眼树林短坡下，两人再度激战，在每秒数十米的狂风中，各自的动作都有点控制不稳。傅里安心里有数，即使没被精神病院折磨两个月，平时也的确不是跆拳道黑带师姐的对手，鲍雪飞的反应速度、身体强度，素来在普通警察之上；何况，自己左脚掌心的玻璃片，不时让他疼得矮下来。所以，很明显落了下风，但是，鲍雪飞似乎也老了，尽管这个避风的短坡下，风速比路基上小很多，但她最有杀伤力的下劈、后旋踢、单腿连踢，在暴风狂雨中，都失去了致命的力道。傅里安固然体力不支，但他能避能缠，使无心恋战的鲍雪飞一直无法脱身。鲍雪飞怒吼连连，嗓子当场嘶哑。她觉得路基上的越野车马上就会开走，范锦明的下流单子，一定被汪欣原拿到了。而傅里安也同样着急，他不明白，为什么今红玉还不启动汽车，还不撤离?！鲍雪飞只要冲上去，受伤的汪欣原和今红玉，绝对不堪一击。越野车窗口居然还打出强光手电！

就这一分神，鲍雪飞一个双腿连踢，把傅里安踢得满嘴喷血，那个"藏药功臣"坏白齿及与此相连的白齿，都震脱牙床，他感到嘴里像有了两颗血腥糖粒。摔倒之际，他再度扑住了鲍雪飞，也许是鲍雪飞自己滑倒，反正两人又栽在了一起。鲍雪飞单腿跪在傅里安的背上，一条胳膊从后面，夹叉住傅里安的喉咙。只想着彻底摆脱傅里安的鲍雪飞，一声狮吼，胳膊如钢钳。窒息中的傅里安算是彻底领教了师姐的身手，他觉得眼球欲爆，意识恍惚中，鲍雪飞的钢钳更紧了，傅里安的意识飘进狂风里，他听到了鲍雪飞在暴雨中变声的哭吼：……为什么这么逼我！为什么啊……我宁愿在床上掐死你……忽然，鲍雪飞手松了，瘫软在他背上。一个雨衣人形扔下一个棒状物，也颓然倒在他身边。借着越野车射过来的强光电筒的光柱,他看清了,没错,是今红玉。

这时,沙家院子骤然亮了许多,路基上又冲下来两辆越野汽车,远光灯雪青,暴雨在雪青色的灯柱中,密集如白蛇乱舞。车里下来的人都是连帽雨衣,但傅里安凭身形,看出是曹大勇和刘元几个跑下了短坡。傅里安顿时松弛下来。鲍雪飞还在昏迷中,傅里安仰面躺着,他依然喘息如牛,今红玉跪坐在他身边,暴雨冲打着傅里安闭眼的脸。

下手够狠啊你。

今红玉说,那么紧急,捡到什么就用什么了。

不是叫你们快走吗。

今红玉说,我得救你。汪记说,泄洪量加大了。

傅里安闭着眼拍了拍她,以示谢意。

狂风暴雨中,几道雪亮交织的车灯惨白如练。光影中,曹大勇等几个雨衣兄弟把鲍雪飞弄上了他们的车。东西拿到了吗?曹支远远地喊。傅里安回了一个OK手势。曹大勇过来一把把傅里安拉坐起。傅里安说,你那边呢?曹支也回了一个OK手势:冰毒七点六千克,毒资一百多万——赶紧撤吧!洪水太猛。

曹支、刘元他们的两辆车在已经被水淹的院子掉好头,爬坡而去。又有几个穿迷彩服的护村队员,冲下短坡,直奔下面的猪圈那边。

傅里安站了起来,拉起今红玉,准备回自己的车。但才走一步,今红玉矮了一下,一声惨叫就哭号出声了。傅里安深吸一口气,弯腰,将她抱起,两个影子一步一拐地走上小斜坡,今红玉有点不安。

别动!傅里安精疲力竭地说,风快把我吹倒了!还好你这么重。

今红玉抱住了傅里安的脖子。

谢谢你救我。傅里安耳语似的说。

今红玉也回以耳语:我不是为你。我是为我朋友。

好吧。傅里安说,谢谢顾小龙。

刚才,你是怎么下来的?傅里安喘着气。

我裹了两件雨衣,抱紧脑袋滚下来的。

傅里安停步,偏脸看着怀里的人。

今红玉伸手,把他脸上的雨水血水轻轻抹开。

汪欣原在车里使劲地长按了一声喇叭,强光电筒光柱在狂乱急舞。他在车窗口怒吼:马上要淹没啦!走啊——

十分钟后,傅里安驾驶的三菱越野车在急速通过水淹至车轮的汀云前进大桥,风雨飘摇中的汀云古廊桥就在旁边,汽车车身刚刚抵达陆地,后方一声巨响,汀云古廊桥在暴雨激流中,肢解垮塌。今红玉和汪欣原在车里一起惊叫。

傅里安没有回头看。

一小时四十分钟后,超强台风"小碧"正面登陆乾州。

乾州在暴风狂雨中天地倒转。

台风过境的第一个白昼,《乾州日报》的记者写道:

满目疮痍。八百万人口的乾州,犹如巨人指间上的玩具城堡,被揉皱又被抛弃;漫天玻璃片、广告牌越界横飞后落地开花;数百万棵树木,在"小碧"指间如水草般颠簸翻转,三十多万棵大树倒伏折毁。两座全国重点保护文物陈宅廊桥和汀云廊桥,被冲垮;三座二百二十千伏的大型铁塔被吹倒后,导致我市多地大面积停电;此外,乾州机场一架波音767被吹跑,撞到了停机坪边的绿地围栏上。初步统计显示,我市直接损失约七十九亿元。

……

乾州电台的警方传真:

据统计,双眼台风"小碧"登陆前后的二十小时内,市110指挥中心,接到各类报警求助一点七万起,出警四点三万人次,救助劝离受灾群众近五万人。台风夜被三名警察送救的孕妇,把诞生的女婴宝宝命名为"小碧",以纪念这一全城难忘的生命开始;汀云村村民,在舍小家顾大家的开闸泄洪护城战中,做出了巨大的牺牲。当夜,汀云辖区派出所所长钱保国,为救援汀云村养殖户而被水库泄洪冲走,失踪;所幸,该村村民除两人受伤外,家家户户大小平安……

又讯:跨省贩毒团伙,趁着超强台风贩运毒品,本以为暴风骤雨，可助其逃避警方打击，却不料乾州刑警昼夜紧贴两天两夜，精准打击。双眼台风"小碧"正面登陆夜，我市警方一举摧毁一跨省贩毒团伙，抓获犯罪嫌疑人孙家豪等四人，缴获冰毒七点六千克。

第三十二章

新年前夕，顾小龙一家终于听到了顾小龙的再审无罪宣判。

顾母拿着再审判决书，放声大哭后，又放声大笑。老人仰天狂笑，直到呛住。一家人相扶着到顾小龙的墓地，念给顾小龙听后，老人一度昏厥。百听不厌的判决词里，顾母抚摸着野草围拢的墓碑，反反复复地问，儿子，听到了没有，儿子，听到了没有，你没有罪啊，没有罪！你一直就是好孩子啊！听到了没有，儿子，我再念一遍给你听：

经审理，泷阳高院认为，原判认定原审被告人顾小龙犯故意杀人罪、流氓罪，没有确实、充分的证据予以证实。做出如下判决：

一、撤销本院（1996）泷刑终字第199号刑事裁定和乾州市中级人民法院（1996）乾刑初字第37号刑事判决；

二、原审被告人顾小龙无罪。

无罪判决的判决书，在顾家兄弟焚烧的时候，没有成粉末碎片，而是边角微卷，依然是基本完整的灰色纸片，随后，一阵风中，它腾起，御风而行，看起来，就像一块阿拉伯小飞毯越过树梢，向着远方，悠悠荡荡而去。

众人注目后默然。

很多人看不到天空，也看不到地面。汪欣原的徒弟看到了树丛间趴着的一只黑狗，肮脏、枯瘦、皮毛纠结。黑狗也许太衰老了，它一直趴在树丛缝隙间。当无罪的判决书在空中远去的时候，它轻轻地含混地呜咽了一声，脑袋颓然垂地。汪欣原的新徒弟，好奇地看到了，看到了也就看到了。他写稿的时候，不会写到这只黑狗，甚至不会告诉汪老师。

而随着顾小龙再审无罪判决的宣告，乾州公安、检察院、法院相继成立了错案追责调查小组。三个月后，公、检、法多名责任人员，受到降职、免职等纪律处分。鲍雪飞等人，因涉嫌犯罪，已在追究刑事责任中。

鲍雪飞被捕，简直比她直接被台风"小碧"卷走还震惊乾州。乾州朝野一时舆论鼎沸。在人们将信将疑之际，关于她的举报信，也从四面八方出现；用鲍雪飞自己的话说，树倒猢狲散，墙倒众人推。关于她的各种传说，在坊间流传，她的跆拳神功、她的美貌贪婪、她的贿赂、她的性，在网络上更是斑驳壮观；一名退休女检察官概括说：用提拔把下级发展成情人，用金钱把上级发展成情人。

情人反目这一节，死者范锦明被街坊描述为风流潇洒的乾州警界一哥。饭桌茶几边，很多警界帅哥与外星文明爱好者，都被同学朋友们调侃与嘲笑，众警快快不快。而鲍雪飞案子从侦查、预审、公诉、审判到程序完成，知情者，包括鲍雪飞自己，都不得不承认，关于谋杀范锦明一案的侦查，曹大勇及他那帮地瓜小兄弟，的确出手漂亮。

鲍雪飞想不认账都难。

曹支特别告诉傅里安，鲍雪飞谋杀案中，有个至关重要的罪证，是施牧笛他们出手查清固定的。很艰难，但这小子非常尽力。

超强台风双眼"小碧"来访的一年多后，乾州中院公开审理、宣判了乾州市公安局原党委委员、副局长鲍雪飞，故意杀人、伪证罪，贪污受贿、巨额财产来源不明罪，以及非法持有枪支、弹药罪，数罪并罚，决定执行死刑，并处罚金一百万元整。

关于判决的详细版本，也在坊间流传。这些版本的共同点有几条：

一、鲍雪飞私自持有藏匿六支枪，七百一十一发子弹；

二、鲍在任分局局长和市局副局长期间，利用职便，为二十一人谋取利益；

三、收受他人给予的首饰财物、字画，以及多套极低价购入高价卖出的房产等，合计两千多万元人民币，另有一千四百多万元财产，不能说明其来源。

一审的盗版、杂版判决书，那就更多了。真真假假，虚虚实实，鲍雪飞这个传奇女人，刺激了乾州人太多的创意与想象。神功在腿，众男在怀。包括傅里安，也一样难逃这些个民间版本的挥洒写意。

但一审判决后，鲍雪飞不服上诉。

鲍雪飞在预审阶段，就要求见傅里安。

一审后，她以绝食威胁求见傅里安。在第一看守所会见室，鲍雪飞终于见到了傅里安。鲍雪飞面部浮肿，头发灰白。但是，身形依然挺拔，她说，她尽量锻炼身体。她相信自己为乾州做出了突出贡献，不管法律怎么评价她，她相信历史会给予她最公正的评价。她说，她对顾小龙一案，毫无私心杂念，问心无愧。她说，全世界多少警察、多少案件，你不能要求每一个案子都是无懈可击的。如果那样，还要什么检察公诉、法院审判程序？你们不能把严打时快节奏的弊病，都算在我一个人头上。最后，她问傅里安：平心而论，你认为，此案，我真的全错吗？

扯淡！傅里安说，你不是错，是有罪！

这个世界，就是你这样的白痴太多了！

傅里安笑：是啊，多精明的一个女人，最终还是算计不过范锦明。我要是你，就不会把动静闹得这么大。根本没必要把一时虚荣心膨胀、头脑发昏办错的案子，演变成隐匿证据、蓄意谋杀。作为一个资深警察，你的所作所为，真他妈幼稚丢人！

你懂个屁。鲍雪飞阵阵冷笑。

两人面对面地，僵了一下场。

鲍雪飞说，东南太平洋上，有个复活节岛，岛上有近千个巨型石雕，石雕一律面朝大海，非常神秘。传说是外星人留下来的，但不知道为什么，他们突然中断手中的工作，统统匆忙离去。蒋励学的是西班牙语，我们说好，明年一起去复活节岛看看……

傅里安仰头扭转脖子，舒缓颈椎似的，没有接她的话。

我就是想问一句，你为什么一定要毁掉我？

傅里安看着那双骄傲一世的美丽眼睛，睫毛如荫、星光暗淡。

如果我们交换，你也会毁掉我的。这不是我们一进大学的入警誓言吗？

记得我在康宁看到你疯了的样子，心里说不出的难过。

傅里安笑。

台风夜，你逼我杀你的时候，我觉得人生到了尽头，非常……绝望。

傅里安的笑充满了戏弄与挑逗：杀了我，你绝望？

鲍雪飞不为所动：我一直在想，不管你怎么评价我，你死了，我会很难过，而我死了，你这种疯子又有什么存在意义呢？

傅里安点头，表示认可。

知道吗，里安，那天，如果我死死拖住你，就让洪水淹没，你知道会是什么结果吗？我们——你、我，都会成为英雄，成为烈士，就像钱保国那样。这是不是很神奇？

他倒是条好汉。最后这一推，救了范锦明的前岳父母，还让自己永垂不朽了。可惜你贪念太重，抓不住那个点石成金的良机。

不！是我对你下不了狠手。

傅里安爆发出非常刺耳的、夜枭般的狂笑，让鲍雪飞耳膜吱吱响，她厌恶地闭上眼睛。傅里安意犹未尽：我的师姐，你真不知道"小碧"是谁？——还记得十多年前顾小龙行刑时的莫名狂风吗？这一次，台风可是睁着双眼来的！

鲍雪飞嘲弄地笑了：你是被疯人院关傻了。登陆时，"小碧"又变成单眼了。

当然。瞄准时，必须单眼。傅里安又是一阵病态的森森狂笑，你居然还真指望"小碧"掩盖你的丑恶，成就你的英雄梦？！

——我操你妈！

现在，傅里安站起来，手指头奔马似的轮敲桌面：除了你自己，你谁也操不了了。

——里安！别走……

我回疯人院去。

里安——

鲍雪飞看着傅里安扬长而去的傲慢背影，消失在走廊那端。

傅里安的母亲出院的时候，看到了儿子身边站着一个她不认识的年轻漂亮女人。那个女人一直跟着儿子，跟着他们回到了家。一进门，大家就闻到一屋子猪脚墨鱼干浓汤的香味。保姆珍姐烧好了一桌好菜，有些菜已经放凉了，但是，因为他们而刚端出的墨鱼干猪脚汤，热气蒸腾。

母亲两次走到今红玉身边。

第一次说，你回家吧。今红玉笑。第二次，她又好奇地走到今红玉座位边：你不回家吗？今红玉大笑，摇头。傅里安过来，搭着今红玉的肩说，她不回。她要在我们家，向你学怎么系紧鞋带。

母亲惊奇而兴奋：你也不会？和里安一样？

对，傅里安说，就是不会，才叫回来让你培训的。

母亲马上去鞋柜找鞋子去了。

啃着猪脚，今红玉说，美国大法官沃伦说，一次错误的判决，胜过十次犯罪。因为犯罪，只是污染河水，而错判，则是污染了水源。

傅里安说，这是英国大法官培根说的，不是沃伦说的。喂，孩子，是哪一坨牛粪营养了你？谁让你如此歌颂沃伦？

傅里安有点居高临下。他骨子里的傲慢，令今红玉不快，今红玉的犟劲就上来了：可是，我记得是沃伦大法官说的。你记错了！

傅里安拿着啃了一半的螃蟹，指着今红玉说，要不要打赌？！厄尔·沃伦，美国第十四届首席大法官，在他任首席大法官期间，美国最高法院做出了一系列里程碑式的判决，如布朗案、米兰达警告等，虽然艾森豪威尔总统，为提名他做美国最高法院大法官而悔青了肠子，但是，谁也挡不住，以沃伦为主的沃伦法院，通过解释宪法而确立的重大原则，鼓舞了包括美国人在内的许多国家的几代法律理想主义者。去年，他被评为影响世界一百人之第二十九名。他让人们知道，每个人都可以更好、更高贵。明白了吧？服不服气，沃伦是我大学时期的偶像——别以为警察都是人傻枪多！

今红玉突然喷出狂笑，跳起来抱住傅里安脖子。

傅里安也在哈哈大笑，两个人傻笑疯笑。人傻枪多？保姆珍姐不明就里。傅里安手里啃一半的螃蟹也笑掉了，今红玉一嘴猪脚油都蹭到了傅里安腮上。母亲仔细观察着他们的笑，很久，她拉拉今红玉的手说，不要跟他打赌。他哥哥里平比他聪明，都辩不过他，所以就去了普陀山出家了。

尾 声

傅里安成了热门人物。但是，市政法委组织的宣讲团，他从来不参加。警方组织的演讲活动，他也一律谢绝。政治部的同事很耐心地劝他说弘扬正气，匹夫有责。傅里安说，拉倒吧，拉倒吧，有那闲工夫站在那扯，我不如陪我妈打牌吹笛子。政治部的同事就笑着骂：你是不是还得去康宁吃点药？这是多好的进步梯级啊！

汪欣原成了不折不扣的媒体英雄。中国记协授予其"全国优秀新闻工作者"荣誉称号；他应邀到处演讲，但即使忙碌，他还是穿针引线，帮助顾小龙母亲，为顾小龙弄到了一块三十平方米的新墓地。高升临调的洪峰书记暗中帮忙，有意使其成为法制教育基地，成为乾州政法干部的再教育平台。经老骆牵线，中国著名的法学家艾老，为顾小龙撰写了墓志铭。

在顾小龙旧墓地搬迁至新墓地的那天，不仅顾小龙的母亲、弟弟及亲友们来了，省、市所有媒体记者也都到场，还有十几个乾州公、检、法的入职新人,被组织前往,政法系统有意将其作为队伍教育的机会。另有不少法律专业的在校大学生,相约或是被老师组织而来。今红玉为顾小龙带去了大捧鲜花,无意中发现,陈书伟的女儿也悄然来了,送上了一大捧鲜花,就悄然而退。陈书伟已于一年前去世,这应该是这个骄傲法官的最后心愿吧。

汪欣原代法学家艾老,为大家朗读了墓志铭的文字:

……

优良的司法,乃国民之福。小龙其生也短,其命也悲,惜无此福。然以生命警示手持司法权柄者,应重证据,不臆断。重人权,不擅权,不为一时政治之权益而弃法治与公正。

今重葬小龙。意在求之,以慰冤魂。

那天,傅里安也去了。但他把今红玉送到墓园门口,没有下车。今红玉下车后又央求说,还是一起进去吧。

懒得去。

去嘛。

锦上添花的事,女人们去干吧。

你不是要谢谢顾小龙?

你替我说吧。恭喜他乔迁新居。

你要谢他什么?

谢谢他一再救了我的命。

老骆已经是省高院院长了。陵园外,傅里安没有认出他带窗帘的黑色轿车。老骆进去看望完顾小龙母亲,很快就出来了。他一眼看到了傅里安坐在车里。不一会儿,老骆的司机来敲傅里安的车窗,递进了一条撕开口的中华硬壳烟,说,骆院长送的。傅里安接过,显然被老骆用了一包。傅里安抬眼看见老骆在车里,夹着燃烧着的香烟的手,搭在车窗沿上。他拿着那条烟走了过去。

怎么,不喜欢?老骆有点不高兴。

傅里安说,戒了。

想活一百岁?

傅里安摇头:在疯人院被迫戒的。

老骆一愣,狂笑,笑得像轮胎泄气。你这种人。老骆的快活,掩饰了多少有点儿的轻微尴尬。他指着傅里安骂,你这种人,我看就是要经常进康宁医院休养休养!

傅里安点头,忽然也开始笑,声浪逐高,他无人可以模仿的、像三级火箭似的狂笑出现了。连老骆的司机都感到怪异,觉得他们的笑和这个地方的氛围完全不搭。老骆也意识到了,想起这肃穆之地,遍地记者,自己好歹是个领导,他马上闭上嘴巴。但傅里安迟钝,说,哎,倒是建议你,把政法系统里的所有贪官苗子、草菅人命的蠢货,最好都定期送到康宁医院休养轮训。你们高院就和康宁医院搞个两院共建吧。

老骆憋不住，两人又爆发出癫狂的嘎嘎傻笑。

老骆的年轻司机，倒是一副稳重老成的模样。他目不斜视，沉静而严肃地站在车门边。在那个司机看来，这两个人，本身就挺像从康宁医院出院后久别重逢的病友。

2017.6.27

后记　台风已过

《双眼台风》刊发在《收获》二〇一七年的第六期，正值《收获》六十周年大庆，活动期间，大家顺便聊起它。这个时候，离我写作结束已经好几个月了，我早已从写作运动的血热汗蒸状态平复下来，稳定的脉搏、淡然的情感、冷静的脑波。总是这样的，当读者第一次看到它的时候，写作者已经新行在远方，回头看，往往尴尬大于自得。有人问为什么，有人戏谑说是不是因为里面的粗话太多、行为粗野，或者别的什么，当然不是，像我"文格"可以这么不腼腆的人，一般没有那种原因的窘况。

写作旅途是漫长的，目测过去好像也看不到头。很多写作都是"路过"，所有的"路过"，是为了最后的"抵达"。我想，在不知道最后的"抵达"前，所有对"路过"的回看，都会令自己检视反省，在几乎必然获得的不安中，收拾残墨重新出发。要摆脱不安，也只有重新出发。当然，我知道，每一站的"路过"，写作人都是真诚付出，生命血脉与之复合，投入了那个时候的你的所有所能。然后是抽离，甚至是血肉剥离的别去。

《双眼台风》刮来的是成年人的铁血童话。天真，直觉善，是许多童话的根基。率真与美好，是对混沌时光的天然引诱。在这个故事里，最终那些对人性之善开放绿灯的人，排成了行。他们中有本来的好人，和本来不是太好的人，和基本不算好的人。换句话说，那些有缺点、有很多人性弱点的人，即使在权力机器的运转中，还是展示出了善或有济于事、于事有补的部分善。它不亚于现实的严酷，但它给人以突围的希望。每一根火柴都有它的光亮与温暖，它是脆弱的，但它是真实的，小说就是卖火柴的小女孩，她集中了手里全部的火柴。总要让血热一热，总要让呼吸热一热，总要看到前面是明媚的，总要知道世道再难，人心再险，还是有基本正义，在天地之间。

很多文字刊发、出版后，我都不会再看了。因为防备脸红，我也不太敢主动请人看。好吧，在这个最后的告别里，我把心里的感谢也晒一晒吧。感谢巴特尔的初念和促进，感谢新华社记者汤计的古道热肠，感谢刑警赫峰、郭青松、侯绿水，感谢萨仁法官、郑金雄法官的专业付出；感谢精神科陈新潮、张振清医生及护士长李雪梅。一个故事的合理生长，需要内在的生命动力源，需要丰厚的血肉，需要符合逻辑的延展方式，甚至是最小的榫接、最小的螺丝，都要求最准确的尺寸。所以，这一路，得到的帮助都非常珍贵而重要。比如"尸检报告单"藏匿的可能性，比如精神病院的脱逃条件，比如一颗有助于情节推动的药物的性状、大小……需要被行家确认和指点指引的细节很多。还要感谢其他为此文贡献过聪明才智的朋友们。谢谢卢晓波，谢谢粲然，谢谢那伟。

再见吧，下次。